中公文庫

スケープゴート

金融担当大臣・三崎皓子

幸田真音

中央公論新社

目次

スケープゴート　金融担当大臣・三崎皓子

第一章　不意打ち

真っ白な広いフロアに、小さなティー・テーブルをはさんでソファが三脚。

テーブルやソファだけでなく、ぐるりと囲む壁までも純白で統一されたスタジオのセットが、眩しすぎるほどのライトのなかで主人公の登場を待ち受けている。

ここはテレビ・ジャパンの第四スタジオ。光を独り占めしたような色のない異空間は、招かれたゲストのどんな一面も容赦なく剝き出しにして、衆目の前に浮き上がらせてみせようという演出なのだろうか。

それに引きかえフロアの手前半分、カメラからこちら側の空間は、これ以上ないまでに雑然として、埃にまみれた太いコードが絡み合いながら床を這い、足の踏み場もないぐらいだ。

「本番三分前！」

フロアの中央で声があがると、それまでざわついていたスタジオ内が瞬時に静まりかえる。

極端に張りつめた空気は、息苦しいほどだ。

三《み》崎《さき》皓《こう》子《こ》は意識的に背筋を伸ばし、強ばっている肩や頬の力を緩めようと、ひそかに動かしてみた。

テレビ・ジャパンの誇る人気番組、「あなたに聞きたい」の生放送が、いままさに始まろうとしている。このところテレビ業界全体の視聴率が低迷しているとはいうものの、それでも二十年間続いてきた注目の番組だ。

大丈夫。いつもの調子でやればいいのよ。

皓子は自分に言い聞かせた。

それにしても、まさか自分があの白いソファにゲストとして座ることになろうとは、考えてもみなかった。そして、ずっとあとになって、この番組への出演こそがすべての始まりであったことに気づかされるようになるなどとも、もちろん思いが及ぶはずはない。

＊

「こちらで合図《キュー》を出しますから、先生はここから歩いていただき、テーブルの前を通って、向こう側のソファにおかけください」

Tシャツにジーンズというラフな恰好の若いアシスタント・ディレクターが、丸めた台本でスタジオの中央を指し示しながら、小声で囁《ささや》いてきた。見たところ娘の麻由《まゆ》と同じ年恰好だから、二十七、八歳というところだろうか。

「わかりました。ありがとう。座る前にカメラに向かって一礼すればいいのね？」

微笑みながらそう答え、皓子はもう一度大きく息を吸った。いつの間にスタジオ入りしてきたのか、最終打ち合わせを終えた女性キャスターが若いアシスタントと一緒にソファの横に立ち、ピンマイクの調子をチェックしてもらいながら、スタンバイの態勢にはいっている。

「本番一分前！」

さきほどと同じ声がそう告げると、スタジオ内がさらにもう一段、しんと静かになった。

皓子はジャケットの襟元を整え、またひとつ大きな深呼吸をする。もっと明るい色にしようかと迷ったけれど、この濃いグレーのスーツにしてよかった。周囲の白とのコントラストが、歳とともに丸くなってきた肩の線をいくらかでもシャープに見せてくれるはずだ。そんな思いが頭を過《よぎ》り、なんだか急に可笑しくなってくる。

初めてテレビに出たのは、もう八年ほど前になるだろうか。情報番組のなかで「その分野に詳しい専門家」のコメントが欲しいと言われ、緊張しながら取材を受けたのが最初だった。

それが好評だったとのことで、それ以来なにかあるたびときどき駆り出されるようになり、そのうち定期的に出演依頼を受けるようになった。近ごろは、生番組のなかでどんな予想外の質問がぶつけられてもさほど慌てることなく、それなりにこなせるようにはなってきた。

だが、今日ばかりは少し勝手が違っている。

いつものような情報番組でもなければ、コメンテーターとしての出演でもない。打ち合わせでは、おおまかな話は知らされたが、ハプニング性を重視するのか、なにを訊かれるのか詳細までは知らされなかった。自分自身についてのプライベイトな質問となると、どこまで答えたらいいのか迷うばかりだが、こうなったら覚悟を決めるしかない。

ついに十秒前。アシスタント・ディレクターが指を折って一秒ごとにカウントダウンを始める。いよいよ生放送の始まりだ。

次の瞬間、ライトが皓子の全身を照らしだした。カメラがすぐそばまで迫ってくる。皓子は毅然と顔をあげ、光のなかに足を踏み出した。

*

「ファンのために三崎皓子を解剖する番組ですからね。あらゆる角度から質問が飛んでくるかもしれません。徹頭徹尾、主人公は先生だということをお忘れなく」

最初に番組への出演依頼があったとき、担当プロデューサーが含みのある言い方をしてきたものだ。

近ごろはメディアの取材を受けることがずいぶん増えてきた気がするが、そうはいっても皓子が受ける質問ときたら、情報番組のなかでのＶＴＲや、新聞記者たちからのもので、時事や経済などに関する硬い内容ばかりだ。

「でも、私の私生活なんかつまんないわよ。いくら取り上げても、誰も興味ないんじゃない？」

冗談でも謙遜でもなく、素直にそう思う。

「いえいえ、僕だって知りたいですよ。それに、先生には働く女性のファンが多いですからね。なんでもしゃべっていただけると嬉しいな。なにせ、うちのキャスターの深田美紗《ふかだみさ》が先生の熱烈なファンですので、すっかりミーハー状態で、いろいろ質問を用意しているようで……」

さすがにテレビ局のプロデューサーだ。決して相手の気を逸らさない。だが、そんなお世辞を真に受けるほど若くもないし、自惚《うぬぼ》れてもいないつもりだ。

「上手いわね。そんなこと言ってずいぶん乗せてくれるけど、メインはあくまで『グローバル・イシュウ』の番組宣伝なんでしょう？」

皮肉に聞こえないようにと配慮しながらも、だから皓子は笑って応じたのである。

つまり、定期的にコメンテーターとして出演している、「グローバル・イシュウ」という情報番組を宣伝するために、皓子がゲストにされただけだ。わかっていても、世話になっている局である。たまにいくばくかの貸しを作っておくのも悪くない。そんなひそかな思いもあって、皓子は出演を承諾したのだった。

＊

聞き慣れたテーマミュージックが流れ、番組は順調に始まった。

ひととおりの挨拶や、なごやかな導入部分を経て、女性メイン・キャスターの深田美紗からも、隣にいるアシスタントの青年からも、矢継ぎ早の質問がぶつけられてきた。

「三崎皓子さん……、あの、先生のこと、さんと呼ばせていただいてよろしいですよね?」

「もちろん」

「私、お会いできたら、一度伺ってみたかったんですが、皓子と書いて『こうこ』って読むなんて、珍しいお名前ですよね。お父さまがおつけになったんですか?」

深田の問いに、皓子は反射的に身構えた。頬が強ばるのが自分でもわかる。このあと、あの父のことを話題にしようというのだろうか。

「変わった名前でしょう? 子供のころは、よくいじめられましたのよ。関西ではたくあんのことを『こうこ』っていうので」

「そんな、ひどい。だって明眸皓歯《めいぼうこうし》の皓の字ですよ。そういえば、先生はとっても綺麗な歯」

ああ、うまく話が逸れてくれた。ひそかに安堵しているのが伝わっただろうか。話題が父のことに戻らぬよう、皓子は慌てて先を続ける。

「皓という字のもとの意味は、太陽が出て、空が白んでいくさまを表すんですって」

「ああ、それでわかりました。お嬢さんに、日本の夜明けに尽くせるような存在になれと?」

「いえいえ、そこまでの期待も、買いかぶりもしてはいなかったと思います」

皓子は終始笑みを浮かべながら、どこまでもジョークを交えて、そつなく答えていった。

「ところで、現在は東都《とうと》大学の大学院で、政策科学研究科の教授をしておられる三崎皓子さんですが、そのかたわら、内閣府のお仕事もされていますよね。でも、お若いときは、実は外資系の証券会社でバリバリと企業買収などの仕事をされていたんですってね」

深田が前のめりになって訊いてくる。ようやく対話に弾みがついてきた。

「バリバリと言っていいかどうかはわかりませんが、たしかに、あのころは本当にがむしゃらに働いていたかもしれません。もうずいぶん前の話ですけどね」

これは想定どおりの質問だ。わかっていても、皓子は一瞬、懐かしさに囚われる。大学を出たあと米国系の証券会社に就職を決めたのは、皓子の当初からの志望だった。

「ニュースでいろいろ見聞きしますが、どうも私には難しくて、いくら伺ってもチンプンカンプンでまったくわからない世界なんですけど、企業の買収とか合併に関わって、ずいぶんお忙しかったんでしょうね」

「そのころの金融界の話、もっとします？」

皓子は深田の目を覗き込むような仕草をした。この番組は、仕事の専門分野にあまり深入りはしたくないはずだと思ったからだ。

「いいえ、でも皓子先生のお若いころのことを知りたいなと思っておられる視聴者はきっと多いと思ったもので」

「たしかに、大変ではありましたね。仕事自体ももちろん忙しかったのですが、なにせシングルマザーでしたから」

思わず口走ってから、しまったと思った。笑ってごまかしてはみたが、もう遅い。

「え、そうなんですか？　それは初耳でした。てっきりご主人がいらっしゃるとばかり……」

案の定、深田が食らいついてくる。

「三十六歳のとき、いまの夫と再婚したんです。お互い子連れ同士でね。これまで、あんまり公の場でおしゃべりする機会はありませんでしたけど、隠していたわけでもないんですよ」

話を逸らすためには、別の材料を提供するしかなかった。なにもかも正確に明かすほど露悪趣味ではないし、娘を出産したときに正式に結婚していたわけでないことまで、告げる気はもちろんなかった。だが、みずから墓穴を掘ったのだから、誰も責めることはできない。

「そのころなんですか、金融業界をすっぱりお辞めになって、大学教授になられたのは」

さすがに遠慮したのだろう。深田はさりげなく話題を変えてきた。

「いいえ、最初の会社を辞めたのはもっと早い時期。ブラック・マンデーからしばらくしてですね。そのあと、ヘッジファンドやコンサルタント会社など、二度ばかり転職をして、ついに行き場がなくなったというか、自分から見切りをつけたというより、追い出されたというほうが正確かしら？　金融業界から去って大学に拾ってもらったのは、三十歳を過ぎたあとのことでした」

　少しおどけて皓子は答える。

「またあ、先生。追い出されたなんて、そんなわけないでしょう」

　深田も冗談めかして首を振った。身の上話もこのあたりが心地よいレベルなのだろう。

「本当なんですよ。そこで拾ってくれたのが、財団法人日本経済金融研究センターでした」

「そう、そこで研究員として頭角を現してきた三崎皓子という女性に、大学と内閣府から二足の草鞋《わらじ》を履けとお声がかかったわけですね？」

　テレビの番組とは、そういうものだ。深田にしても皓子の経歴などとうに下調べが済んでいるはずだ。こちらもそれをわかっていながら、初めて話すような素振りをし、相手もよく知っている話に驚いた顔をしてみせる。

　暗黙の了解のなかで、互いにとっては少しわざとらしい会話でも、そこはそれ、番組としては順調に進行していったのである。

＊

「先生、どうもお疲れさまでした」

　番組を終え、見送りに来た番組スタッフやキャスターたちと一緒に局の玄関まで降りて行くと、どういうわけか報道局長が待ち受けていた。

「まあ、わざわざおそれいります。こちらこそ、お世話になりました」

来るときはタクシーだったのに、帰りはハイヤーが用意されていたことも、思えば少し不自然な気がしなくもなかった。

「面白かったです、また近々ぜひご出演を」

名刺を差し出しながら深々と頭を下げる報道局長を、なぜ不思議とは感じなかったのだろう。

「それでは、失礼します」

そう言い置いてハイヤーに乗り込み、皓子は何事もなく大学に戻るつもりだったのである。生番組の昂揚がまだ色濃く残るまま、十分ほど走っただろうか。そのとき、皓子はようやく携帯電話のバイブレーションに気がついた。

着信画面では、テレビ・ジャパンのプロデューサーの携帯番号になっている。忘れ物でもしたのだろうと思い、皓子は急いで電話に出た。

「もしもし、皓ちゃん……」

プロデューサーの声ではない。だが、すぐに誰とはわからなかった。いや、そんな呼び方をする男はほかにはいない。

「失礼ですが……」

あえてそう訊きながら、皓子は激しい動揺に声がうわずってくるのを意識した。

「久し振りだね、皓ちゃん。ずいぶんご活躍で。しかし、君はあのころとちっとも変わらない。陰ながらずっと拝見していましたよ」

なにを言っているのだろう。だいいち、なんの目的でいまさら電話などしてきたのだ。

「あなたは……」

「だけど驚いたよ。こんな偶然って本当にあるんだな。君の連絡先を調べていたら、なんと目の前のモニターに君が現れた。このタイミングでうちの局の番組に出ていたなんてな」

「うちの局って、あなたまさか……」

皓子がようやく口にできたのはそれだけだった。一方的で、自分勝手で、押しの強いところは昔とまったく変わっていない。

「そう、今年から役員になった。あのころはジャーナリスト志望だったのにって言いたいんだろう？　まあ、人生いろいろさ。そんなことより、どうしても君に会いたいという人がいる。僕にとっては大事な人でね。かなりのＶＩＰだけど、君とは初対面だそうだ。内々で君に頼みたいことがあるらしい。いきがかりで頼まれて、どうしても断れなくてさ。で、君は僕が頼んだら嫌とは言わないからって、つい引き受けてしまった。とにかく会うだけでもいいから、頼むよ」

こちらの都合も感情も相変わらず無視だ。

「誰なの、ＶＩＰって」

皓子は気乗りのしない声で訊いた。

「電話では言えないんだ」

皓子からの問いには答えず、男は言った。

「なによそれ」

向こうからかけてきておきながら、ずいぶん思わせぶりな言い方である。

「いや、メディアに嗅ぎつかれると、まずい話だからね」

すかさずそう付け足してくる。皓子の心の動きを察したからだろう。

「あら、そう言うあなただって、テレビ・ジャパンの役員なら、立派にメディアの一員じゃないの」

精一杯の皮肉をこめてそうも言いたかったのだが、皓子は喉元《のどもと》まで出かかった言葉をあえて呑み下した。

とにかく早く電話を切りたかったからだ。そもそも、何年も会っていない相手なのである。それどころか、ここ二十年あまりものあいだ、電話一本かけたこともかかってきたこともなく、まったく音信不通の状態だった。

「ごめんなさい。いま、移動中なのでまたにしていただけますか」

皓子はできるだけそっけない口調で、だが毅然と言った。突然電話をしてきて、いまさら頼みたいことがあるだの、誰かに会ってくれだのと、言われる筋合いはない。

「待ってくれ。切らないでくれよ。運転手にはここの場所をもう伝えてある。だから、君はそのままただ乗っていればいい。もちろん、話が終わったらどこへでも送らせる。ほんのちょっと寄り道するだけでいいんだから」

「なんですって？」

思わず大きな声になり、皓子は慌てて唇に手をあてた。なんと、そこまで手回しをしていたというのか。

「おいおい、変な声を出さないでくれよな。こっちはなにも怪しい人間ではないんだから、お互いの立場も考えてさ」

そう言われれば双方に立場というものがある。タクシーなら、すぐにでも車を降りたらそれっきりだろうが、仮にも局が雇ったハイヤーとなると、皓子としてもそれなりの配慮が必要だろう。ましてや、手配したのが局側の役員となれば、迂闊《うかつ》なこともできはしない。

「なあ、だから三十分だけ、いや、だめなら十五分でいいよ。とにかく会ってきちんと話をしたい。聞いてもらいたいんだ」

「私、これから大学に戻らないといけないんです」

「いや、そのことなら大丈夫だ。研究室のほうにはさっき連絡しておいたから」

なんという周到さなのだ。昔からこういう妙な気配りだけはできる男だった。

「ほかの番組の企画でお願いしたいことがあるので、ついでに打ち合わせをさせてもらいたいと頼んだら、午後は講義もありませんので、どうぞどうぞって言われたよ」

こうなってしまうと、返す言葉がない。

これではまるで手足を縛られ、人質にとられたようなものではないか。どこまでも言い募られ、最後は皓子が折れる。二人の関係も、これではまったく昔と変わらない。

自分ならなにをしても許される。そんなふうに思い込んで疑わない男の身勝手さを、いや、相手に有無を言わさぬこの強引さを、あのころはどういうわけか頼もしいと感じたりもしたものだ。

「なあ、君にとっても悪い話じゃないんだ。というより、間違いなく大きな飛躍のきっかけになる。その車は、もうあと少しでここに着くはずだ。後悔はさせないよ。頼むから、十分でいいから話を聞いてくれ。いいよな?」

しばらく押し問答をしているうちに、車はいつの間にかスピードを緩め、気がついたらホテルオークラ本館の玄関前に着いていた。

*

ホテルのドアマンが近づいてきて、笑顔で車のドアを開けられると、降りるしかない。

もちろん、どうしても嫌だと思えば逃げ出すこともできただろう。だが、自分がそうはしないこともよくわかっていたし、こんなところで見苦しい真似をするのは憚《はばか》られた。自分に向かって、どこか弁解じみた言葉をつぶやきながら車を降りるのも、そうやって自分の行動を正当化しようとしていることも、無性に腹立たしい。

それ以前に、そんな思いをさせられていること自体が苦々しく思えてならなかった。

玄関の自動ドアをはいったところで、背後からいきなり声がした。

「お待ちしておりました、三崎先生。ご足労をおかけして、申し訳ありません」

すぐに振り向くと、男が立っている。

「矢木沢《やぎさわ》さん……」

皓子の心臓が、突然大きな音を立て始める。

矢木沢峻《しゅん》。皓子より三歳上だから、今年で五十四歳か。一瞬その全身に目を奪われて、皓子はその場に立ち尽くした。

そうだ。たしかに若いときから背の高い男だった。しかし、ここまで上背があったのか。昔はもっとずっと痩せぎすで、線の細い神経質な印象があったけれど、いまはピン・ストライプのダークスーツをゆったりと着こなし、余裕の笑みを浮かべてこちらを見ている。

「お久しぶりです、三崎先生」

さっきまで電話機を通して聞いていたはずの声までが、まるで違って聞こえる。

違っているのは、この言葉遣いだろう。電話のときは若いころの馴れ馴れしさがあったのに、いまは意識的に姿勢を崩さず、口調も慇懃《いんぎん》だ。

落ち着きはらっている姿を見ると、悔しいぐらいに返す言葉が見つからない。

ずるいなと皓子は思った。

女は、歳とともに失っていくものがあるけれど、男が歳を重ねるのは、貪欲になにかを取り込んでいく足し算なのではないか。年齢ゆえの風格というのか、それとも立場が作る貫禄とでも呼ぶべきなのか。企業や組織のなかで幾多の修羅場をくぐり抜け、勝ち抜いてきたのだぞと喧伝しているような、漲る自信がその肩のあたりに滲んでいる。

こめかみに少し白髪がまじってはいるが、同年代の夫に較べると意外なぐらい髪は豊かだ。そのうえ日に灼けて健康そうな頰に、はっきりと濃い目鼻立ち。

そうそう、と皓子は心のなかでひそかにうなずいた。

あの顎の先が真ん中で割れているところ。ハリウッドのなんとかという俳優に似ていると、そして、そこが彼の顔のなかで一番好きだとも言ったことがあったっけ。

「ひとまず、どこかで座りましょうか、先生」

軽く背中を押すようにリードされ、皓子は現実に引き戻された。黙って少し先まで歩いて行き、「オーキッドバー」に案内される。

午後三時をまわって、中途半端な時間帯だからだろう、店のなかにはカウンターにカップル一組と、手前のテーブルに四人ばかりしか客はいない。抑え気味の柔らかな照明のなかで、二人は一番奥にある小さなテーブルに向かい合って座った。

慣れた様子で飲み物を注文し、矢木沢はゆったりと足を組んでから、こちらに少し顔を近づけるようにして囁いてくる。

「すっかりジジイになったって、そう思っているんだろう？」

さっきと打って変わってくだけた口調に、皓子が思わず首を振った。

「なのに、皓ちゃんのほうは若くなった。いつもテレビで見ているせいだろうな。全然違和感がない。つい先週も会っていたような錯覚をするよ。ただし、こうやって近くで見ると本物はずっと若いし、それに小っちゃい」

皓子は黙ったまま、もう一度、軽く首を振ってみせる。

「私、結婚したのよ」

なんという話をしているのだ。そんな話題を持ち出すつもりなどなかったのに。皓子は自分の口から飛びだした言葉に、自分でも驚いた。

「知ってる。僕だって結婚した。だけど、そんな話のために、君を呼んだわけじゃない」

矢木沢のほうから軌道修正してきたことが、なんだか妙に癪《しゃく》だった。

「わかってるわよ。私に会わせたい人の話なんでしょ」

だからあえてぞんざいに応じたのだ。負けたくはないと思う。ただ、矢木沢のなにに負けたくないのか、なにに対してこれほど腹を立てているのかもわからない。

「いったい誰なの、その人」

皓子から先に切り出した。少なくとも、このまま矢木沢のペースでなにもかもが進行することだけは許せない気がしたのである。

「うん……」

そう言ってから、矢木沢は思わせぶりに首を捩じり、店のなかを見回してみせる。その視線の先に、黒服の男がトレイを手にやってくる姿があった。皓子が頼んだペリエと、矢木沢のコーヒーを運んできたのだ。それがテーブルに置かれるのを待ち、さらに黒服が遠ざかってしまうのを確かめたあとで、矢木沢はようやく切りだした。

「山城《やましろ》さんだ」

コーヒーカップに手を伸ばしながら、矢木沢は言った。

「山城さんって？」

すぐには誰と浮かばなかった。だが、次の瞬間ふと脳裏を過る顔があり、皓子は訊いた。

「まさか、山城泰三《たいぞう》……、なんて、そんなことはあるわけないわよね」

皓子は半分、いや、半分以上冗談のつもりで言ったのである。

「なんと、お見通しだったか。実はそのとおり。明正党《めいせい》の山城泰三が、三崎皓子先生をご指名でさ、たっての頼みがあるんだそうだ」

「私に？　なにを」

　皓子はすぐにそう返す。

　当然だろう。山城泰三といえば、次の政権奪取を目論んでいるいま注目の政党、明正党の総裁である。たしかもうすぐ七十歳と聞いた気がするが、たびたびメディアで取り沙汰される世論調査や政党支持率でも、このところじりじりと数字をあげている。少なくともメディアへの登場回数や、世論の流れから推測すると、次の総選挙では最有力の政党といえるのが明正党だ。

「それは、本人の口から直接聞くのが一番いいと思うけど」

　こんな唐突に、しかも山城泰三当人から、皓子になにを頼みたいというのだろう。

「あなたは聞いているんでしょ。だったら、いま教えてよ」

「教えたら会ってくれるんだね。言っただろう？　心配しなくても、悪い話じゃない」

「いい話か悪い話かは、私が決める」

　皓子はきっぱりと言い捨てた。

「わかった、わかった、わかりましたよ。やっぱり君は昔のままだ。だけど、あの山城泰三が君に目をつけたなんて、僕は今回のことでちょっとあの人を見直したけどね」

　さらに思わせぶりな口調で言い、矢木沢がこちらを覗き込んでくる。皓子はその意味ありげな視線を振り払うように、また首を振った。

「わかってないわよ、なんの話をしているの。だって、山城泰三といえば……」

「そう。次の政権を握る男、つまりは次期総理大臣にいまもっとも近い男だね。おそらく、よほどのことがない限り、次の選挙で政権奪還は実現する。少なくともうちの政治部はそう読んでいる。もっとも選挙は水物って言うけど」

真顔になった矢木沢を、皓子は黙って見つめていた。そんな皓子から、今度は視線を逸らさずに、男がまっすぐに見つめ返してくる。

「その山城さんが、すでに組閣の準備にはいっていてね。今回は民間人を二人閣僚にいれたいと考えている」

黙って聞き入っている皓子の咽喉《のど》が、無意識にごくりと大きな音をたてた。慌てて咳払いでごまかしたが、矢木沢は気づかない振りで先を続ける。

「一人はもう決まっている。こんなこと、僕の口からは本当はまだ言えないところなんだけど、まあ君には聞く権利があるだろう。で、あとの一人が東都大学大学院教授の三崎皓子」

「まさか、やめてよね。私、からかわれるのに慣れてないの」

矢木沢の前でなら、こんな嫌みな言い方が平気でできてしまうのが不思議でもある。

「こんなこと、冗談では言えないよ」

矢木沢はあくまで冷静で、さらに低い声で言った。それから組んでいた足を戻して、居住まいを正したのである。どうやら嘘ではなさそうだ。だが、さりげなく口にしているが、閣僚ということは大臣だ。あの山城が、自分をどこかの省の大臣に就かせたいと言っている？

「無理、無理。仮に冗談だとしても、私が政治家なんてとんでもない話だわ」

こういうのを青天の霹靂《へきれき》とでも呼ぶのだろうか。皓子は即座に否定したが、そうしていることにすら、なんだかまったく現実感がない。

「皓ちゃん。いい話じゃないか。お父さんのことがあるから、君が政治の世界を毛嫌いしているのはわかる。山城さんもおそらくそれは知っているだろう。だけど、この話は自分のこととして考えたほうがいい。もちろん、いまここで答えなんか出さなくていい。ただ、真面目に考えてほしい。君のキャリアにとっても、やってみるべきだと僕は思うから」

「私のキャリア？」

「おせっかいだと言いたいんだろう？　いいさ、君が僕を信用できない気持ちもよくわかる。二十年以上も知らん顔していたんだ、いまさら弁解はしない。だから、この話は僕のことと も切り離して考えてくれ。山城さんから話を持ち込まれたとき、君のためにいいと思ったから、だから紹介役を引き受けた。でないと、のこのこ君の前に現れたりはしないよ。ひとつぐらい、君のためになれたらと思うからこそ……」

黙り込んでしまった皓子に、さらに迫る。

「どうしても嫌だというなら、それでもいい。ただ、断るにしても、一度山城さんと会うだけは会ってみないか。顔を合わせて、直接いろいろ話を聞いて、断るならそれからだって十分間に合う。な、いいだろう？」

矢木沢は熱心だった。執拗なほど食い下がった。そして、やはり皓子が折れた。

「わかった、会うわ。会ってきちんと断る」

まるで捨て台詞のようだと思いながらも、約束の日時と場所を連絡するためにと私用のメール・アドレスを教えたのである。

*

矢木沢が、ホテルの玄関まで送ってくれると言うのを断って、皓子は一人で「オーキッドバー」を出た。それでも、矢木沢から気を回して運転手に連絡をしておいてくれたのだろう、玄関の自動ドアを出たところにはすでにハイヤーが待っていた。

ホテルのドアマンが開けてくれるままに乗り込むと、運転手がにこやかに話しかけてくる。

「先生、お疲れさまでした。お送りするのは、東都大学までと伺っておりますが、それでよろしいのでしょうか」

なにもかもが矢木沢のお膳立てどおりに運んでいるのだ。そう思うだけで、なんだかあらためて息苦しさを覚えてしまう。

「ええ、お願いします」

短くそう答えただけで、皓子は後部座席に深々ともたれた。とはいえ、いまは車の動きに身体を預けるしかない。とにかく少しでも早くこの場から遠ざかりたかった。

それにしても、久々の矢木沢との再会だけでも心穏やかでないところへ、山城泰三という予想もしなかった名前までが飛び出してきた。そのうえ、皓子に大臣職の声がかかっているなどとまで言われてしまっては、どうとらえていいのか混乱するばかりだ。

ただ、順序立てて冷静に考えようと思っても、頭のなかがただ空回りするばかり。そのくせ心は妙にざわめいて、無性に浮ついているような感覚があって落ち着かない。

たしかに悪い気はしない。長いあいだの封印を解いて再会した矢木沢が、くたびれた五十男ではなかったこと。その頼みごとというのも、思わず背筋が伸びるような緊張感を覚える申し出だったこと。なにより悔しいのは、心のどこかでそれを嬉しがっている自分がいることだ。

なにを考えてるの、関係ないわ。

だから、皓子はあえて大きく溜息を吐《つ》き、無理にも心のなかでそう吐き捨てて、目を閉じたのである。

そうなのだ。なにもかも、自分には関係のない世界だ。たしかに思いがけないことの連続ではあったが、こうして目を閉じてしまえばみんな消える。山城はもちろんのこと、矢木沢にしたっていまさらどうなるという話でもない。

このまま大学に戻り、いつものように仕事を済ませて家に帰ったら、またもとのなんでもない暮らしが待っている。

山城泰三がなにを考え、意図しているのかは想像もつかない。だが、大臣などという話はあまりに現実感がなく、所詮自分にとっては無縁な世界の出来事だ。矢木沢が山城とどんな関係なのかは知らないが、なにかの弾みで出てきた話に浮き足立っているのは矢木沢だけで、はしゃいで先走っているのかもしれない。

　どちらにしろ、巻き込まれるのはまっぴらだ。つまらないことに翻弄され、これ以上揺さぶられたくはない。皓子は自分に強く言い聞かせるように、心のなかでそんな言葉ばかりを繰り返していた。

＊

　大学に戻り、研究室の自席に着くと、机のうえの電話の前に小さなメモが貼りつけられていた。皓子の恩師で総合政策学部長の篠田啓祐《しのだけいすけ》から呼び出しの電話があったというものだ。内線で彼の秘書の高木《たかぎ》みどりに電話をかけたが、どうやら行き違いで出かけたらしく、篠田は留守だという。

「どんなご用だったか、わかります？」

　皓子が訊くと、ひどく申し訳なさそうな声が返ってきた。

「またいつものお願いだと思います。詳しいことは伺っておりませんが、近々またどなたかと会食をされるとかで、三崎先生にもご同席いただきたいようなことをおっしゃっていましたから、たぶんそのことではないかと……」

この前も、篠田の旧友だという財界人との宴席に同席させられたばかりだ。皓子が時々テレビに出たりするものだから、本人を連れていくと座持ちがするとでも考えているフシがある。

「学部長特権を行使して、アイツらに『生の三崎皓子』を見せびらかしてやりたくてね」

篠田から嬉しそうにそんな言い方をされると、目くじらを立てて断るのも大人げないように思え、ついつい無理して時間を作ってしまう。

「三崎先生だってお忙しいのに、ご迷惑ですよね。本当に申し訳ありません」

みどりはまたもそう言い、思い出したように付け加えるのだ。

「でも、またいつもの篠田シッター、よろしくお願いします。三崎先生をお連れすると、会食の空気が俄然違ってくるんだそうで、学部長はなによりご自慢なんですよ」

天下の東都大学の学部長も、若いみどりにかかると赤ん坊扱いだ。ベビー・シッターならぬ篠田シッターと喩えるあたりも、長く秘書をしてきた彼女ならではのことである。

「いいわよ。なんとか日程調整するから。でも、誰なのかしらね。会食の相手のこと、みどりさんは聞いてる？」

「それが、いつもなら私がセッティングしますのでわかるのですが、なんだか今回は、三崎先生に直接ご自分でお話しされたいような口振りでした……」

「わかったわ。先生がお帰りになるころ、またこちらからかけ直してみるから」

「でしたら、また明日にでもお願いします。今日はもうお戻りになりませんので」

「了解。じゃあ、明日の朝にでも電話してみるわね」

そう言ってみどりへの電話を切ったあと、皓子は大学内での短い会議や打ち合わせを三つばかりこなした。さらに、届いていた郵便物に目を通したり、不在中に溜まっていたメールの返事を書き送っているうちに、気がつくと午後六時近くになっていた。

デスクまわりを片づけ、いつもと同じように帰路につくころには、すでに矢木沢のことも山城泰三のことも、ましてや大臣の話など、すっかり皓子の頭から消えてしまっていたのである。

*

大学の研究室から目黒区碑文谷《ひもんや》の自宅までは、地下鉄を乗り継いでどんなに急いでも五十分近くはかかる。皓子が家に着いたときは、すでに午後六時半を過ぎていた。

いまはすっかり珍しくなった古めかしい石造りの門をくぐり、庭の先に目をやると、離れの窓に煌々と灯りが点いている。

そうだ、今日は夫の絵画教室のある日だった。思い出して、皓子はひそかに安堵の息を吐く。

百三十坪もあるこの土地も、十畳ばかりの広さを持つ離れと母屋の屋敷も、一人息子だった夫の三崎伸明《のぶあき》が父親から受け継いだものだ。都内の閑静な住宅街にこれだけの屋敷と小さな賃貸アパートを遺したほどだから、画家としての父親が成功者の部類にはいるのは間違いない。

だが、伸明と結婚するまでの皓子は、三崎樹舟《じゅしゅう》という父親の雅号やその作品についてはもちろんのこと、画壇と言われる世界についての知識や興味もまるで持ち合わせてはいなかった。

ただ、画家の息子に生まれたからといって、父親のように認められるわけでもなく、すでに絵だけで食べていけるほど容易な時代ではなくなっていることは、皓子にも漠然とながら想像がついた。

だから、展覧会での入選や美大合格をめざす受験生たちを相手に絵画教室を開いて生計を立てていることを聞いても、そんなものだろうとなんの違和感もなく納得したものだ。

もっとも、それとは別に細々とながらも安定的にアパートの賃貸料がはいるからか、それともいくばくかの貯えを父親から相続していたからなのか、伸明は初めて出会った当時からおっとりとして、暮らし向きについてはいたって無頓着だった。

一方あのころの皓子自身が、米国系金融機関という極端な実力主義の世界で、喧騒と競争とにもみくちゃにされながら、小さかった娘を抱えて精も根も尽き果てていたせいもあったのだろう。伸明が生まれもって身にまとっている鷹揚さや静けさ、苦労知らずゆえののんびりとした雰囲気が、何物にも代え難いほどの魅力に思えたのはたしかだった。

＊

「ただいま。ごめんなさいね、すっかり遅くなっちゃって」

母屋の玄関ドアを開け、皓子はいつものように奥に向かって大きな声を張り上げる。

案の定、息子の慧《けい》がのそりとばかりに廊下に顔を出してきた。

「お腹空いた」

お帰りなさい、でもなければ、遅かったね、でもなく、顔を見るなり慧はぼそりと空腹を訴える。いつの間にか背ばかり高くなって、百六十八センチの伸明をとうに超えるぐらいだが、極端に口数が少なく、普段はいるかいないかわからないようなおとなしい息子だ。

いわゆる「なさぬ仲」ゆえに、微妙な声の変化でこの血の繋がらない息子の心理状態を推測することも、皓子はこれまでさほどの苦労もなくやってきたつもりだ。

結婚した当時、十三歳という難しい年齢にさしかかっていた娘の麻由が、新しい父親に馴染む大変さに較べると、当時三歳に満たないこの慧が皓子に懐くことのほうが、数倍早かったし、周囲の違和感も少なかった。

「鏡、見てきたら？」

靴を脱いでスリッパを履こうとしている皓子の手からブリーフケースを取り上げながら、慧が言った。

「え、顔になにかついてる？」

「見たらわかるよ」

多くをしゃべりはしないけれど、基本的には母思いの素直な子だ。そして、この息子のこうした気質に、これまでどれだけ救われてきたことだろう。

伸明との結婚を考えたとき、前妻とは死別だったことと、連れ子の慧がまだ二歳半ちょっとで、初対面のときから不思議と皓子に懐いてくれたことが、大きな決め手になったことだけは間違いない。

そんな慧が、皓子の服装や髪形などについてあれこれ口にするようになったのは、いつごろからだっただろうか。この服はダサいだとか、そろそろ美容院に行ったほうがいいだとか、この点についてだけは、俄然口うるさいほどにチェックを入れてくるのもなんだか可笑しい気がするのだが、それはそれで客観的な視点だと、皓子は素直に聞き入れてきた。

皓子がテレビ番組に出たり、雑誌や新聞の取材を受けたりするようになったので、おそらく、クラスメートからなにか言われたのがきっかけだったのだろう。自分のこと以上に、母親の外観が気になる年齢ということなのかもしれない。

男の子というのは、きっとそういうもの。娘と息子の違いなのだ。皓子は慧のことをそんなふうに理解してきたつもりだった。

「鏡ね、わかったわ。着替えて、すぐに夕ご飯作るからちょっと待っててね」

寝室で手早く着替えを済ませ、バスルームの鏡の前で自分の顔を見て、だが、皓子は思わず声をあげた。

しまった、すっかり忘れていた。

テレビ用のメイクをしたままなのだ。番組に出演するときは、ライトによるてかりを抑える意味もあって、局のヘアメイク担当者が念入りにメイクをしてくれる。いわゆるテレビ用のメイクなので、メイク下地やファウンデーションは何度も塗り重ねるし、チークはもちろんハイライトやシャドウもしっかり入れれば、アイメイクも目を強調するようにかなり濃い。

普段は薄化粧の皓子だけに、いつもは番組が終わったらすぐに落とすのだが、今日は思いがけないことの連続で、すっかりそのままになっていたのだ。

そのうえ、時間を経て化粧直しもできずにいたので、太めにひかれたアイラインが下瞼の縁に滲んでいる。ファウンデーションも不自然によれて、最近気になり始めたシミはかろうじて隠れているものの、小じわや毛穴はかえってくっきりと目立つようになっている。慧が鏡を見ろと言ったのはこのことだったか。

男の目はやはり鋭い。と、考えて皓子はまたどきりとする。

こんな厚化粧のまま矢木沢と会ったのだ。

咄嗟《とっさ》に頭に浮かんだのは、そのことだった。そして、そう思った途端に、顔がカッと火照《ほて》ってくるのがわかる。

あのときは、まだ局を出たばかりの時点だったから、化粧崩れもいまより少しはマシだったはず。いつもならメイク室でファウンデーションだけでも落とすのだが、プロデューサーや報道局長らが見送ってくれたので、そのままハイヤーに乗ったのだった。

ここまで厚塗りメイクをほどこした皓子を、矢木沢はどんなふうに見ていたのだろう。

急いでメイクを落とし、石鹸で乱暴に顔を洗いあげると、鏡のなかには五十一歳の疲れた素顔の自分がいた。

じっと見ていると、矢木沢の顔があらためて蘇ってくる。あのあと大学での雑事に追われてすっかり忘れていたが、山城と会う約束をさせられたことも思い出された。

矢木沢の顔を立てる恰好で、とにかく会うだけは会うということになった。会って直接断るだけの話だが、そのときは矢木沢も同席するとのこと。

つまりはあの矢木沢と、少なくともあともう一回は顔を合わせることになる。

今度は絶対ナチュラル・メイクにしなくては。服はなにを着ていこうかしら……。

そんなことまで考えている自分に気づき、皓子は鏡のなかで思わず苦笑する。

＊

「ねえ、お腹空いたよ」

待ちきれないように、慧がバスルームにやってきて言った。

「ごめん。いま行こうと思ってたのよ」

弁解じみた口振りで言うと、勘の鋭い子だ、慧は鏡のなかの皓子をまじまじと見る。

「なんかあったの？　嬉しそうだけど」

「なにもないわよ。今日の番組はどうだったかなって、ちょっと思ってただけ」

慌てて言ったが、動揺を覚《さと》られただろうか。

「あれね。さっきビデオで見たよ。悪くなかったけど、やっぱり家のことはあんまり言わないほうがいいな。大学教授のイメージにはマイナスだから」

「はいはい。次から気をつけます」

まるでマネージャー気取りの息子の口振りに、皓子はおどけて答えたのである。

＊

三人で囲む夕食のテーブルでは、夫がいつになく饒舌だった。

もっぱら話題になっているのは、絵画教室のことだ。通ってきている美大受験生のなかに一浪中の生徒がいて、その子が来月の一次試験を前にかなり実力をあげてきており、合格の手応えを感じているというのである。

「この分だと今年は間違いなくいけると思うんだ。また落ちてあともう一年なんて言われると、親もいい顔はしないだろうから、こっちも責任重大でね。なんとしても頑張らせないとな」

　去年はあと少しのところで不合格だっただけに、夫としても力がはいるのは当然だろう。

「だけど、安心するのはまだ早いんじゃない。実際に受験して、しっかり合格発表を確かめて、喜ぶのはそれからの話だもの。案外、直前にインフルエンザに罹って試験にすら行けなかった、なんてことになっちゃったりして……」

　黙々と箸を動かしていた慧が、顔をあげて言った。

「慧ちゃんったら、やめなさい。そんなこと言ったら、お父さまに悪いじゃない」

　皓子が慌ててたしなめる。

「そうだよ。自分のことじゃないからそんなふうに言えるんだ。だいたい、おまえが大学受験の苦労をしないで済んでるのは、誰のお蔭だと思っているんだ」

「そんなの決まってるよ。僕が中学受験で目茶苦茶頑張ったからだ。人生は、すべて先憂後楽《せんゆうこうらく》。嫌なことは早く済ませておいて、あとは楽な人生をいく。それが僕のやり方なんでね」

　今夜の慧は珍しく減らず口をたたく。

「あら、なかなか言うじゃない、慧ちゃんも」

　いつの間にこんなことを言うようになったのだろう。そんな息子が、今夜の皓子はどこか眩しく思えてならない。

「そうさ。あえて言わせてもらえば、頭の良いところはママに似たからかな。ね、ママ？」

慧はそう言って、同意を求めるように皓子を覗き込んでくる。

「外見はさ、残念ながらお父さんに似てしまったから、あんまりパッとしないんだけど、この中身だけはちょっと違う。だから、もしかしたら突如として別の大学を受けるなんて言い出すかもしれないけどね」

胸を張り、人さし指でこめかみあたりを指しながら、慧は片目をつぶってみせた。

「まったく、おまえというやつは……」

あきれたように言ってはいるが、その目は笑っていて、伸明はまんざらでもない顔つきだった。

息子から言われるまでもなく、夫の柔和な丸顔は年齢とともに丸みを増し、その分一重の目がさらに細くなってきた。腹の周りの贅肉や薄くなりつつある頭髪については、さすがに当人も気にかけている様子だが、そのくせ服装にはまるで無頓着だ。画家を職業としているのだから、もう少し個性的な恰好でもすればいいのにと、慧は暗にそのことが言いたいらしい。

この息子を育てる過程において、母親とは血が繋がっていないことを、皓子も伸明もあえて隠しはしなかった。そのことで、もちろん慧がなにも悩まなかったはずはない。そうは思っていないけれど、それでもいまは、こんなふうに自然に冗談が口にできるほど、お互いが一緒になって育ててきた家族なのである。

慧は、たしかに幼いときから利発な子供だった。本人も意識している様子だが、それは自他ともに認める事実なのだろう。

小学校でも、さほど苦労もなくいつも上位の成績を取っていたが、そのわりに神経が細いというか、ときにドキリとさせられるほど繊細な感覚を持っている。将来のことを考えるのに、少しでもゆとりを持って対応させてやりたいとの親心で、エスカレーター式で大学までいける私学を選んだのは、伸明の提案だった。

慧自身はとくに反発もなく素直に受け入れてくれたのだが、結果的に正しい選択だったかどうか、答えが出るのはこの先のことだ。

ただ、実の娘の麻由には経済上の理由からかなえてやれなかった数々のことを、なんの疑問も持たずに甘受している慧を見るにつけ、麻由に対してのすまない気持ちは、いまも心の隅で燻《くすぶ》り続けている。

さんざん苦労したあげく志望大学の受験に失敗して、麻由はファッション系の専門学校に入学した。一浪して再挑戦するのには、おそらく伸明への遠慮があったのだろう。あるいは心のどこかに屈折したものを抱えていたのかもしれない。

もっとも二年ばかりデザインを勉強したぐらいで、なにほどのものになれるはずもなく、不況を背景に希望どおりの職にもつけず、その後しばらくニューヨークに行ったり、あちこちでアルバイトをしたりの生活だった。

慧と違って口数は多いが、やたらと独立心が旺盛というか、なにもかも親に頼らずにやろうとする。その分、秘密主義とでもいいたいほどで、肝心なことを口にするのは、いつもなにもかもを決めたあとになってからだ。

そんな麻由も、ようやく気に入った職場が見つかったのか、突然自分から言いだして、半年前からマンションの小さな部屋を借りて独り暮らしを始めている。

四人が四人とも、いささか歪《いびつ》さはあるものの、そして今夜は娘はいないのだが、それでもここには絵に描いたような夕餉《ゆうげ》の団欒がある。

手っ取り早くできるからと簡単な鍋料理にしたのだが、とくに文句を言うでもなく、夫はグラスを手に、湯気の向こうで上機嫌に話を続けている。

「そうそう、今日も申し込みの電話がかかってきてね。定年後のリタイア組の男性が一人と、子供同士が同級生という主婦族が三人、来月から生徒さんが四人も増えることになった」

弾んだその声を聞きながら、皓子は思った。

これでいい。これ以上なにを望むことがあるだろう。昼間に矢木沢と再会したことも、山城からの申し出も、別世界の話なのだ。わざわざ夫の耳にいれるまでもない話である。

もとよりあんな申し出を引き受けるつもりはないし、たとえ打ち明けても夫が理解できる種類のことでもない。それ以上に、二十年あまり前の矢木沢とのことを、平然とした顔でうまく説明できるとも思えなかった。

　下手をして無用な誤解を招きたくはないし、遠い昔の不愉快な話をあらためて蒸し返す必要もない。だから、今日あった出来事は自分の胸にしまって、そのまま葬ってしまおうと心に決めたのである。

＊

　翌日、そんな思いを伝えようと、矢木沢の携帯に電話をいれた。できれば山城と会う約束も反古にしたかったからだ。

　だが、三度かけたがいつも留守電で、三度目にかけたときに、電話をくれるようにメッセージをいれておいた。

　矢木沢から電話がかかってきたのは、それから三日後のことだ。

「山城さんから、そっちに電話がかかってきただろう？」

　電話に出ると、いきなり訊いてくる。

「いいえ。かかってきてないわ。それより、私からあなたに三回も電話したんだけど」

　それを謝るほうが先だろう。皓子は声に精一杯の非難を滲ませた。

「出張だったんだ。会議でさ。いやあ、ニューヨークからトンボ返りはさすがにきついよな。

若いころはよく平気でやったものだけど」

矢木沢はどこか昂揚した声で言った。

「それにしても、おかしいな。電話すると言ってたんだけどな。君と会ったことを伝えて、三人での食事をセッティングしたんだ。その前に一度、君と直接電話で話をしたがっている様子だったから、ひとまず携帯の番号を教えておいた」

「そのことなんだけど……」

たしかに、この前は矢木沢の執拗さに折れて、山城と会うだけは会おうと言った。だが、一緒に食事をするとまでは約束していない。相手が相手だけに、会いもせずに断るのは失礼だと考え、それなら挨拶ぐらいはしようと承知しただけだ。

「心配しなくても大丈夫だよ。とりあえず、君の感触を訊かれたから、可能性は二〇パーセントぐらいだって、本人はそう言っていると答えておいたからね」

矢木沢はけろりとした口調で言う。

「ちょっと待って。二〇パーセントなんて、私そんなこと言った覚えはないわよ」

「そうかな。とても客観的でフェアな答え方だと思うけどな。君だって、完璧なノーではないだろう。その程度の関心はあるような顔をしていた」

「やめてよ、勝手なこと言わないで」

怒りを覚えたのは、それが図星だったからかもしれない。矢木沢にはなにもかも見透かされてしまう。それもなにより癪な気がした。

「まあ、いいから。今度だけは僕に任せてよ。皓ちゃんもそんなに頑なになることはないし、今後の君の仕事のためにも、ここはうまく運んだほうが賢いと思ってさ。一度あの人の顔をきちんと見てから、そのあとでどうしても嫌ならいくらでも断ればいいんだから。案外いい人なんだよ、山城さんって」

ともかく一度会って損はない。矢木沢はそんな言葉を繰り返して、そそくさと電話を切った。

＊

皓子の携帯電話に見知らぬ番号の着信履歴があり、留守電にメッセージが残っていたのを見つけたのは、その翌日のことだった。

「三崎皓子先生のお電話でしょうか。私は山城泰三の秘書で、高木と申します。またあらためてかけさせていただきます」

野太い声だが、慇懃な口調である。皓子はすぐにその番号に電話をかけてみた。

「あ、先生ですか。このたびはお忙しいところ本当にありがとうございます」

おそらく先方の電話機に番号とこちらの名前が登録されていたのだろう。電話の相手は最初から皓子とわかっているような応対で、丁重な態度を崩さない。

「あの……」

「はい。来週のお約束でございますね。詳細をご連絡するようにと、山城から申しつかっておりまして。来週水曜日の午後七時でございますよね。赤坂の全日空ホテルの三十六階にある『ルネ・ガイヤール』というレストランはご存じでしょうか？」

「いいえ。私は存じませんが、でも、全日空ホテルの三十六階でしたらすぐにわかると思いますので、探して伺います」

「申し訳ありませんが、そのようにお願いできますか。そこでお待ちしておりますので、ご足労いただければと思います」

「わかりました、それでは七時にまいります」

「おいでいただければ、すぐにわかるようにしておきますので、どうぞそのままなかにお進みくだされればと。それから、山城が先生にお会いできるのをとても楽しみにいたしております。くれぐれもよろしくお伝えするようにと申しつかっておりますので」

「おそれいります」

皓子も失礼のないよう挨拶をして、電話を切った。こうなったら行くしかない。矢木沢についてはもちろんのこと、やはり山城に会うことはひとまず家族には内緒にしたままで、皓子は翌週、意を決して約束の場所に出かけていったのである。

＊

レストランの前まで行くと、皓子の顔を見るなり黒服の男がなかからやって来た。

「お待ちしておりました。どうぞこちらへ」

こちらからは名乗りもしないのに、当然のように奥に案内される。年恰好や物腰からすると給仕長《メートル・ド・テル》だろうか。満面に笑みを浮かべ、常連客に対するような対応だった。

通されたのは四人席の個室で、部屋のなかにはまだ誰もいない。

勧められた奥の席を断って、入り口に一番近い席に座り、所在なげに待っていると、一分もしないうちに、再びドアが開いた。黒服の男のあとから矢木沢がやって来たのだ。

「ごめん、待たせちゃった？」

「いえ、ついさっき着いたところ」

「先生、ちょっと遅れるみたいだから、先にグラス・シャンパンを二つね」

矢木沢は慣れた様子で給仕長と言葉を交わし、二人分の飲み物を注文した。そこまで告げてから、思い出したように皓子のほうを向いて、わざとらしく訊いてくる。

「あ、三崎先生もシャンパンで良かったですよね？」

「ええ……」

そのあと、給仕長と矢木沢が世間話をしているのを、なんとなくぎこちないまま聞き流しているうちに、それでも十数分ほどは経っただろうか。やがてテレビのニュースや新聞で見慣れた男が、背後に三人の秘書らしい男たちをともなって部屋にはいってきた。

疾風と呼ぶのは大げさだろうか。もちろん決して大きな足音だったわけでもない。だが、山城が動くと、まるでテーブルクロスがいまにもはためきそうなほど迫ってくるものがある。

これが次の総理と噂される山城泰三か。

咄嗟に椅子から立ち上がったのは、皓子よりも矢木沢のほうが先だった。

六十九歳だと聞いていたが、思っていたよりもはるかに若々しい。艶やかでエネルギーが漲るような肌だ。背はさほど高くないが、意外なほどがっしりとした肩幅で、胸板の厚みもある。格闘技でもさせたいような凄みを感じさせる体型だと皓子は思った。ただ、それにしては不釣り合いなほど、眼差しが穏やかである。

「お忙しいところ、本日はよくおいでくださいました、三崎先生。ご活躍の様子は、いつもあちこちで拝見しています」

上着のポケットから無造作に名刺の束を取り出し、一枚抜いて差し出しながら山城は言った。

「おそれいります。三崎皓子でございます。よろしくお願いします」

皓子もすかさず自分の名刺を取り出すと、すぐに山城のほうから握手の手を差し出された。右手を預けると、痛いほどに握り返される。

「まあ、おかけください。今回は、三崎先生にたってのお願いがありまして、わざわざご足労を願ったような次第です」

矢木沢が思わせぶりな目配せをしてくる。

「実はそのことなんですが……」

焦りを覚えて、皓子は先に切り出した。

「まあ、まあ。まずは乾杯をして、話はゆっくりと食事をしながらにしませんか」

あくまで鷹揚に、山城は言った。

*

給仕長が静まり返った部屋のなかで席をまわり、革表紙の分厚いメニューを配っていった。

「私は、いつものやつをお願いしようかな」

ほとんどなかを見もせずに山城が言うと、それだけで通じるらしく、給仕長がにこやかにうなずいてみせる。

「承知しました、それではこちらを」

メニューを閉じた山城に、給仕長はすかさずワインリストを手渡した。

「僕は肉がいいな。フィレステーキを、焼き加減はミディアムレアで。ペッパーをたっぷりね。それとグリーンサラダを適当に。あとはお任せしますので」

矢木沢も物慣れた調子で料理をオーダーする。おそらく何度もここで山城と食事をしたことがあるということなのだろう。

それにしても、二人の男たちは皓子より先にさっさと自分の食べたいものを主張して、それで平然としている。初めての客であり、女性でもある皓子に対して、少しは心遣いがあってもよさそうなものを、そんなことなどまるでおかまいなしのようだ。

いや、と皓子は思い直す。ここでは遠慮や躊躇《ためら》いなど無用なのかもしれない。自分の望みはみずからきちんと口にしろ、そうしないと無視されるだけだ。皓子は、のっけから言外にそんなふうに言われている気がして、一段と身体を硬くしていたのである。

「先生はなにになさいますか？」

給仕長が皓子の席までやって来て訊いた。

「あ、ええ、私は……」

口ごもっている皓子に山城が言う。

「どうぞご遠慮なく、なんでも先生のお好きなものを召し上がってください」

「はい……」

こうなったら開き直ることだ。なにも恐れることはない。話を持ちかけてきたのは山城のほうであり、断るとはいえ皓子としてもこうして時間を割いてやって来たのだ。せっかくなのだから美味《おい》しいものを食べ、こちらの意向をしっかり伝えて、それで席を立ってもかまわないだろう。皓子はそう心を決めたのである。

「では、このロブスターのブイヤベース仕立てをお願いします」

小さな赤い星印がついているところを見るとたぶんシェフのお勧めなのだ。皓子の見ているゲスト向けのメニューには値段がはいっていないが、一番高価な一品だったかもしれない。

「山城先生と同じものですね。承知しました」

給仕長が嬉しそうにうなずいて、皓子の手からメニューを受け取り、部屋を出ていった。

やがて料理が運ばれてくるまでは、それぞれがシャンパンを飲みながら、話題はもっぱら矢木沢がリードする恰好になった。時間が経過しても緊張感はおさまらず、ぎこちなさが取れない皓子にとって、それでも矢木沢のとりとめもない話には救われる。話に聞き入る素振りをして、山城をじっくり観察もしてみたかった。

「うちの局の『グローバル・イシュウ』が、このところ好調でしてね。視聴率も当初の予想を上回った状態でキープできているのがありがたいところです……」

皓子が定期的に出演しているテレビ・ジャパンの情報番組が周囲の期待を超えて躍進を続け、業界からも注目されているというのだ。

「ああ、あれね。三崎先生のストレートな発言はいいですな。ときどき拝見していますよ」

そんな山城の言葉に、素早く反応したのは矢木沢のほうが先だった。

「そうでしたか。ありがとうございます。僕が育てたプロデューサーの担当なんですが、コメンテーターの人選には相当拘《こだわ》っておるようです」

あえて最近の政局に触れるでもなく、かといってまったく無関係な話というわけにもいかず、矢木沢なりに気を遣って話題を選んでいるつもりなのだろう。だが、視聴者から寄せられる突拍子もない感想メールなども紹介しながら、適度なユーモアも交えて座を持たせるその話術には、皓子も感心するほかなかった。

たしかに、相手の気を逸らさぬ巧みな口振りは、矢木沢の天性のものだ。それについては皓子も前々から評価してきたが、こうしてあらためてそばで聞いてみると、若いころには気づかなかった矢木沢の一面が見えてくる。

間接的に皓子を話題にするものの、実は山城に対して矢木沢自身を猛烈に売り込もうとしている。そんなところまでが見えてしまうのは、それだけ自分が年齢を重ね、物の見方が皮肉になってしまったということだろうか。

＊

「私はこれが好きでしてね……」

やがて料理が運ばれてきて、山城自身が選んだ上質な白ワインが注がれたあと、山城がこぼれるような笑顔でグラスを掲げてつぶやいた。

「毎晩のこの瞬間を楽しみに、仕事をしているようなものなんですよ。美味《うま》い料理と美味い酒。そのために精一杯頑張って働く。人生はこれに尽きます。そう思われませんか？」

山城はそう言ってグラスを傾け、白ワインをさも大事そうにゆっくりと口に含む。

「はい、同感です」

皓子は山城の笑顔を見ながら、素直に答えた。矢木沢に較べると、山城の笑顔のほうがよほど好感が持てる。

「しかし、医者からは一杯だけにしろ、ときつく言われておりましてね」

どうやら血圧が高いらしく、健康管理のためにはアルコールを控えるようにと、医師から厳しく指示があったというのである。

ニュースなどで見ていたときの山城泰三の姿から、剛腕で、どこか近寄りがたいイメージを抱いていたものだ。だが、いま目の前にいる彼は、政治家というより好々爺《こうこうや》とでもいいたいほどの穏やかな雰囲気がある。

皓子は、無心に食事を楽しもうとしているのではとすら思えるその姿を、初対面であるにも拘《かかわ》らず親しみや好感を抱いて見ている自分に気づき、これが山城という人間の、いや大物政治家と呼ばれる人間ならではの底知れぬ引力ではないかと、あらためて思うのだった。

＊

食事はゆったりと進んでいく。もしかしたら今夜は顔合わせだけで、このまま何事もなく終わらせようというつもりなのではないかと、皓子にはそんなふうにも思えてきた。

だが、相手がそのつもりならば、こちらから切り出すべきだろう。ただ待っているだけでは、矢木沢はなにもきっかけを作ってくれそうにない。とはいえ、直接にはなにもまだ言われていないのに、自分のほうから入閣などという言葉を持ち出すのもどうなのだろう。

そんなことを考えていたとき、ふと、山城からの強い視線を感じて、皓子は顔を向けた。

「三崎先生には、新しく勉強会を起《た》ち上げていただきます」

唐突な言葉だった。もっとも、唐突ではあるが、さりげない言い方である。

気を緩め、すっかり油断させておいて、いきなりの先制攻撃とでもいうべきか。ようやく本題に触れてこられたのは歓迎だが、それにしては、まるで一瞬前まで味わっていたワインの蘊蓄《うんちく》でも述べるのと同じ語り口ではないか。

「は？」

だから皓子は、思わず山城を見た。

どういう趣旨のものかには触れず、しかも「起ち上げてもらえないか」でもなければ、「起ち上げることはできるだろうか」、でもない。まるですでに決まりきったことで、揺るぎのない当然の事実でもあるかのような物言いだ。

「勉強会とおっしゃいますと、どういった……」

「メンバーは八人。いや、過不足のない選り抜きの専門家揃いなら、六人ぐらいでもいいかな。学者仲間からでもいいですし、金融界からでも結構です。人選は三崎先生に全面的に任せます。あなたならきっとバランスよく人を集められるはずだ。もちろんこの矢木沢君と相談してもらってもいいし、事務方や連絡係にはうちの秘書たちを大いに使ってもらってかまわない。ただし、できる限り早急に起ち上げてください。もちろん座長はあなたにやってもらう」

皓子の問いなど聞こえなかったかのように、山城は一気にそう続けた。

「ちょっと、お待ちください……」

さすがに皓子は口をはさんだ。

「どういうご意向なのか、なんのための勉強会なのか、まずは伺っておきませんと」

だが、山城はまたも鷹揚に笑みを浮かべて言ったのである。

「政策立案はご専門ですからね。三崎先生を見込んでお任せするのです。もちろん、明正党の山城泰三の名前を前面に出してもらってかまいませんので、とびきり優秀で、高い志のある、頼もしいブレインをいまからきちんと集めておいていただきます」

「ということは、政権担当与党としての政策について積極的に提案し、全面的に協力できる人材を集めろとおっしゃっているのですね」

「山城新内閣としては、とにかくスタートダッシュが大事です。思い切った斬新なもので、説得力のある政策立案をお願いしますよ」

またも断定的な言い方だった。今度こそはっきりと「山城内閣」という言葉も口にした。つまり、山城泰三の視界には、次の選挙での政権奪還が明確に入っている。だから、次の選挙でそれが実現したあとの実行部隊のひとつを、皓子に作れと言っているのだ。

「面白そうな仕事でしょう？　世の中を、日本という国を、その手で動かすのですから」

山城は今度はそう言って、いたずらっぽい目をして皓子を覗き込む。

「はい。たしかに面白そうです」

皓子は咄嗟にうなずいていた。そして、答えた直後、自分でもそんな自分自身にどうしようもなく戸惑っていた。どうしてそんなに簡単に答えてしまったのか、なぜもっと慎重な答え方を選ばなかったのか、不思議でならない。

だから、弁解するようにまた言った。

「大変心惹かれるお申し出ではありますが……」

内閣府で、景気判断や政策分析の会議には何度も出たことがある。だが、非常勤でもあり、あくまで大学での研究の延長線上の仕事であり、いわば単なる委員の一人に過ぎないものだ。内閣の諮問機関として一定の責任は自覚しているが、さりとてなにも権限はなく、もちろん皓子が主導力を問われるわけでもなかった。

それだけに、山城にここまで求められることに強くくすぐられるものがある。

「あと半月もしたら、壮絶な闘いが始まります。三崎先生に助けていただきたいのです。そのためにも、あなたが共鳴できる専門家や、この人物ならばと思う人を早急に集めてもらいたい。具体的に親交のなかった方でも、良かれと思うなら遠慮は無用です。いくらでもこちらで動きますから、その点は問題ありません」

山城泰三の名前を使って、やりたいことをやれと言うのである。政権奪還が実現した段階では、座長はそのまま入閣という道筋が用意されていると言っているつもりなのだろうか。

頬が火照っているのがわかる。もちろんワインのせいでも矢木沢の前にいるからでもない。いや、もはや矢木沢などどうでもよかった。

いま目の前にいるのは、次期内閣総理大臣となる人物なのだ。そんな相手とこうして密室で向き合い、政策立案を任されようとしている。

これはまごうことなき現実だ。そして一旦引き受けたら、立案だけでは済まないだろう。山城もろとも、自分は渦中の人間となる。

そんな自覚が、長い間自分のなかに潜んでいたどこかのスイッチを押してしまったらしい。若いころから抑え込んできた野心が、あのころ間違いなく自分を支配していた「欲」が、あきらかに目覚めているのをはっきりと感じる。

皓子は、ひとつ大きく息を吸った。

「政策立案に最適な、この人こそという先生方のお名前を挙げることはできます。こういう時期ですから、政権与党の政策立案は、この際、安易な大衆迎合に走らず、真にフェアな適任者にぜひともやっていただきたいと、正直なところ一個人としても心から願っております」

「そうでしょう。だからこそ、三崎先生にお声をおかけしたんだ」

山城は嬉しそうにうなずいてみせる。

「それにつきましては、大変光栄に思います。ただ、急にそうおっしゃられても、私に座長をやれというのは、荷が重すぎます」

それも皓子の正直な思いなのだ。

現実に、いまの大学での仕事だけでも結構手一杯だ。学生たちの博士論文の指導や修正、大学の入試問題の作成にも追われてきた。学会関係者で開くシンポジウムの司会から、研究費の捻出運動まで、皓子がいま背負っている職務だけでも相当な忙しさなのである。そのうえ内閣府の仕事もあり、テレビなどへの出演、さらには家庭もある。

ただ、皓子はそんな理由をいまこの場で持ち出すつもりは毛頭なかった。

「心配は要りません。三崎先生なら大丈夫という確信があるからお願いしているんです。少しお忙しくはなるでしょうが、大学の仕事はこれまでどおり続けていただいて結構ですので」

「え、続けられるのですか?」

答えてから、またも誘い水に乗ってしまった、と即座に実感した。

「もちろんです。大臣に就きながらでも、いくらでも大学の仕事を続けていただいて問題はありません。もっとも、メディアへの露出はいくらか違った形になるでしょうがね」

笑いを含んだ声だったが、山城はついに初めて大臣という言葉を口にした。

「大丈夫ですよ。必要なサポートは、僕のほうでも全面的にやらせてもらいます」

それまでじっと黙っていた矢木沢が、待ちかねていたかのように声をあげてきた。

「そう、メディアの後ろ盾は重要ですな。それに優秀な官僚たちが付きますから、あなたはただどちらの方向に行くかを決めるだけでいい。そもそも閣僚というのはそういう仕事だ。道筋を付ける決断さえ下せば、あとは彼らがすべてやってくれます。やらせればいいのです」

「そんな……」

「いいえ、政治家は決めることが仕事です。それができない人間がなるから、右往左往が起きるんだ。面白い仕事ですよ。あなたが決めたら、みながそっちに動いてくれる」

「聞いてますよ。内閣府でずいぶん悔しい思いをされたんですってね？　だけど、これからは三崎先生がイニシアティブを取れるわけだ」

山城に続いて矢木沢までが訳知り顔で言う。

いったい、どこからそんな話を聞いてきたのだろう。皓子は二人の顔を交互に見た。

「私が悔しい思いをしたですって？　すみません、なんのことをおっしゃっているのかしら」

その目をまっすぐに見据えるようにして、皓子が強い口調でそう訊いたからだろう。矢木沢は慌てた様子でかぶりを振った。

「いや、いいんです。いまのは忘れてください。失言だったかもしれない」

前言を否定したようでいて、そのくせなんとも微妙な余韻が残る、思わせぶりな言い方である。それでも皓子がじっと目を逸らさないのにたじろいだのか、矢木沢はさらに続ける。

「つまり、その、要するに僕が申し上げたかったのはですね。今回の話が、三崎先生にとってどんなにいいチャンスかということ。それだけなんですから……」

白々しいようにも思える顔つきで、矢木沢は早々に退《ひ》き下がったのだ。もしかしたら、少し前の国際会議の一件を言っているのだろうか。そうだとしたら、皓子が理不尽な思いをさせられたのは正確には内閣府ではなく、経産省の一部の官僚たちからということになるのだが。

＊

あのときの経緯については、たしかに皓子のなかでいまも釈然としないものが残っている。だが、すべては学会内のことであり、とうに済んだことである。いや、済んだというより、始まる前に消えてしまったというべきだろう。皓子はもちろんだが、不本意な思いにかられながらも当事者がみなすでに矛《ほこ》を収めたことなのに、やっと乾いたかさぶたをはがすように、いまさら持ち出されるのは不快だった。

ましてや勝手に真相が歪《ゆが》められ、尾ひれがついて巷《ちまた》に面白おかしく伝わっているのだとしたら、それはそれで余計に理不尽な思いがする。

＊

あの一件はそもそも、所属している学会の米国本部から、定例の国際会議を東京で開催できないだろうかと、その可能性について皓子に打診がきたのが始まりだった。

大学教授という仕事には、学生たちの論文作成への助言や指導といった教育の分野だけでなく、みずから研究者として専門分野を追究するという二つの側面がある。だから、学者たちはそのつど研究成果を論文にして、学会に発表するのだが、皓子ぐらいの年齢になってくると、学会関係の専門誌や学術雑誌に投稿された論文をあらゆる角度から検証する「査読《さどく》」という仕事を依頼されるようになる。

そうでなくても忙しい毎日なのに、時間をやりくりして他人の、しかも英語の論文を深く読み込み、その価値を検証するのは骨の折れる作業だ。その多くが無償であり、それでいて査読する側の能力が問われる厄介な仕事である。

とはいえ投稿された学者の見解や学説を誰かが責任をもって公正に評価し、学術雑誌への掲載を通して世界に広めることは、同じ分野の研究を志す学者仲間としての使命である。研究者としても誇りとすべき仕事だと思って引き受けてきた。

そうした熱意や姿勢が、長年の貢献として評価され、学会からの信頼の結果として、皓子に国際会議の世話役がまわってきたのである。

ただ、仮にも東京で開く国際会議となると、単に査読や論文審査を引き受けるのとはわけが違う。もちろん全力を尽くすつもりではいたが、端《はな》から一人でできる仕事ではない。皓子は責任者として東京での開催を引き受けるのを前提に、財界や関係省庁に理解と協力を求め、文字通り半年あまりかけて奔走した。

その途中で、あきらかな横やりがはいったのである。

「素晴らしいお話です。われわれもぜひ協力させてください」

面会を求めたとき、官僚たちはそれはもう手放しで喜んでみせた。好感触を得て、皓子が勇んで経産省を出たあと、一週間ほどして相手から連絡があった。再度会いたいというので出向いて行くと、意外な提案が持ち出された。

「開催については全力でサポートします。ただ一点だけ、ご了承いただけないかと……」

ひどく恐縮した口振りではあった。だが、この点だけはどうしても譲れないのだと、その強ばった顔が訴えている。

国際会議を開催するのはやぶさかではない。しかし組織委員長はこちらで推薦する人間に任せたい。そんな遠回しな交換条件の提示だった。名前が挙がったのは神田壮一郎《かんだそういちろう》。同じ学会のメンバーらしいが、会議に出席しているところはかつて一度も見かけたことがない。

もちろん彼の名前は皓子も知っていた。政権与党である進志党《しんしとう》の現職総理大臣が、ある記者会見の席でみずから緊密な関係にあることをわざとらしく漏らしたことにより、にわかにメディアで注目されるようになってきた老教授だ。

「わかりました」

皓子は、毅然とうなずいた。

組織委員長の座そのものに執着していたわけではない。自分の望みは、とにもかくにも国際会議を東京で開催すること。学生たちに国際交流の場を作ってやり、ひいては日本の活性化に繋げたいと願っているだけだ。

ただ、地味な学会とはいえ、仮にも国際会議の組織委員長である。皓子がそれなりに脚光を浴び、存在感が高まることを快く思わない連中が、学者仲間にもいるのは薄々感じていた。

「へえ、彼女が日本の顔になるわけですか。しかし、それなりの『格』というものが要るでしょう。いくらなんでも恰好がつかんのでは」

聞こえよがしのそんな声が、皓子の耳に届いていなかったわけではない。あの老教授をトップに据えることで、無用な雑音を抑え込み、ことが前に進むのならそれでもいいではないか。

皓子はそう考えることにしたのである。

すでに会議場の仮押さえも済ませ、各国から論文の発表者の募集を開始している。参加者たちの国内での足の確保や、宿泊施設の折衝も、各方面にさんざん頭を下げてまわり、へとへとになってこなしてきた。

やっとここまでこぎ着けたのである。こんなところで頓挫という事態だけはなんとしても避けなければならない。そんなことになれば、期待を寄せてくれた人たちを失望させるだけでなく、多大な実害をかけてしまう。

だから、潔く身を退いた。

舞台裏にまわって、黒子に徹するとしても、それが会議の成功に繋がるならば本望だ。心底そう思って決めたことだった。

だが、経産省が担ぎ上げた老教授に、皓子と同じだけの熱意を期待するのは無理だった。しかも、皓子が組織委員長の座を譲るのを待っていたかのように、すかさず韓国勢が名乗り出て、二国間で開催地を競い合うという展開になってしまった。

あげくに、感情的な行き違いとやらで神田は誇りを傷つけられたと憤慨し、無責任な放言を残して組織委員長の座を蹴ってしまう。開催地は当然のようにソウルに決まった。

「どうしてそんなことに……」

周到に重ねてきた準備作業も、耐えに耐えてきた諸々も、いったいなんのためだったのか。こんなことになるのなら、あのとき簡単に退き下がりはしなかったのに。

無念さと悔いの念が皓子を激しく責めたてた。協力してくれた相手先へのすまなさに、歯噛みする思いで眠れぬ夜を過ごした。

皓子にとってなによりの痛手は、長年築き上げてきた信頼をズタズタにされたことだ。途中で役割を譲ったことが、みずから責任を放棄したような印象をもたれてしまい、あの老教授と同等に思われてしまったことである。

とはいえ、米国の学会本部にいまさら国内事情を説明する術《すべ》もなく、仮にできたとしても、詮ないこと。

「いくらなんでもねえ。彼女の器では、ちょっと恰好がつかんでしょう……」

あのとき、背後で聞こえよがしに囁かれていた官僚たちの声が、いまでも皓子の耳の奥にこびりついていて、ことあるごとに蘇ってくる。

＊

矢木沢がそんな事情をどこまで知っているのかはわからなかった。

あのときの一件とはまったく別のことを、的外れに口にしたのかもしれない。だが、あえてこの場で蒸し返し、あらためて不愉快な思いをするつもりは皓子にはなかった。

どちらにせよ、皓子について良からぬ噂がまことしやかに伝えられていることだけは間違いなさそうだ。だからといって、今回の山城からの話を盾に、当時の鬱憤《うっぷん》を晴らしたいなどという考えは毛頭なかった。

ただ、二度とあんな失敗はしたくない。やはりこの種の話は慎重にも慎重を期して、万が一にも引き受けるのなら、妙な謙遜も遠慮もしないことだ。自分が信じるとおり、覚悟をもって大胆に進むしかない。

皓子は、きっぱりと顔をあげた。

「山城先生。ひとつ、お訊きしてもよろしいでしょうか?」

勉強会の起ち上げまでならできる。というより、やってみたいと純粋に思う。現に国際会議の準備では、自分なりの手応えも得ていたのだ。最後までやり遂げることができず、理不尽に道を断たれてしまったことで、かえって得た数々の教訓もある。

なまじ周囲との軋轢《あつれき》を避けようとして、みずから身を退くという選択が、間違いだったという強い反省もある。自分さえ折れれば万事うまくいくと考えるのは偽善であり、愚かしいこと。結果的に無責任と取られることにもなる。

国際会議の失敗を経て、皓子は身にしみてそう感じた。やりたいことがあるなら、自分のこの手で最後までやり通すべきだ。つまらない細工はかえって逆の結果を生む。

「なんでしょうか、三崎先生。どうぞどんなことでも訊いてください」

この穏やかさは本物だろうか。それを正面から探る思いで、皓子は続けた。

「おっしゃっていることの真意についてです」

一瞬、山城の顔から笑みが消えた。咄嗟に身体を硬くして、皓子は先を続ける。

「しかるべき人材を集める勉強会について、山城先生が意図されている本音のところはなんでしょうか？　私に求められている、現実的な役割と言っていいかもしれませんが」

「勉強会に対して私の描いている像はなにか、というご質問なんですね？」

「メディアとか世論とか、民意などと称する支持を獲得するために、もっと言えば、彼らの投票行動に繋がるような見栄えのよい会をご所望ですか。それとも心底から、本気で本質的な議論のできる会をとお考えなのでしょうか？」

「おいおい、皓ちゃん……」

あまりにストレートな質問に、面食らったのは矢木沢だった。

「初対面の私が、このようなことを申し上げるのは失礼なのを承知でお訊きしております。ですが大事なことですので、この時点ではっきりと山城先生の本心を伺っておきたいと」

「本心、ですか」

「はい。その意図されているところによって、勉強会に必要な顔ぶれも、人数も、まったく違ったものになってきますから」

さっき飲み込んだ白ワインの戻り香が、咽喉の奥に蘇ってきた。芳醇ではあるが、若いゆえに自己主張の強い香りだ。その青臭さにも似て、頭の片隅で皓子を掻き立てているものがある。どうせ断るのだからかまわない。ならば、いっそこの際にと、山城に食ってかかっているような自分がいる。

「もしも本気で国の方向性を決めたいとお考えなら、勉強会は四人で十分です。財界から二人、学者から二人。いずれもトップ中のトップを選ぶこと。ただ、そういう人間を引っ張り出すためには、条件として山城先生が常に出席されるという前提が必要でしょう。それぐらいのお気持ちもないなかで、客寄せパンダみたいに適当な面子《メンツ》を揃えて、項目だけ列挙させ、あとは官僚に作文をさせるというこれまでのやり方では、もはや通用しないと思います」

皓子は一気にまくしたてていた。自分の言葉に自分自身が煽《あお》られてしまっている。もしかしたら矢木沢が言うように、本当はあのときのリベンジをしたがっているのではないか。自分では否定しながらも、当時の無念さを晴らそうとしているのでは。

山城はすぐには答えようとせず、そのかわりまっすぐに皓子を見つめた。その目に射るような鋭さがある。まともに視線を受け止めたら、たちまち気圧《けお》され、潰されてしまいそうな迫力に、皓子はたじろぐ自分と闘っていた。

息苦しいほどの沈黙が、部屋のなかを満たしていた。初めて見せる怖いほどの山城の一面に、皓子は今度は頑として顔色を変えず、硬く唇を結んで、必死で対峙していたのである。

動じる必要はない。恐れる理由などなにもないのだ。そう自分に言い聞かせ、みじろぎもせず、相手にも増して皓子が強く見つめ返したとき、山城の目尻がふっと緩んだ。

「三崎先生、あなたはやはり私が思っていたとおりの方だった」

「は？」

「いや、ますます気に入りましたよ。この調子で、どんどん私を刺激してください。政治家というのは、とかく政局のことばかり優先させていると思われがちだから、あなたのご心配ももっともです。だが、私は違う。心からこの国の経済を立て直したい。いまのうちに根本から変えていかないと、もうどうしようもないところまで来てしまっている。三崎先生には、なんとしても座長を引き受けていただきます。私が欲しているのは、正面から私に『あなたは間違っている』と直言してくれる人なんだ」

山城が目を細めて言う。

もはや、さっきまでの鋭さは片鱗もない。この部屋にはいってきたときと同じ柔和な目だ。その極端な様は、まるで環境に合わせてめまぐるしく体色を変える動物の擬態《ぎたい》でも見るようで、皓子の背中に一筋ぞくりと寒気が走った。

「ですが、私はまだお引き受けするとは……」

「私は気の長い人間でしてね。大丈夫。先生にはゆっくりお考えいただいて結構ですから」

話はそこまでで終わり、答えは皓子に委ねられることになった。食事を終えてまず山城が一人で退室し、そのあと矢木沢と部屋を出た。

「よかったよな、皓ちゃん。君もいよいよだ」

エレベーターで二人だけになると、矢木沢がしみじみと感慨深げな声で言った。

「早とちりしないでよね。考えてみますとは言ったけど、まだ引き受けたわけじゃないわ」

「はいはい、わかりましたよ」

矢木沢はあきらかにはしゃいでいた。だが、皓子がその本当の意味を知るのは、それからしばらくしてからのことになる。

第二章　晴れ舞台

それは、まるで怒濤《どとう》のような騒ぎで始まった。

前夜までの晴天続きから一転して、夜明けから雲が低くたれこめ、身支度をした皓子が自宅を出た午前十時ごろには、とうとう小雨まで降りだしていた。

三月下旬とは思えぬ、冬に逆戻りしたような冷たい雨に、整備の行き届いた都心の舗装道路が黒々と濡れている。

それにしてもこの鈍色の景色が、まさかこれから始まる新しい日々を象徴しているのでなければいいのだが。

首相官邸に向かうタクシーの後部座席に身を沈めた皓子は、窓から重苦しい空を見あげて、小さく溜息を吐《つ》いた。

昼前までには大筋が固まるから、早めに自宅を出て、連絡があるまで待機しているようにと山城から言い渡されていたのは、赤坂にある彼の知人のオフィスの狭い応接室だった。

もっとも、ようやく電話がかかってきたのは午後一時十分前で、かけてきたのは山城ではなく、今回ついに総理大臣首席秘書官となった、あの高木道夫《みちお》だった。

「すぐに官邸までおいでいただけますか……」

それこそが、いわゆる「呼び込み」と称される電話であることは、皓子も前々から聞いて知っていた。日頃は嗄《か》れた高木の低い声が、さすがにうわずっていて、極度の緊張の様子が電話口からも痛いほどに伝わってくる。

「はい。ご連絡ありがとうございます」

皓子が短く返答をし、静かに受話器を置くと、応接室のドアが開き、期せずして周囲から拍手が湧いた。

「おめでとうございます、三崎先生」

薄々事情を察知していたのだろう。山城の知人で彼とは古いつきあいだという社長の古賀《こが》は、握手の手を差し出し、眩しそうに皓子を見た。

「いえ、私はまだ……」

そう答えようと思ったが、声には出さず、皓子はただ黙って深く頭を下げただけだった。

これから厳粛なセレモニーに向かう。

皓子にとって、晴れの日が始まる。

もしものためにと、大急ぎで揃えたミッドナイトブルーのシルクのローブ・モンタントと、共布のシンプルなパンプスなど、装いの一式はひとまず古賀が預かってくれることになった。

「どこへでもお届けしますから、ご安心を」

古賀は頼もしくそう言って、大急ぎでタクシーを呼んでくれたのである。

このあと首相官邸に向かい、運命を共にする戦友たちとの初めての顔合わせがある。深夜まで続くであろう長い一日の流れと、新総理からの指示を受けた後、揃って皇居に参内し、内閣総理大臣親任式に次ぐ、閣僚たちの認証式に出席するための装いだった。

皇居内に足を踏み入れるなど、皓子にとってはもちろん生まれて初めてのこと。こまかな正礼装についての約束事をインターネットなどで調べ、用意してきたものに抜かりがなかったかどうか、皓子はもう一度思い浮かべてみる。

皓子はハッとして背筋を伸ばした。

もはや、引き返すことはできない。そしてここからは、自分の言動に逐一注目が集まるのだ。どんな場面でも息が抜けなくなる。どの角度からも隙を見せてはならない。

大丈夫。見事にやりおおせてみせる。

そうやって自分に言い聞かせ、無理に奮い立たせていないと、すぐにもタクシーを停めて逃げ出したくなってくる。

皓子はまたひとつ、大きく息を吸い込んだ。

＊

やがて官邸前にさしかかると、視線の先、前方には、まだ何台か順を待っている黒い車が、長い列を作っているのが見えてきた。どれも公用車かハイヤーなど大型車ばかりのなかで、皓子の乗ったタクシーだけが場違いな感じである。

じれったいほどゆっくりとしか進まないその車列が、一台ずつ首相官邸の前庭に続く黒い鉄柵をくぐり、静かになかにはいって行く。そのたびに、制服に身を包んだ警備員たちが車の両側に直立して、緊張した面持ちで敬礼をしている姿が見えてくる。

列のあとについて、進んで行くと、その先の官邸玄関前に大挙して待ち受けている報道関係者の一群が視界にはいってきた。

記者たちにとってはこんな雨など苦にもならないのだろう。玄関の車寄せに黒い車が停まると、なかから降りてくる人物をめがけて記者やカメラマンたちが突進する。そしてすぐさま何重もの輪になって取り囲み、そのつど目が眩むほどのフラッシュがたかれる。

無彩色の雨模様の空の下で、そこだけ浮かびあがる華やいだスポットライトにも似て、さながら舞台の中央に寄せられる、熱狂と幻想を見ているようだと皓子は思った。

赤絨毯の階段に並ぶことを許され、そのために呼び寄せられたこの日の主人公たちは、全部で十八人。彼らのどの顔も、隠しきれない晴れがましさと緊張とで、紅潮していることだろう。

恭《うやうや》しく開けられた車のドアから降り立った彼らは、ある者は胸をそびやかし周囲を睥睨《へいげい》するような態度で、ある者はいくらか俯き加減のままで、記者たちの輪を振り切るようにして、足早に官邸のなかに吸い込まれて行く。

まさに、これまでテレビのニュースで何度となく見たことのある光景だ。そして、まもなく皓子自身の番がやってくる。

予想していなかったと言えば嘘になるが、飽くことを知らぬあの記者たちの好奇に満ちた輪のなかに立ち、カメラのフラッシュに晒される今日の日が、現実のものとして、まさかこんなに早く来るとは思ってもいなかった。

＊

たしかに、この二ヵ月間を思い出すと、感慨深いものがある。限りない昂揚も、華やいだ喧騒も、いまの明正党にしてみれば許されていいのではという気にもなってくる。

進志党の躍進によって不本意にも手放してしまった政権を、三年半ものあいだ野党として耐えに耐え、宣言通りに奪い返したのだから。

その凄まじいまでの執着と、笑顔の裏に隠してきたしたたかな野心。はからずも山城に随行して選挙応援に全国を奔走したこの二ヵ月のあいだに、皓子は、まるで強烈なウイルスに感染していくかのごとく、自分が否応なしに染められていくのを自覚せずにはいられなかった。

選挙はまさに熱病のようなものだった。

いまごろ、悲願だった官邸内の総理大臣執務室で、山城泰三はどんな顔をして、こみ上げてくる喜びを噛みしめているのだろう。

肉付きのよい顔からも、その全身からもあふれる満足感をほとばしらせ、集まってくる閣僚内定者たちを待っているはずだ。

衆議院議員総選挙の開票が行なわれたのは先週の日曜日。終盤にかけて大接戦を演じた明正党にとっての雪辱戦は、大半の予想を覆して、結果的には山城泰三の大勝利に終わった。

深夜のニュース番組で、テレビ画面に何度も大写しになっていた彼の顔が、時間の経過とともにほころんでいくのを見ながら、だが皓子は、自分がどんなふうにそれを見届けていたらいいのか、正直なところわからなかった。

これで、自分はさらに山城に取り込まれる。

いや、経緯や動機はどうであれ、自分はすでに完全に彼の計画に組み込まれていた。終盤戦での進志党との大接戦で、間違いなく世論獲得作戦の目玉を演じさせられてきた。たしかに、皓子の出現によって明正党を取り巻く流れが変わったのは、誰の目にもあきらかだろう。

思えばあの夜、矢木沢を交えた三人で初めて食事をしたときから、今日に至るまでの嵐のような二ヵ月間は、前方からも後方からも、激しく叩きつけてくる暴風雨のなかで、なんとしてもなぎ倒されまいとして、ひたすら踏ん張るだけで精一杯の日々だった。

＊

「ねえ、あなた今朝の極東新聞、見たでしょう？　私はこの前、考えさせてくださいって、そう答えたのよ」

　ようやく電話に出た矢木沢に向かって、皓子がそう言って食ってかかったのは、あの食事会の夜から四日目のことだ。

「見たよ。驚いたね。だけど、いいじゃないか。これで時間が省けたわけだから」

　山城からの要請に、皓子がまだ正式な返事もしていないというのに、極東新聞が勉強会のことをスクープとして報じたのである。憤慨するというより、唖然として、皓子はすぐに矢木沢の携帯に電話をした。

　だが、矢木沢はすぐにはつかまらず、皓子も午前中に講義があったのでかけ直すこともできず、そうこうするうちに昼間に大学のテレビで山城の記者会見を知り、慌ててまた電話をするという顛末になった。

　最初の記事はどうということもない小さな扱いだった。所詮は野党の勉強会なのだから。ただ、皓子からは承諾の返事はもちろんのこと、メンバー四人の名前を挙げることもしていない時点での報道だ。しかも、その内容は具体的で、詳細にまで言及している。

「なに言ってるのよ、これじゃ順序が逆じゃない。まるで見切り発車だわ。私はやりますとはまだ一言も返事をしていなかったのに」

「しかし、君はノーとも言っていない。時間をくれと言うのは、拒絶じゃないからね。ひとまず、もったいをつけてはおきたいけれど、基本的に承諾するという意思表示だ。まあ、一段階プロセスをすっ飛ばされたってだけで、結果的には同じことだよ」

矢木沢はこともなげに言った。

「冗談じゃないわよ。それに、なによあの記事。勉強会の人選は私に任されたんじゃなかったの？　私はまだ誰の名前も出してないのよ」

「まあ、そうカッカするなよ、皓ちゃん。こういう話はね、どこからともなく漏れるものなんだ。しかし、極東新聞がすっぱ抜くとはなあ」

「本当にリークだったの？　あなたが仕組んだことじゃないのね？」

「当たり前だろう。こんなことになるんだったら、うちの政治部に抜かせてやるんだったよ」

矢木沢は、そのことのほうが悔しいらしい。

「でも、単なる推測記事じゃ、あそこまでは書けないんじゃない。それに……」

皓子がなにより驚いたのは、まるで予期していたかのように、山城が間髪をいれずに記者会見を開いたことである。しかも、その場で記者から質問を受けた山城自身が、記事の内容を堂々と肯定したことだった。

あたかも勉強会が周到に準備され、すでに前日まで、水面下では政策についての議論が着実に積み上げられてきたかのような口振りである。顔色ひとつ変えることなく、いやむしろ自信に満ちた表情で滔々《とうとう》と、経済活性化を確実にする秘策があるとまで宣言してみせた。公表された勉強会の正式名称は、「経済活性化実行会議」。山城の声はこの「実行」というところで毎回意図的にトーンが高くなる。

顔ぶれは、財界からは現在の日本経済を牽引する大手商社の一角、菱井《ひしい》商事会長の刀根顕一《とねけんいち》。二人目は、ＩＴ企業の若き創業者であり、その事業規模やグローバル化において、近年堂々と財界トップグループに仲間入りした青年起業家の竹之内幸治《たけのうちこうじ》。あとは政府系金融機関の出身でワシントンにも幅広い人脈を有し、現在は三橋《みつはし》大学経済学部教授の寺川庄蔵《てらかわしょうぞう》とのこと。

「それから、座長をお引き受けいただいた東都大学大学院の三崎皓子教授には、次にわが明正党が晴れて政権をお預かりするときには、経済や金融でのご経験を活かし、閣内で重職を担っていただくことを念頭に置いております」

つまり、この時点では影の内閣としての存在ではあるが、いずれ政権を取った暁には、このなかの人材を中心的な閣僚に据える心づもりでいると、高らかに公言したのだから、マスコミが放っておくわけがなかった。

この山城発言が終わるか終わらないうちに、皓子の研究室や自宅の電話が鳴り始め、その後も鳴りっぱなしになった。皓子の私生活はあっという間に掘り起こされ、夫や子供たちについてまでが、すぐ週刊誌のネタにされ始めた。〈眠っていたダークホースの出現か。明正党の命運を賭けた最後の大勝負〉〈日本経済を救うジャンヌ・ダルク〉などといった見出しが、早速週明けの週刊誌の特集となり、通勤電車の中吊り広告を賑わし始めた。

そのころまでは、まだ苦笑していられたが、話題はどんどんエスカレートし、翌週には〈シングルマザーが手にした成功への階段〉や、〈長女の父親は？〉といった内容に発展する。ただ、皓子自身がテレビ番組で漏らしているのだから逃げようがない。娘が傷つくことも心配で、このままではどうなるかと心を痛めていたら、どういうわけかほどなくして、この手の話題はマスコミからぷっつりと姿を消した。

＊

「だけどさ、ああいうときは、かえって否定すると話がややこしくなるんだよ。それより、あの記事のお蔭でせっかくタイミングよくメディアが騒ぎ出したんだから、この際、明正党の『売り』にすればいいんだ。さすがは山城さんだよ、そのあたりの機転は見事だったね」

どんな取り上げられかたをしても、皓子がなにを訴えても、矢木沢は終始平然としていた。そして、事態はその予言通りに進むのだ。

「たとえそうでも、やっぱり間違っているわ」

皓子は釈然としなかった。いったいどうなっているのか。皓子が座長の職を引き受け、メンバーを選出し、それから公表するのが筋というものではないか。少なくとも皓子へは事前になんらかの断りがあってしかるべきだ。

「君は、あのメンバーに不服なのか？」

「そういうわけではないけど……」

矢木沢にそう問われると、皓子は言葉に詰まった。スクープ記事の記者がなにを情報源に書いたのかわからないが、公表された「経済活性化実行会議」の三人は、不思議なことに、皓子がひそかに適任だと考え、山城に進言するときのためにと書き出しておいた候補者リストの上位三人の名前だったから。

「なあ、皓ちゃん。物事が進むときというのは、こういうものじゃないのかな。考えて、考えて、順序立てて行動するのも大事だけど、いくら動こうとしても、勢いっていうものがないと思うように運ばない。この際だから、君はどっちが楽で、得かを考えて行動するんだ」

「他人事だから、そんなことが言えるのよ」

そう言い返しながらも、皓子は覚悟を決めるときがきたのを強く感じていた。

出口は塞がれた。退路を断たれたのだ。このうえは、目をつぶって進むしかないのだと。

＊

タクシーが前庭を進み、官邸玄関の前に停まったとき、腕時計を見るとすでに午後一時三十五分になっていた。

運転手がさすがに事態を察知し、ラジオをつけてくれたので、少し前から臨時ニュースが流れている。ちょうど山城新政権の組閣人事が固まったことが報じられていた。

「今回の目玉は、なんといっても久しぶりに民間から二人が入閣することでしょうね……」

落ち着いた声の男性キャスターが伝えているのは、まさに皓子たちのことだ。

「そのうちの一人は女性で、今回の全閣僚のなかで紅一点でもあるのですが、あの東都大学の三崎皓子教授です。所管するのは金融庁、正式には内閣府特命担当大臣金融担当、ということになりましたが」

なんと、皓子がどの省庁を担当するかにまで触れている。やはり、自分の大臣就任は本当だった。いまさらながらにそう思うと、不思議なほど鼓動が速くなってきた。

それにしても、当事者ですら官邸からまだなにも聞かされていないうちに、マスコミには詳細な情報が伝わっているわけだ。昨夜の山城からの電話でも、さきほどの高木秘書官からの呼び込みでも、入閣のことはもちろん、担当省庁がどこなのかを告げられることはなかった。

なのにそのことを、肝心の当事者がこんなかたちで報道で確認しているのだから、可笑しくもあり、皮肉にも思えてくる。

皓子がタクシー料金を払っていると、ラジオからは続いて女性の声が聞こえてきた。局の政治部記者のようだ。

「これについては山城新総理の選挙中の公約どおりと言えるのでしょうか。とくにサプライズ人事ではありませんよね。もっぱら前評判は高かったわけですが、それでもいざ大臣となると、彼女がどこまで手腕を発揮できるのか、このあたりはしっかり見ていかないと……」

突き放したようなその物言いからは、あきらかに否定的なものが伝わってくる。いよいよ始まったか。こうした声が、今後は百倍にも二百倍にもなって、押し寄せてくるのだろう。

「頑張ってください」

気まずくなった空気を払拭するように、運転手が釣り銭を手渡しながら小さく言った。皓子は黙ったまま、精一杯の笑顔でうなずいてみせる。そして、心を落ち着かせるために一呼吸おき、背筋を伸ばして、思い切ってタクシーのドアから一歩足を踏み出した。

案の定、報道陣のカメラがひときわ激しく皓子の顔面をめがけて迫ってくる。一段とフラッシュがたかれ、絶え間なくシャッターを切る音がする。あまりの眩しさに反射的に顔をそむけ、少しでも目を細めると、その動きにつれて執拗なまでに追いかけてくる。

そのとき、群れをかきわけるように女性記者が最前列に飛び出してきて、容赦なく突き出されたマイクが、皓子の頬骨を直撃した。

「初めての入閣ですが、どんなお気持ちですか？　今後の意気込みを教えてください」

女性記者は悪びれる様子もなく訊いてきた。皓子に謝るわけでもなければ、怯《ひる》む素振りもまるでない。彼女の背後で、「押すな」とか、「痛いじゃないか」などという声が飛び交うものの、それは仲間に向かっての非難の言葉だ。

「一言お願いします。金融担当大臣として、真っ先になにに取り組むつもりですか」

だが、いま問われても、どう応じればいいというのだ。意気込みもなにも、まだ入閣についての確たる辞令を受けたわけでもなく、金融庁担当についても、なにひとつ正式に言い渡されたわけではないのである。

皓子は口を閉ざし、ただ前を向いて歩くほかなかった。こういうときは親しみと余裕を浮かべ、少しぐらいは微笑んでみせたほうがいいのだろうか。それとも、生真面目さを演出するためこのまま神妙な表情で通すべきなのか。

そんなことを考えながらエントランスを進み、指示されたとおり総理大臣執務室に行くため正面階段に向かおうとすると、どこからともなく男が近づいてきた。皓子の半歩後ろにぴたりと控え、寄り添って歩きだしたのである。

訝《いぶか》しげに顔を見ると、低い声で名乗ってきた。

「警視庁の菅井《すがい》と申します」

上背はさほどでもない。だが、黒っぽいスーツの下はかなり鍛え上げた体格のようで、短い髪に引き締まった顔つきと、鋭い目つきが怖いほどだ。多くは語らないが、どうやらいわゆる大臣付きのSPとして、今日から皓子を警護してくれることになるらしい。

「ご苦労さま。よろしくお願いします」

皓子は短く言い、軽く会釈を返した。威厳をもって、だが決して横柄には見えぬように、これからは細心の注意が必要になる。

＊

総理執務室は東側、つまり正面玄関からの階段をあがった三階にあった。もっとも、総理公邸のある西側から見ると五階ということになるのだが、この官邸最上階には、官房長官室、官房副長官室や総理秘書官などの部屋もある。

「この階の廊下には、防犯カメラが設置されておりまして……」

SPの菅井が背後から近づき、低い声で耳打ちしてくる。この階の廊下を行き来する様子は、官邸内にある記者クラブ室のモニターで逐一確認されているとのこと。つまりは、いつ誰が総理執務室に呼ばれ、なかでどれだけ総理と話をしていたか、すべては記者たちに筒抜けだというのである。だから、なんにせよ密談のときは注意しろとでも言いたいのだろう。

皓子は、内閣府の会議などで以前にも官邸の大会議室には来たことがあった。だが、それはあくまで会議室のなかだけで、この階まであがるのはもちろん初めてだ。

やがて総理執務室の前に着くと、菅井は音もなく皓子のそばから離れ、姿を消した。その控えめながらも物慣れた所作は見事というほかない。妙に感心しながらドアに向かってまっすぐに立ち、呼吸を整えてノックをしようと右手をあげると、待ちかまえていたかのように向こうからドアが開いた。

なかは意外なほどコンパクトで、こざっぱりした部屋だ。正面の総理の椅子に山城が座り、皓子を見てにこやかに手招きをした。その右肩の後ろには昨日就任したばかりの内閣官房長官、小柄な田崎敬吾《たさきけいご》が一枚のA4サイズの用紙《ペーパー》を手にし、肩をそびやかすように立っている。ほかには首席秘書官の高木、明正党幹事長の小関嗣朗《こせきつぐお》。昨日、連立政権を組むと正式発表したばかりの公民党の党首、深谷謙吾《ふかやけんご》も黒子《ほくろ》だらけの顔を見せていた。

「三崎先生には、金融庁を見てもらうことになりました」

白髪の小関は、幹事長らしく厳粛な面持ちで言った。選挙運動で声がすっかり嗄《しゃが》れている。官房長官の田崎から渡されたのは、大臣就任にあたっての注意事項とも言うべき、総理大臣からの指示書だった。山城内閣としての政権運営の基本方針と政策の骨子について。さらには、今日から皓子が組織の長として担当する、金融行政全般に関するポイント、今後の課題《イシュウ》などについて。山城内閣としての統一見解が簡潔にまとめられていた。この項目に則って、うまくやってほしいというのである。

「頼みましたよ、三崎先生。遠慮せず、思う存分にあなたの腕を揮ってください」

最後に山城が弾んだ声で告げた。ただ、激しかった選挙戦の疲れがまだ消えていないようだ。勝利宣言から組閣まで、極限の緊張と激務が続いてきたのだから無理はない。

もっとも頬はややこけて引き締まり、その分目にはさらに力強さが漲っている。

「はい。謹んで、お引き受けいたします」

両手で指示書を受け取ると、たった一枚の紙切れなのに、なんだかずしりと重く感じる。

皓子はあらためて深々と頭を下げた。

＊

総理執務室を出ると、十五もテーブルが並んだ広い部屋に案内された。各省庁の官房長が秘書官候補を連れて控えていたのだ。皓子にはすぐ目の前のテーブルから声がかかった。

「大臣、こちらは山下巧《やましたたくみ》です。秘書官にと考えておりますが、彼でよろしいでしょうか」

金融庁大臣官房長の茂木《もぎ》が訊いてくる。だが、いいもなにも異論の唱えようがない。

「今日からお仕えする金融庁の山下です。なんなりとお申しつけください」

細面で銀縁眼鏡の山下は、まだ四十代だろうか。

そのあとは初入閣組が揃って一階下に降り、フロアをざっと見せてもらう。正面玄関から見ると二階部分にあたるこのフロアには、閣議室とその前室である閣僚応接室などが並んでいる。

ああ、ここなのだ。と皓子は思った。

閣議が始まる前、総理大臣を中央に、壁に沿ってコの字型にずらりと閣僚たちが座り、談笑している様子がよくテレビで放送される。皓子も何度か画面で見たことのある場所だ。

緊張感は続いているが、どこか浮き立つ思いも湧いてくる。少なくとも今日一日は、明正党にとって、山城にとって、もちろん新しく決まった新閣僚たちにとっても、晴れの祝賀の日でもあるのだから。

閣僚たちは大会議室に集められ、このあと予定されているスケジュールについて詳しい説明を受けた。桜の模様の絨毯が敷き詰められた広々とした部屋で、「春」をデザインのモチーフにしているとのこと。いまからは一旦、自分の事務所に戻り、礼装に着替えを済ませてから、あらためて官邸に集合するようだ。

そこでまた全員が顔を揃え、いよいよ宮中に参内する。総理の親任式と、それに続く閣僚たちの認証式が執り行なわれるのだ。

「みなさま午後四時までには、時間厳守でお集まりくださいますよう」

担当官が繰り返す声を背中で聞き流しながら、そそくさと大会議室を出ていくのは、ベテラン政治家たちだ。数年前までの内閣で何度も閣僚経験があるから慣れていると言わんばかりだ。一方の皓子たち新入閣組は、なにをするにも周囲の様子を見ながらの行動となる。

「まずは政権奪還までこぎつけたけど……」

先を行く大物政治家たちの無遠慮な声が、いやでも耳にはいってきた。

「七月には参院選だからな。山城さんはあんなにはしゃいでおるけど、いつまでもつんだか」

「私も、実はそれが心配なんだ。早ければわずか三ヵ月の短命内閣に終わってしまうぞ」

聞いてはいけなかったことを聞いてしまった思いがして、つい歩みが遅くなる。そんな皓子の内心を見抜いたのか、背後から声がした。

「ああ、三崎先生。よかった、さっきからご挨拶をしたいと思っていたんです。いよいよですね。大臣ご就任おめでとうございます」

山城総理の首席秘書官として、終始緊張の面持ちだった高木にも、ようやく笑みを浮かべるゆとりが出てきたのだろう。いや、無理にでも余裕を見せなければならないほど、課題の多い出発だという意味なのか。

「なにもわかりませんので、いろいろとご教示ください。どうぞよろしくお願いいたします」

皓子は、自分が過剰なほど慎重になっているのを感じずにはいられなかった。

「いえいえ、総理も申しておりましたように、先生には本当に思う存分ご活躍いただきたいと思います。ああいう方ですから、表立っては言えませんが、この世界は本当に頼りにできる人間が何人いるかで決まってきます。三崎先生には、これからもぜひ山城の強力な懐《ふところ》刀《がたな》でいていただきたいと考えているはずです」

高木は「本当に」という言葉に力を込め、何度も繰り返した。たしかに、誰を信頼して心を許し、誰に対しては警戒が必要なのか。これからはその見極めも大事になってくる。

*

正面玄関に向かって歩き始めると、どこで待っていたのか、いつの間にか菅井と山下が近づいてきた。ごく当然といった風情で、まさに影のように寄り添う二人の動き方だ。彼らの仕事を象徴しているようで感心させられる。

ふと思い立って早足になってみると、二人の歩調も速くなった。遅くしてみても同じである。あくまで皓子に合わせ、決して前に出るわけでもなく、かといって遅れることもない。

三人揃って階段を下り、正面玄関に着くと、驚いたことに皓子専用の公用車が待っていた。ほんの一時間あまり前、ここに着いたときはタクシーだったのに、いまこうして官邸から出るときは、専用の黒塗りの大型車が用意されるのだ。大臣という立場を嫌でも自覚させられる。

秘書官の山下がドアを開けてくれ、皓子が乗り込むと、後部座席の隣にまたも当然のように乗ってきた。SPの菅井は、四方を確認するよう見渡してから、最後に助手席に着く。

「大臣、お召し替えは、赤坂の古賀社長のオフィスでよろしいのですよね」

山下が携帯電話を取り出しながらそう確認してきたときは、ドキリとした。大臣と呼ばれることにも緊張感を覚えるのだが、それ以上に、着替えを取りに戻る先はもちろん、なにかもの段取りが、すでにできあがっていることを知らされた気がしたからだ。

「はい、お願いします」

敷かれたレールに従うという降参宣言でもあるかのように皓子がうなずくと、山下はすかさず古賀の秘書に電話をかけた。いまから二十分ほどで到着するという連絡である。なんと、電話番号も秘書の名前も知り尽くしているのだ。

「大臣、ご自宅にも連絡をされますか？」

そうだ。夫に報告をするのを忘れていた。

「ええ、お願いします。番号は……」

皓子が答えるまでもなく、山下が「存じております」と笑みを浮かべ、またも携帯電話をかけ始める。皓子に関わる電話番号など、どれも残らず承知していると言いたげである。

「もしもし、おそれいります。こちらは三崎大臣の秘書の山下と申します」

山下の電話に、夫はすぐ出たようだった。それにしても、妻が大臣と呼ばれていることを、伸明はどんなふうに感じているだろう。

「いえ。こちらこそ、どうぞよろしくお願い申し上げます。はい。いま、大臣に替わりますので少々お待ちくださいませ」

いかにも官僚らしい口調でのやりとりを終え、手渡された電話機は、山下の手の温度ですっかり生暖かくなっていた。

「もしもし、私ですが」

ぎこちない声で問うと、電話口の背後がひどく騒がしい。誰かの怒声も聞こえてきた。

「あなた、どうかしたんですか？」

「いや、なんでもない。君はこれから皇居に行くんだろう？　落ち着いて、しっかりな」

夫がうわずった声で言った。

＊

自宅でなにかが起きている。

誰かが大声で怒鳴り散らしているのは間違いなかった。おそらく週刊誌の記者あたりが取材に押し寄せていて、それを制するためにちょっとした小ぜり合いが起きているのではないか。

激しく罵倒し合うなかに、娘に似た声が聞こえた気がして、皓子は妙な胸騒ぎを覚えた。

だが、いまのこの状況ではどうしようもない。

「ごめんなさい。そっちのことはお任せします。今夜はちょっと遅くなるかもしれないけど」

隣にいる秘書の山下を目の端で捉えながら、電話の向こうの夫にはそう告げた。聞き耳を立てているだろうSPや運転手の存在も、意識せずにはいられない。

「いいよ。こっちのことは大丈夫だから、一切気にしなくていい。君はこの国を任されるんだ。それどころではないだろう。しっかりしろよ。悔いのないように、頑張るんだぞ」

伸明が、無理にも明るい声を出そうとしているのが伝わってくる。

「ありがとう」

救われるような思いで、皓子は言った。

あの夜、伸明から真剣な面持ちで説明を求められたときのことが蘇ってくる。

極東新聞のスクープ記事を受け、引っ込みがつかなくなったようなかたちで急遽勉強会を起ち上げ、否応なしに明正党の選挙運動に協力することを決めたころのことだ。

家では購読していなかったので、大学でコピーをとって持ち帰ってきた極東新聞の記事を見せながら、伸明にはそれまで黙っていた一部始終について打ち明けた。

もっとも、話を持ちかけてきたのはテレビ・ジャパンの役員と伝えただけで、それがあの矢木沢峻であることには、あえて触れはしなかったのだが。

「四方を固められた恰好で、断れなくなっちゃったんだけど、選挙が始まったら進志党とはかなりの接戦になるみたいだし、政権奪還は前評判ほど簡単じゃないそうなの。それに、仮にうまくいったとしても、まあ、私を大臣にしようなんていくら山城さんが思ったからって、実際には明正党の古株たちが許さないわよ」

皓子はいささか弁解じみて、そんな言い方をしたのである。

大臣などという言葉が妻の口から飛び出してきたときは、さすがに驚いたようだったが、皓子がすべてを言い終わるまでは一言も口を挟まず、伸明はずっと冷静に聞いていた。そして、やがてぼそりと訊いたのである。

「君はどう思っているんだ。やりたくないことなのか？」

思いがけない問いだった。

「え、私？」

虚を衝《つ》かれ、皓子は口ごもった。

「本当はやりたくないのなら、無理して引き受けたりはするな。簡単に考えていたら、どのみち君自身が後悔するだけだぞ」

思いのほか冷静な口振りだった。

「わかってます。そのことは誰よりもね。もちろん、いろいろ考えなかったわけじゃないし、下手したら将来どんなダメージを蒙《こうむ》るかも、考えました。あなたや子供たちにも迷惑をかけるし、最悪のケースも想定してみたわ。だって父のことがあるから」

「そうだったな……」

　伸明はしみじみとした声を漏らした。それでも、夫が皓子の父について知っていることなど、ごくわずかのはず。

「私自身もまだ高校生だったから、全部を理解していたわけじゃないけど、父が選挙の遊説先で死んだのは間違いない事実だし、そのせいで母がどれだけ苦労したかも忘れたわけじゃないんです。『おまえの父親は選挙に殺されたんだ。政治家になろうなんて野心さえ持たなければ、あんな目に遭わずに済んだだろうし、周囲を巻き込んで不幸になることもなかったのに』って、周囲の大人たちからは、何度もそう聞かされてきたんですもの」

　すでにほとんどの記憶を失い、現実と過去との境目がなくなってしまった母のひさも、まもなく八十二歳の誕生日を迎える。皓子の姉夫婦とともに京都の伏見に住み、いまとなっては綺麗な思い出のなかだけで生きている母に、今回のことを知られなくて済んだのはせめてもの幸いだったのかもしれない。

「だから選挙に出ることだけは、はっきり断ったわ。それだけはあなたも安心してください」

　すっかり深刻な顔で黙り込んでしまった夫に、皓子は吹っ切るように顔をあげて言ったのである。

「そうか」

「ただね、今回つくづく思ったんです。学者の世界でも、メディアの世界でも、いまの社会に問題意識を持っている人は多いし、正論や改革論を吐く人間はたくさんいるの。なのに、行動する人はごく限られているんだわ。いくら会議のテーブルに載せて、どれだけ問題提起をしても、結局は法律が行く手を阻むわけ」

「法律？」

「そう。できない言い訳ばかり山ほど並べ立てて、みんなすごすごと退《ひ》き下がるの。そうよ。考えてみたら私、なにも進まない苛立ちみたいなものを、ずっと抱えて生きてきたんだわ」

「だから立法の世界なのか。やっぱり君のどこかに、お父さんのＤＮＡが受け継がれてきたんだな」

　夫は納得顔で言った。

「それは違うわ。そんなんじゃないの。それだけは絶対にありえない」

　皓子は語気を強め、激しく首を振った。

「だって、私は政治家になる気はありませんから。日本ほど政治家が尊敬されない国はないしね。ただ、放っておけない思いはあったのかも。誰かがやらないといけないことだしね。思索の人は行動ができず、行動の人は思索をしない、なんて言うけど私はそんなふうにはなりたくない。それだけはいつも思ってたんです」

　知らず知らずのうちに言葉に熱がこもってくる。伸明は気圧《けお》されたようにじっとこちらを見つめていた。

「若かったころアメリカの金融界で出会った人たちは、立場が上へいけばいくほど野心的になったものよ。どんどん過激になって、強欲にもなっていったけど、少なくとも圧倒的な行動力があった。それに較べると、日本人の世界は上にいくほど事なかれ主義に陥る。保身にまわるのね。なんとか既得権にしがみつこうとするから、勇ましい改革論が独り歩きするだけで、なにひとつ変わらないし、前に進まない。そんな現実を嫌というほど見てきたわ」

皓子は、無意識のうちに身を乗り出してしゃべっている自分に気がついた。つい先日も、片づけをしていて偶然見つけた学生時代のノートの裏表紙に、若い自分の文字を見つけたのだ。〝思索の人として行動し、行動の人として思索せよ〟。フランスの哲学者アンリ＝ルイ・ベルクソンのそんな言葉には、一途だった当時の青臭い自分がたしかに息づいていた。いまになってあんな言葉と再会したことも、ただの偶然ではない気がする。

「しかし、ちょっと妬《や》けるな」

伸明が初めて表情を緩めた。

「え、いまなんて？」

「いや、冗談だよ。ただ、君がこんなに夢中で話をするのは初めて見たからね。君をそんなふうに変えた山城という男に、ちょっと会ってみたくなってきた」

「あなた……」

ドキリとして、皓子はつい唇を閉ざす。夫がそんな感情を抱くとしたら、相手は山城ではないかもしれないのに。

「だから、冗談だってば」

伸明は無邪気に笑ったあとで、あらたまった顔になり、皓子に向き直った。

「いいかい、皓子。君は遠慮することはない。私に対しても、子供たちに対してもな。本当にやりたいのなら、止めはしないから。私はなにも手伝ってはやれないけど、できるかぎりの応援はする。家事も人を雇えばいいし、なんとかなる。なるようにすればいいんだ」

夫は、勇気づけるように言ってくれたのだ。

＊

「大臣、そろそろご出発を」

山下が遠慮がちにドアをノックしてきたので、皓子は鏡の前で最後の点検をした。

公用車で赤坂の古賀のオフィスに戻ったとき、驚いたことに皓子が預けておいたドレス一式はきちんと皺を伸ばしてハンガーにかけられており、そばには姿見まで用意されてあった。

「お世話になりました。いろいろとお気遣いいただき、ありがとうございます」

皓子は丁寧に礼を言った。

「いえいえ、大臣。これからもなにかお役に立てることがありましたら、なんなりとおっしゃってください」

古賀にまで大臣と呼ばれると、あらためて緊張感が増してくる。皓子は口元を引き締め、会釈をした。着慣れないロングドレスのうえに、滅多に履くことのない九センチもヒールのある靴だ。それでもぎこちなさを悟られないように、極力姿勢を正して公用車に乗り込んだ。

再度官邸に戻ると、すでに全員が揃っていた。それぞれがモーニングコートと細い畝《うね》のあるコールパンツ姿。髪には櫛目がとおり、一様に白手袋を手にして、落ち着かない風情だ。懐かしい樟脳《しょうのう》の匂いがしたのは、官房長官の上着からだろうか。

「それでは、順にまいりますので」

大臣車を連ねて官邸を出発したのは予定どおり午後五時十五分。車列は静かに進み、生まれて初めて坂下門《さかしたもん》をくぐった。

二重橋を渡ったときは、さすがに胸が高鳴ってくる。

やがて宮殿南車寄せで車を降り、いよいよ皇居のなかに足を踏み入れるのだ。

広々とした南溜《みなみだまり》では、見事に対をなすクリスタルガラスのシャンデリアが迎えてくれた。皇居内はどこも息を呑むほどに美しい。誰も声を出す者はなく、長い階段を進む足音だけが響いている。ドレスの裾を踏まぬよう、遅れぬようにと、皓子は一歩ずつ心してあとに続いた。

正面の壁一面に、いまにも動きそうな波濤《はとう》のうねる壁画がある「波の間」を抜け、名残の夕陽が差し込む広い回廊を経て、「千草・千鳥の間」に案内された。参殿者たちが休所として使う部屋とのこと。ほのかな香りを感じたのは、どこかでお香が焚かれているからだろうか。

「この部屋で、『習礼《しゅうらい》』を受けるんですよ」

先輩大臣が背後から小声でそっと教えてくれた。このあとの総理大臣親任式や閣僚たちの認証式について、ここで説明を受ける手はずになっているらしい。式次第やその際の決めごと、皓子たちが守るべき所作について、ざっと教えを受けるのである。

簡単な習礼のあとしばらくすると、式部官の案内で、一人ずつ正殿松の間に向かうことになった。皓子は六番目だ。抜かりがあってはならないと、皓子は頭のなかでさきほど指示された所作を反芻しながら、自分の番を待つ。

皓子が呼ばれた。松の間は、磨き抜かれた板張りのがらんとした大広間だ。入室する前に、正面の奥、前方の陛下に向かって深々と一礼をする。皇后の姿を探したが、天皇の国事行為なので皇后はお立ちにはならないとか。ほんの少し残念な気がした。

陛下は格調のある玉座の前に立っておられ、その左後ろには侍従長と侍従が控えているのが見えた。右斜め前には山城総理が上気した顔で立っている。皓子はその前までゆっくりと進んだ。どこまでも静まり返った静謐の別世界。聞こえるのは自分の足音だけだ。

これは夢なのではないだろうか。足が宙に浮いているようで、まるで現実感がない。気を取り直して御前まで行き、もう一度作法通りの最敬礼をする。そこで御璽《ぎょじ》の押された官記、つまりは国務大臣への辞令を受けるのだ。ただし、手渡されるのは陛下からではなく、総理大臣である山城からだ。天皇が総理大臣を親任し、その総理がみずからの責任のもとに組閣の任にあたるわけだ。

ふと目をやると、差し出された官記の縁が小刻みに震えている。百戦錬磨の山城にとっても、生涯をかけた瞬間なのだろう。この山城でさえ緊張の極致にいる。そう気づいた途端に、皓子もにわかに鼓動が速くなるのを感じた。

それでも恭しく両手で官記を受け取り、作法どおり、また陛下の御前に向き直る。

あらためて深々と下げた頭の上で、穏やかな声がした。

「重任ご苦労に思います」

聞き覚えのある陛下の声である。紛れもなく自分に向けられた労《ねぎら》いの言葉なのだ。皓子は声を出さぬようにとあらかじめ指示を受けていたとおり、無言でさらに深く頭を下げた。

天皇陛下から認証を受けた。ついに国務大臣として正式に就任したのだ。そう思うと、わけもなく込み上げてくるものがある。

だが、感慨に浸っている暇はなかった。また別の緊張が迫ってきたからだ。松の間の上部両側には取材席が設けられており、記者たちが目を凝らして見つめている。テレビカメラも設置されているので、なにかあれば逃さず全国に向けて映し出されるはずだ。

粗相は許されない。そう思えば思うほど足が竦《すく》んだ。官記を目の高さに掲げ、両手が塞がっている姿勢で、陛下に背中を向けぬようこのまま三歩後ずさりをするよう言われている。そのあとようやく回れ右をして、部屋の出口に進み、また一礼をして出ていくのが作法だと。

そうでなくても磨き上げられた板の間だ。わかっていれば無理してこんな高いヒールにしなかったのに。万が一にも裾を踏み、すべって転んだら恰好の話題を提供することになる。そう思うと気が気ではなく、最初の一歩がなかなか踏み出せない。感動を嚙みしめているゆとりもなく、裾さばきに最大限の神経を集中させながら、じれったいほどゆっくり歩くしかない。

セレモニーはあっけなく終了した。

また「千草・千鳥の間」に戻って、今度は一人ずつ記帳を済ます。天皇皇后両陛下のそれぞれに宛てた国務大臣就任御挨拶の記帳なのだという。そうこうするうちに内奏と全閣僚の任命を終えて戻ってきた山城と合流し、みなが揃ったところで祝酒がふるまわれた。

そのあとはまた長い回廊を通り、長和殿《ちょうわでん》廊下を経て、北溜《きただまり》に到着。北車寄せでは全員が記念撮影をし、帰りは乾門《いぬいもん》から退出した。

＊

官邸に着いたときは、すでに午後七時を過ぎていた。閣僚応接室には盃が用意されており、儀礼的な乾杯をしたあと初閣議が開かれる。

閣議室の大きな円卓では、総理を中央に大臣たちの席順が厳正に決められていた。省庁の歴史をもとに決められた、いわゆる建制順《けんせい》だとのこと。風通しのよさを標榜している山城総理も、これには従順なようだ。

閣議はほんの十五分程度で終わり、続いて三階から二階に下りる正面の階段での写真撮影があった。赤絨毯に整列してのこの記念写真は、明日は大々的にマスコミを賑わすのだろう。

そして、いよいよ閣僚記者会見が始まる。

*

大臣として臨む初めての記者会見を前に、皓子たちはさきほどの閣僚応接室に集められた。部屋の隅には大きなモニターがあり、記者会見室内の様子が映し出されている。まもなく官房長官の会見が始まるのだろう。

皓子が画面に見入っていると、いつの間にか三人の男たちに取り囲まれる恰好になった。秘書官の山下や大臣官房長の茂木だけでなく、金融庁の官僚トップである金融庁長官の江口《えぐち》孝志《たかし》が加わり、会見前のレクチャーだという。

「このたびはご就任おめでとうございます」

江口はまずにこやかに言い、親しげに頭をさげてきた。上背もあり、官僚というよりスポーツ選手のような精悍《せいかん》な風貌だ。なによりそのそつのない語り口は、以前内閣府の会議で何度か見かけたときと変わらない。もっとも、当時はまだ金融庁監督局長だったのだが。

「今度はうちの事情をよくご存じの三崎先生が大臣と聞いて、心強く思っていたところです」

そのまま彼の本心だと受け取るほど単純にはなれないが、いずれにせよ今日からはこの男が率いてきた金融庁という組織を皓子が受け持つことになったのだ。うまくやっていくためにも心していいスタートを切らなければならない。

「思いがけなくこういうことになりましたので、今日からはよろしくお願いします」

皓子も穏やかに笑みを浮かべ、自分から握手の手を差し伸べた。

「こんなものを用意させたんです。大臣もすでにご存じのことばかりかとは思いましたが」

得意げな顔で江口が差し出したのは、記者会見のための想定問答集《Q&A》だった。今後の金融行政に関する重点項目と、現在懸案事項となっているいくつかのポイントが、一項目ずつA4サイズの用紙にまとめてある。上段には質問とその概要が青字で、下段には金融庁としての模範解答が黒字で記されている。そのまま答弁として読んでもいいようにとの配慮か、語り口調で書かれてあり、キーワードは赤字になっている。どんな順で質問されても慌てずに該当ページが開けるよう、右端には付箋まで貼ってあった。

「カンニングペーパーですか。いざとなったらこれを読めと?」

いかにも親切な心遣いだが、迂闊《うかつ》に乗るのは要注意だ。簡単にコントロールできる無能上司だと思われたら、あとがやりにくくなる。

「三崎大臣には、必要ないものですが」

皓子の内心を敏感に察知したのか、江口はすかさず言い添えてきた。

「いえ、助かります。ありがとうございます」

言いながらも、順に目を通していく皓子の横で、江口の補足説明が始まった。以前は意識したこともなかったが、アナウンサーにでもしたいような甘い声だ。歯切れがよいので聞き取れるものの、猛烈な早口である。聞き漏らさないように神経を集中させ、そのつど確認もし、皓子自身の言葉に変えて書き込みをした。

「みなさん、そろそろ官房長官の会見が終わります。ご準備のできた大臣から、どうぞ順番によろしくお願いします」

部屋の出口あたりから声があがった。それを合図に、閣僚経験のあるベテラン政治家たちが、一人、また一人と立ち上がって、次々と部屋を出ていくのが見える。山城総理から渡された指示書一枚だけを手にして、記者会見室に向かっていく。肩をそびやかすようにして歩くその背中は、官僚の教えなど受けずとも、なにもかも頭にはいっていると言わんばかりだ。

だが、ここで焦りは禁物である。知ったかぶりも命取りになる。皓子はまたファイルに目を戻した。慎重にレクチャーをこなし、準備には時間をかけたほうがいい。記者たちとの対面においてはもちろんだが、金融庁側との関係もまた最初が肝心なのだから。

たしかに想定問答集はありがたい。このまま読みさえすれば会見自体は無事に終わるのかもしれない。だが、皓子はそれだけは避けたかった。自分の言葉で思いを伝えたいのだ。記者たちの追及や不用意な失言を恐れるあまり、用意された答えに頼りすぎると、結局は言質を取られ、妙な公約をしたことになって、あとで悔やむことにもなりかねない。

いや、官僚たちの狙いはむしろそこにあるのかもしれないのだから。彼らが新米大臣の口を借りて記者たちに知らしめたいことと、皓子が真に言うべきこととの見極めをどうするか。

皓子は神経をとがらせていた。

*

レクチャーに時間がかかったので、皓子の記者会見は最後から二番目になってしまった。すでに時刻は午後九時半を過ぎている。記者会見室にはいり、掲げられた国旗に軽く頭をさげてから中央に進み、皓子は演台前に立った。

ずらりと並んだ記者席には、すでにかなり空席が目立っていた。居残っている記者の顔にも、さすがに疲労の色が滲んでいる。視線を斜め上方に移すと、正面の壁に沿って設えられたカメラマン席から、皓子にテレビカメラが向けられているのも確認できた。

準備に時間を割いた分、気分はすっかり落ち着いている。なにを訊かれても、決して慌てる姿を見せないことだ。皓子は広い会見室を隅々まで見回してから、おもむろに口を開いた。

「お待たせしました。このたび金融担当の特命大臣を拝命した三崎皓子です……」

それでも四、五十人ぐらいはいるだろうか。記者たちの前には一様にノート型パソコンが開かれていて、皓子がなにか話をするたびに、一斉にキーボードを叩く音がさざ波のように広がって部屋に響く。それにしても、彼らはパソコン画面とキーボードしか見ていない。このテンションの低さはなんなのだ。勢い込んできたのに、なんだか肩透かしを食らった思いだ。

「さきほど山城総理がおっしゃっていました。何十年か経って今年を振り返ったとき、日本はあの年を機に復活を遂げたんだ、そう言われるような年にしようと、力強い宣言をされたんです。私もいまあらためてそんな思いを強くしております。その実現のためには、成長力の期待できるアジアの金融とタッグを組んで、日本の『金融力』を高めていくことが不可欠です……」

やがて皓子のスピーチが終わると、なぜか何人かの記者たちがそそくさと部屋を出ていった。それと入れ替わるように何人かが前の席に移ってきて、あちこちから質問の手が挙がる。

記者クラブの幹事社である大東新聞の記者による代表質問に続いて、皓子が順に指名すると、最初に社名と氏名を告げ、そのあと個々の質問にはいる。ただ、質問の内容そのものは、皓子がなかば警戒もし、一方で期待もしていたほどには掘り下げたものは出てこなかった。

これではさきほどの国土交通省の大臣に向けた質問と変わらない。スタートダッシュでいきなり出鼻をくじかれた思いで、いっそ爆弾発言でもして、記者たちを揺さぶってみたいような衝動にかられる。

「それでは、これで……」

もちろんそんなことを実行する気は毛頭なく、さっさと退場しようとしたときだった。

「すみません」

ふいに最前列で女性記者が椅子から立ち上がった。座っているときは気づかなかったのだが、黒い細身のパンツスーツ姿だ。四十歳まではいっていないだろうか。ひょろっと痩せたその身体つきと、肩の下あたりまでの緩くウェーブのかかった髪には、はっきりと見覚えがある。

間違いない。昼間タクシーで官邸に到着したとき、玄関前で顔をめがけてマイクをぶつけてきたあの女性記者だ。

「あとひとつ、ぜひお訊きしたいのですが」

「あなたは？」

「申し遅れました、私は、テレビ・ジャパンの秋本《あきもと》つかさと申しますが」

ひときわ大きく張りあげた声のなかに、あきらかに挑戦的なものが窺える。それは昼間の態度からも伝わってきた。だが、あの矢木沢のテレビ局の人間だったのか。矢木沢が全力でサポートすると約束したので、ならばとびきり優秀な番記者をつけろと頼んでおいたのだが、それが彼女のことだったのだろうか。

「どうぞ、なんなりと訊いてください」

　皓子は努めて落ち着いた声で応じた。

「三崎大臣はこのたびの閣僚のなかで、唯一の女性です。今回の人事は、いわゆる紅一点といいますか、女性の社会進出が叫ばれるわりに、政治の世界での女性の登用はまだ決して開放的ではないのが実情です。そんななか、いわゆる従来の女性枠ではない金融担当に起用された、女性大臣として……」

　記者たちのキーボードを打つ音が、ぴたりと止んだ。

「つまり、そこでお伺いしたいのですが、三崎大臣は唯一の女性閣僚として、どんな大臣像をめざそうとお考えなのでしょうか？」

　ウンザリだと、皓子は思った。紅一点だの唯一の女性閣僚だの、そんな視点しか持てないというのか。ましてや質問しているのは女性記者なのである。金融庁の大臣に女など登用して、はたしてどこまでやれるのかと、ほかでもない女性記者自身が突いてくるのか。

「テレビ・ジャパンの秋本さんでしたね？」

　皓子が答え始めると、部屋中がさらにしんと静まり返った。二人のやりとりを固唾を呑んで見守っている。その気配を充分に意識しながら、皓子は一段と語気を強めた。

「ご存じのように、ユーロ圏の経済低迷は間違いなく長期化しそうで、あちこちに火種を抱えた状況です。アメリカ経済も中央銀行依存から抜け出せない。翻って日本はというと、株式市場だけが元気を取り戻せばそれでいいというわけでは決してありません。幸いにもわれわれは千五百兆円を超える金融資産を有する国民で、企業の内部留保も過去最高レベルですが、そのうちの八百兆円は現預金として活かされずに眠っている状態です。つまり、それだけ潜在力が残されている証左《しょうさ》でしょう。いまこそ日本の金融力が目覚めるときではないかと思うのです。私は、金融行政の改善によって国民生活の安定を目指し、国益に資する仕事を精一杯やり遂げるベストの金融担当大臣になりたいとは思っています。ですが、ベストの『女性大臣』になりたいと思ったことはありません」

質問相手が執拗に繰り返した口調を真似るように、皓子も女性大臣という言葉をわざとらしく強調して言った。女性記者は皓子の気迫に驚いたのか、虚を衝かれたように口を閉ざし、いつまでも立ち尽くしている。期せずして、会場から拍手が湧き上がった。

「あとはよろしいですか？」

皓子が訊ねると、彼女はまだなにか言いたげだったが、後ろから服の裾を引っ張られるようにして席に着いた。皓子はもう一度会見場をぐるりと見回し、それ以上なにかを言い返してくる気配がないのを確かめてから、静かに一礼して、会見場をゆっくりとあとにしたのである。

秋本つかさとの出会いは、苦くも後味の悪いものだった。

＊

「お疲れさまでした。大臣、さっそくですが、出発のご用意を」

記者会見を終えると、待ち受けていた秘書の山下に案内され、玄関に向かった。挨拶ができたのは官房長官だけで、ほかの閣僚たちは早々と出かけてしまったらしい。

「出発って？」

こんな時間からまだどこかへ行くのかと思ったら、金融庁への初登庁なのだという。腕時計を見ると午後十一時を二十分近く過ぎている。せめて着替えぐらいしたかったが、その時間すら惜しいのだろう。

官邸の玄関には大臣車が待っていて、ＳＰの菅井や山下と一緒に乗り込んだ。シートに深くもたれ込んで、皓子は大きく息を吐いた。

記者会見の興奮がまだ頭から離れない。矢木沢はおそらくどこかで一部始終を見ていたのだろう。自分が発した言葉の一語ずつが蘇ってきて、ああも言えばよかった、こうも言うべきだったと堂々巡りをするばかりだ。山下が隣からそっと紙の包みを渡してきた。

「大臣、少しでも召し上がってください」

ペーパーナプキンの包みのなかは、サンドイッチだった。そういえば昼からまともに食事をしていない。官邸の打ち合わせ室でも、大皿に用意されていたのは目にしていたが、気持ちが昂ぶって、手を伸ばす気にもなれなかった。

「大臣、これからは、どんなときでも食べられるときにはとにかくガンガン食べておいてください。でないと身体がもちませんので」

たしかにベテラン閣僚たちは凄い勢いで食べていた。よくもガツガツと食べられるものだと感心もしたが、やはり山下の言うとおりだ。

「わかったわ、ありがとう。身体が資本ですものね。これからは気をつけるわ」

サンドイッチはすっかり乾ききっていたが、山下の心遣いが嬉しくて、皓子は大急ぎで頬張り、渡してくれたペットボトル入りの緑茶で無理にも胃に流し込んだ。

霞が関の中央合同庁舎第七号館。玄関には幹部たちがずらりと出迎えていた。エレベーターをあがり、大臣室に通される。初めて座る大臣の椅子はさすがに感慨深いものがある。大臣専用の洗面台と隠れ場所のようなトイレもあり、おそらく皓子のために急ごしらえで用意したのだろう、全身が映る姿見も備えられていた。華やかな胡蝶蘭の祝いの鉢がいくつも並んでいる。

大臣室の会議テーブルに幹部たちを集め、渡された組織図を見ながら、一人ずつ挨拶を交わした。一日も早く、彼らの名前と顔、担当分野とを頭に叩き込まなければいけない。

＊

すべての行事から解放され、ようやく帰宅したときは、すでに午前二時を過ぎていた。

「疲れただろう。お風呂にはいってきたら」

夫は寝ずに待っていてくれたが、もはやろくに口をきくエネルギーも残っていない。

「ママ、お帰りなさい」

パジャマ姿の息子が嬉しげに顔を出した。

「恰好良かったよ、ママ。テレビで観てた」

息子は手放しで母の大臣就任を喜び、祝ってくれている。続いて乱暴にドアが開いた。

「麻由、やっぱりあなた帰っていたのね」

「いまからマンションに帰るところよ。明日の朝撮影で早いから。でも、どうしても一言だけ言いたくて、こうして待っていたんじゃない」

娘の物凄い剣幕に、夫が割ってはいった。

「麻由ちゃん、ママは疲れているんだ。やめなさい。また今度じっくり話せばいいから」

「いいえ、これだけは言わせてもらうわ。ママがなんになろうと勝手だけど、あなたの人生に、私を巻き込むのはやめて」

声を荒らげてそれだけ言い捨てると、麻由は力任せにドアを閉め、玄関を出ていった。

＊

一方的な捨て台詞を残して飛び出していった娘を追いかけようと、皓子は急いで門まで駆けつけた。

だが、門のすぐ外に立つ見慣れないものが視界にはいり、思わずその場に足を止めた。帰宅したときはよほど疲れ切っていたのだろう、気づくゆとりもなかったのだが、こんなところにポリスボックスが建てられている。いつの間に出来たのかと訝しげに目をやると、制服姿の若い警官が弾かれたように直立不動の姿勢になり、皓子に向けて敬礼をしてきた。

大臣の身辺警護を務めるSPは、今日半日ついてくれた菅井ともう一人、警視庁警護課から二人があたると聞かされていた。金融庁を出るところであらためて紹介を受け、渡された名刺を見たときは、菅井の肩書きが警部補、もう一人の杉山智明《すぎやまともあき》が巡査部長となっていた。

もっとも、SP二人の任務は大臣の出勤時から帰宅時までとのことで、おもに夜間など私邸にいる時間帯は、ポリスボックスで所轄の警官があたるらしい。そうやって二十四時間切れ目なく皓子を護ってくれるのである。

「どうかされましたか、大臣?」

問われて、皓子ははっとわれに返った。なにせまだロングドレスのままである。裾を手で持ち上げ、サンダル履きで走ってきたのだから、彼が不審に思ったとしても無理はなかった。

「いえ、あの、ちょっと娘を見送りに来ただけで……」

動揺を隠して、皓子は短く答えた。

「そうでしたか。申し訳ありません。私がお引き止めすれば良かったのですね。お嬢さまは、さきほどタクシーに乗ってすぐに行ってしまわれました。なにかお忘れ物でも？」

警官はどこまでも律義に心配してくれている。だが、そんな様子を見せられれば、皓子としてはそれ以上どうしようもないではないか。少なくとも見苦しいところは見せられない。大臣としての立場はもちろん、山城政権への信頼や、ひいては国の尊厳にもかかわってくる。今日から自分は公人としての認識のもとに、二十四時間、どんなときでも厳しくみずからを律して生活しなければならないのだ。

皓子は、自分の置かれた立場をあらためて意識させられる思いだった。その分家族や私生活には犠牲を強いられる。そのことについても、麻由とは明日にでも時間を作って、娘の気の済むまで話し合う必要があるだろう。

「いえ、いいんです。ご苦労さま。今日からお世話になりますが、よろしくお願いします」

警官にはそれだけ告げて、皓子は家のなかに戻るほかなかった。

＊

翌朝は、八時前には門の前まで迎えの車が来ていた。前夜に秘書官の山下から告げられていたより、十分も早い車の到着だ。

昨夜は、あのあと何度も娘の携帯に電話をかけてみたが、ついに一度もつながることはなかった。一方の息子は興奮冷めやらぬ様子で、今朝も起き抜けから何度も窓の外を見て、ポリスボックスの存在を気にかけている。

「あ、もうお迎えの車が来ちゃったよ。へえ、あれが大臣車なんだ。ほら、マスコミも集まっているよ。ああいうの番記者っていうんだよね？　やっぱママは恰好いいよ。ねえ、今日は金融庁でどんなことするの？」

慧は矢継ぎ早に質問を投げかけながら、身支度をしている皓子の腕を取り、自分の腕をからめてくる。皓子は驚いてその顔を見返した。幼かったころならともかく、息子はそんな仕草は決して見せなかった。それが、ここへきて妙に母親にまとわりつくようになった気がする。なにかといえば腕や肩に触ってきたり、ことさら皓子の前髪を直してくれたり、まるで幼児がえりして、暗になにかを確かめようとでもしているみたいなのだ。

「さ、ママはもう出かけるんだから、おまえも早く支度をしないと、遅刻するぞ」

見かねて夫が注意しなかったら、手を繫いで門までついて来そうな勢いだった。そうこうするうちにインターホンが鳴り、秘書の山下とＳＰの菅井が玄関までやって来たので、皓子はそそくさと迎えの車に乗り込んだのである。

＊

昨夜遅くに短時間の初登庁を済ませてはいたが、本当の意味での任務がスタートするのは今朝からになる。

門を出ると、さっそく何人かの記者たちに囲まれた。いわゆるぶらさがり取材というものらしい。愛想よくしておくべきかと思い、笑顔で朝の挨拶を返したら、執拗に質問が飛んでくる。慌てていると山下と菅井が盾になって、さりげなくかわして車内に誘導してくれた。

毎朝のことになるのだから、こういう場面も早く慣れてうまくこなせるようにならなくては。そう思うのだが、なにをするにもすべてがぎこちなく、自分ながら歯痒くてならない。

車が走り出すと、後部座席の隣の席で、山下が今日の予定表を手渡してきた。

「今朝は、まず大臣室で新旧大臣の事務引き継ぎをしていただきます。取材陣が同室しますのでよろしくお願いします。そのあと幹部職員との挨拶や懇談。続いて着任式です」

見ると夜までびっしりのスケジュールだ。

「着任式では、職員を前に大臣就任のご挨拶となります」

新任大臣としての指針や、今後の心構えを伝える初めての場なのだ。気負うことなく、だがいまの熱い思いを素直に伝えたい。そのためにもどんな語り口にしようかと迷うところだが、じっくりと考える暇もなく、山下がまたクリアファイルから紙を取り出してきた。

「原稿はこちらにご用意してありますので、あらかじめお目通しをお願いします」

なにもかもが用意されていることに、いまさら驚きはしない。だが、やはり自分なりの言葉で伝えたいではないか。丁寧に読みながら、赤ペンで直しをいれていると、そのうち胃のあたりが気持ち悪くなってきた。

昨夜のこともあったので、無理をしてトーストやベーコンエッグを牛乳で流し込んだのがいけなかった。そのうえ車中で下を向いて細かい文字を読んでいたからだろう。だが、こみあげてくる吐き気に耐えているうちに、やがて金融庁が見えてきた。

エントランスで待ち受けていた記者たちにまたも取り巻かれながら、混雑するエレベーターに乗り込み、大臣室のあるフロアに着く。

ドアが開くと、若い女性職員二人が両側に待ち受けていた。彼女たちから大きな花束を贈られたのには驚いたが、笑顔で礼を言って受け取ると、大臣室に続く廊下にずらりと並んだ職員の列から拍手が湧き上がった。

晴れがましくも照れ臭くもあったが、自分はひとまず歓迎されているということか。それぞれに軽く会釈をしつつ部屋に向かいながらも、大半が女性職員であることに気づかされる。

つまりはこの花束も、こうした演出も、女性大臣を迎えたゆえの、幹部たちの気配りなのだろうか。皓子自身は女を意識するつもりは毛頭なかったが、それでも仮に自分がトップに就いたことで、金融庁で頑張っている女性職員たちの志気が少しでも高まるのなら、それはそれでいいことではないか。

部屋のなかにはいると、正面の大臣席の前に応接セットがあり、進志党の坂本敬太郎《さかもとけいたろう》がソファの中央に陣取って、これ見よがしに足を組んで座っていた。昨日までのこの部屋の主、つまりは皓子の前任者である。

「やあ、三崎先生。お待ちしておりましたよ」

皓子が来たからといって、ソファから立ち上がるわけでもない。

「おはようございます。遅くなって申し訳ありません」

約束の時刻に決して遅れたわけではなかったが、それでも皓子は丁重に詫びを口にした。

「いや、驚いたね。凄い歓迎ぶりだ。やっぱり美人は得ですな。それともなにか特別な秘訣があるのですかね。僕が就任したときは、とてもこんな空気にはならなかったが」

じっとりと掬《すく》い上げるようにこちらを見る目と、皮肉ともやっかみともつかない含みのある言葉。いきなりの先制攻撃のつもりなのだろうが、皓子はその誘いには乗らず、あくまで低姿勢を貫いた。

「とんでもない。新参者ですので、ただ愚直に務めるしかないと思っております。これからもどうぞご指導のほど」

ここにいたるまで進志党が政権を担っていたのは三年半だが、その間一年ごとに総理大臣が交代し、そのたびに閣僚の顔ぶれも変わった。だから坂本がこの部屋にいたのも半年に満たず、それだけに大臣の椅子には強い執着があり、去り難い思いがあるのだろう。

皓子としては、せめて一言ぐらいは言い返したい気もするのだが、ここで不用意な発言をすると、手ぐすね引いて待っている番記者たちに恰好のネタを提供することになるだけだ。

新旧大臣の事務引き継ぎと聞かされていたので、進行中の案件や保留になっている事項など、詳しく申し送りをするものと思い、それなりの準備もして身構えていた。だが、いきなり分厚いバインダーの一ページを開いて目の前に示され、最初に署名を求められた。前任者と書かれたところに坂本が署名し、後任者と書かれたところに皓子が署名するのである。

坂本がまず黒々と武骨な花押《かおう》を筆書きしたあと、皓子にバインダーを差し出してくる。

「あの、引き継ぎというのは……」

「だから、ここに署名をするんですよ」

「え、それだけ？」

仕方なく皓子は筆ペンを取った。昨日の初閣議の席で、円卓に並んだとき、テーブルの上には硯と筆が用意されていて、閣僚として初めて署名をしたのだが、両脇のベテラン政治家たちがそれぞれ見事な花押を使っているのに驚かされた。花押などもちろん皓子には縁がない。少し考えて、米国系証券会社時代に使っていた旧姓の樋口《ひぐち》皓子の小文字のイニシャル「k・h」の二文字をうまく重ね、筆で崩し書きにした。

坂本の花押と並ぶ皓子のイニシャルは、ひどく肩身が狭そうでもあった。だが、これぞ皓子の等身大、いまの自分を掛け値なしに表しているようで、愛おしくも思えてくる。

署名を終え、記者たちに囲まれるなか、カメラのフラッシュを浴びながら作り笑顔で新旧大臣の握手を交わし、結局、事務引き継ぎはセレモニーだけで完了した。それにしても、金融業界にも日本経済にも、間断なく対処の必要な課題が山積しているというのに、国の組織を担うトップ同士の引き継ぎがこんな形骸化したもので済まされていいのだろうか。

大切なものが置き去りにされ、優先順位を完全に間違えているような事態が、こんなところにも感じられる。一連の予定をこなしながら、皓子は少しずつ膨れ上がる違和感を消化しきれずにいたのである。

*

初日の行事は、その後も分刻みで進行した。

職員を前にしても、記者たちに囲まれていても、皓子は当初、できればあまり彼らと距離を置かず、大臣であることをことさら意識しないで意思の疎通がはかれるよう、互いに気さくな雰囲気でいたいと思った。

コミュニケーションは職務を遂行するうえで要になるものだ。ときにはお互い腹を割って、本音を語れるようでありたいとも願う。皓子の古巣である米国系証券会社時代のように、ボスと部下の間柄でもファーストネームで呼びあうぐらいの親しみも、場合によってはあってもいいとまで考えていたのだ。

だが、半日彼らの反応を注意深く観察していると、皓子があまり近づきすぎると、かえって困惑の表情が浮かぶことにも気づかされた。官僚社会のヒエラルキーとでもいうのか、無言の秩序を新参者に乱されるようで、彼らにとっても当惑があるのだろう。つまりは大臣として、それなりに威厳をもって接しないと、相手のほうが困るらしいのである。

そんなことを意識したせいもあって、着任式での訓示も当初のとおり、ほどよく格調を保ったものに戻し、その後は場所を移して、番記者たちを交えての懇談と会見になった。

昨夜遅くの初登庁の際、ひとまずの顔合わせを済ませ、それぞれの所属メディアや簡単な自己紹介も受けてはいた。だが、番記者たちによる本格的な質疑応答はこれが初めてだ。

しばらくすると互いの緊張も和らぎ、ところどころでは笑いも起きたりして、記者たちとの話も弾みかけたところだった。山下がさりげなく近づいて来て、そっと二つ折りにした小さなメモを渡してきたのである。

「大臣、これを……」

何事かと開いてみると、〝記者会見を適当に切り上げてください〟と書かれている。

「どうかしたの?」

皓子は不快感を隠さずに訊いた。番記者たちとはこれ以上盛り上がるなと水を差された思いがしたからだ。だが山下は顔色ひとつ変えず、小声で耳打ちしてくる。

「面倒なことが起きました。ですが、決して慌てた様子を見せないでください。記者に悟られないように、あくまでさりげなく、この場を切り上げて、このあと官邸に向かいます」

秘書官として、そんな素振りなど微塵も見せないようにしているのだろうが、声の調子から皓子はことの重大さをすぐに覚った。それにしても、いったいなにが起きたというのだろう。

「わかったわ」

即座に皓子はそう答え、かえって鷹揚に笑みを浮かべて、記者たちを見回した。

「さあ、みなさん、今日はこの程度にして、続きはまたあらためてやりましょう」

「え、もう逃げるんですか、大臣」

誰かが茶化し、会見場に軽い笑いが起きた。

「あのね、山城政権はまだ始まったばかりですよ。時間は明日からだってたっぷりあるわ。こういう意見交換は、ぜひまたやりましょう」

わざと砕けた口調で言い、皓子は席を立とうとした。そのとき、ずっと隅で沈黙を守っていたあのテレビ・ジャパンの女性記者が突然立ち上がり、大きな声をあげたのだ。手にした携帯電話を得意げに、ことさら高く掲げている。

「いま本社から連絡がはいりました。大臣、取り付け騒ぎが起きているのをご存じですよね。京都の東伏見《ひがしふしみ》銀行本店の店頭に、預金客が大勢押し寄せて大変な事態になっているようですが、どう対処なさるおつもりで？」

まっすぐにこちらを見る秋本つかさは、どこか勝ち誇ったような顔をしている。

第三章　崖っぷち

思いがけない質問で、せっかく芽生え始めた記者たちとの和やかな空気が一変。会見の場がにわかに騒然となった。

「本当だ。ツイッターで注意喚起しているヤツまでいるぞ！　いまのうちに急いで預金を引き出しに行ったほうがいいなんて書いている」

秋本つかさとは別の方向にいた記者が立ちあがり、スマートフォンの画面を見ながら、頓狂な声をあげた。

「取り付け騒ぎだなんて、いまどきなんだってそんな……」

首を傾げながらも、周囲に遅れまいとしてか、慌ててポケットから携帯電話を出す者や、あちこちでタブレット端末を覗いている姿が見える。

「なあ、東伏見銀行ってどこの銀行だっけ？」

「なに言ってんだよ、おまえ。京都だろうが」

「だけど、なんでそんな京都なんかで……」

互いに顔を見合わせ、囁《ささや》き合っている記者たちを尻目に、つかさがまた大きな声で言う。

「大臣、お答えください。この騒動にどう対処されるおつもりですか」

あくまでも皓子を追いつめるつもりでいるのだろう。

「みなさん落ち着いてください。いま状況を調査中ですので」

咄嗟に皓子はそう応じた。

「ということは、まだ詳細は把握していないということなんでしょうか」

つかさはまたも鋭く隙を突いてくる。

だが、問いつめられても、皓子にはいまは事態がまるで見えていないのだ。ただし、ここで下手に情報不足を覚られるのも、逆にむやみに取り繕って軽々しく答えるのも、どちらも得策ではない。後々かえって追及されるだけだ。それよりいまはひとまず情報が欲しい。ここは無難にことを収め、とにもかくにも中座することだ。

「ですから、いまこれから……」

つかさをひたと見据え、皓子が口を開いたそのときだ。今度は最前列の男性記者が椅子から立ちあがって、叫び声をあげた。

「大臣。ネットやツイッターで凄い騒ぎになってきました。東伏見銀行の前にはとんでもない人だかりができているようで、店内に入ることもできないそうです」

「本当だ。さっき銀行に着いたら、カウンターの受付が二百九十二番という番号札だったとツイートしている人がいます。銀行前の道路まで順番待ちの預金者があふれだして、長い列になっているようです。いまもその人数がどんどん増えていると……」

現場のパニックの様相が、その切羽つまった声からも伝わってくる。なにが誘因なのかはまだわからないが、それにしても、事態の進展具合があまりに速すぎる。このうえは、ますます迂闊《うかつ》に物を言えなくなってきた。皓子はあらためて自分を戒めたのである。

遮ってくれたのは、秘書官の山下だった。

「みなさん、とにかく冷静にお願いします。詳しいことは、あらためてお伝えしますので」

記者たちを制する一方で、すばやく皓子を出口に誘導し、会見の場から外に連れ出そうとする。その背中を追いかけてくる記者たちの前に、ＳＰの菅井が両手を広げて立ちはだかった。

「のちほど正式な会見を開くということですね、大臣？　それで間違いないですね？」

廊下に出ていく皓子たちの背後から、つかさの声が追いかけてくる。皓子は思わず立ち止まり、記者たちを振り返った。

「もちろんです。騒ぎの詳細を正確につかみ、問題の所在がわかれば、適切な対処をして、事態の収拾に最善を尽くします」

皓子は毅然として答えた。言わずにはいられなかったのである。ここで金融担当の大臣が動揺していては、事態をさらに悪化させる。

「具体的にはどう対応されるおつもりなんですか？」

それでも、つかさはあきらめない。皓子は耐えきれないように大きな溜息を吐《つ》いた。

彼女はいったいなにがしたいのだ。いまパニックになっているという預金者を救済し、その不安を取り除いてやることが大事なのか、それとも新米大臣を追いつめ、惑わせて、記者自身の個人的な溜飲をさげることなのか。

マスコミが真にめざし、優先させようとしているものはいったいなんだ。

「それは今後の状況次第です」

皓子は、湧き上がってくる憤りをかろうじて抑え、精一杯の冷静さを装ってさらに言う。

「ただし、もしもいまあなたたちが指摘したような取り付け騒ぎが進行しているとして、歴史的に見ても、マスコミが煽《あお》りたてることで事態をさらに悪化させたケースも多々あるのは忘れないでください。ここはみなさんどうか冷静に、少なくともこれ以上群集心理を煽って、さらに風評被害を拡大させぬよう、各社で注意をお願いします」

「それは報道規制ですか？」

すぐさま反論の声があがる。

「それぞれの自覚と矜持の問題です」

懲りない声の主を睨みつけるようにして、きっぱりと言い置いてから、皓子は悠然と踵《きびす》を返したのである。

*

一旦は大臣室に戻り、金融庁長官の江口孝志を交えて対策協議にはいろうとしたのだが、どういうわけかつかまらない。やむなく、そのますぐに官邸に向かうほかなかった。

「いったいなにが起きているの？　記者たちが言っていた取り付け騒ぎというのは本当なの」

大臣車で官邸に向かいながら、事態の概略と背景について山下に説明を求めた。

「はい。総理もご心配をされていて、詳しい話を聞きたいと言ってこられています。大臣は、ずいぶん昔、愛知県にある豊川《とよかわ》信金で起きた取り付け騒ぎの事件をご存じでしょうか」

「もちろん聞いたことがあるわ。まさか、あれと似たようなことがいま京都で起きているってわけ？」

一九七三年、下校途中の電車のなかで女子高生たちが交わした何気ない冗談が発端で、噂話に尾ひれがつき、預金者のあいだに拡がったデマが群衆の不安を駆り立て、銀行の窓口で取り付け騒ぎとなった、いわゆる豊川信金事件のことは皓子も知っている。

「それで、原因はわかっているの？　東伏見銀行って、もしかしてプライム電器が絡んでいないといいんだけど……」

伏見という地名を聞いて、皓子の頭を咄嗟に過《よぎ》ったことがあった。それを何気なく口にした皓子に、山下が苦渋の表情を浮かべてうなずいてみせる。

「ところが、実はそうなんです」

プライム電器産業株式会社といえば、一時期は薄型テレビの製造で業界最大のシェアを誇り、日本経済を牽引する家電メーカーだった。ＩＴバブル崩壊後の不況を受け、低迷する地方経済回復の一翼を担おうと、京都府が巨額の補助金を投じ、思い切った政策を打ち立てた。地元の一角である伏見地区に、日本中から有力企業の誘致を試みたのだ。

そこに名乗りをあげたのが、経営トップに抜擢されたばかりの若き社長率いるプライム電器産業だった。鳴り物入りで建設した最新鋭の工場は、疲弊する地方経済の成功モデルだとして、かつてはマスコミが大々的に取り上げたものだった。

当時の知事と、若き新社長の狙いは見事に的中した。最先端の製造技術や生産規模を誇る「世界の伏見ブランド」は、やがてはプライム電器の代名詞ともなり、一時期は国際市場での盤石な勝ち組として、地元の雇用をはじめ地域経済に大きな恩恵をもたらしていた。

ところが、時代は移り、韓国メーカーを筆頭に、近年の新興国の台頭による影響をもろに受ける。国際市場における価格競争に勝てず、シェアを落とすだけでなく、いまやその全社的な経営基盤をも揺るがす事態に陥っている。

「でも、プライムのメインバンクはふたば銀行だったでしょ？」

皓子は、さっきからずっと引っかかっている疑問を口にした。

「ふたばと並んで、五菱《ごりょう》銀行も同じぐらいのレベルでずっと資金サポートをしてきました。ただ、そうした二行のメガバンクと並んで、京都の大手地銀も大口融資を続けていたんです」

「そのひとつが東伏見銀行だったというわけね」

「はい。というより、大抵はどの銀行も慎重で、最近のプライムには冷ややかだったのですが、そのせいもあって、藁をも摑む思いで地元の地銀に泣きついたのでしょう。いえ、地元の大手地銀だと胸を叩いて、こういうときこそ貸しを作っておこうと姑息な計算をしたのかもしれません。ともあれ東伏見だけは、みんなが資金を引き揚げるなか、逆に最後の時点で融資額を大きく増やしていたんです。プライムにとっては渡りに船です。ただ、この融資については一般には知られていないはずでした」

　山下は心配げに眉根を寄せ、首をひねった。

「それが、今回どこかから漏れたというわけね。だけど、このところのプライム電器には、中国の大手メーカー、あの噂の鵬飛《ポンフェイ》精密工業との合併話が進んでいたのよね」

「はい。あのままだとうまく収拾されるはずで、市場でも、われわれのあいだでも、ひとまず安堵感が出ていたんです」

　ところがプライムの経営陣内部の対立を背景に、途中から交代させられた前任者の経営トップが、因縁試合さながらに、鵬飛の天敵ともいうべき韓国メーカーを合併交渉のテーブルに引っ張ってきたから、話はこじれにこじれたというのである。

「新旧の経営陣同士の批判合戦は、マスコミでずいぶん書かれていたから私も知っているわ。でも、そんな経緯で救済合併の道が危うくなるなんて、愚かしいとしか言いようがない。いまは内輪揉めをしている場合じゃないでしょうに」

「そうなんです。喫緊の課題といいますか、目前に迫っているハードルはふたつあります」

「なにを置いても、早急に手当てが必要な資金があるわけね。しかも二件も？」

「おっしゃるとおりです。まずは、ふたば銀行からの三千八百億円の融資の乗り換え期日が来月に迫っていること。あとひとつは、九月に転換社債《CB》の二千億円の満期がくることです」

「当面、その、都合五千八百億円もの資金を誰がつなぐのかが問題なわけね。ところが、それぞれの情報をもとに、誰かがふたば銀行では難しいと読んでいる。そして、その状況を悲観した誰かが、今朝からツイッターかなにかを使って噂を流したというわけ？　万が一にもプライムが破綻して、債権放棄なんていうことになったら、少なくとも東伏見銀行レベルの地銀はぶっ飛んでしまうと？」

　騒ぎの背景を読み解いてみせる皓子に、山下は重苦しい顔でうなずいた。

「なにか、特別な内部情報が得られたということなのかもしれません」

　山下が声を落としてそう告げるあいだにも、後部座席に設えられた車内テレビの小さなモニターでは、ニュース番組で早々と騒ぎが報じられていた。

東伏見銀行の本店は、まだ昼前だというのにシャッターが半分下ろされており、玄関前から大通りに沿って、あるいはATMが設置されたブースの前からも、殺到した預金者たちが何列にもなってひしめきあっている。

「とんでもないことになっているわね。騒ぎの拡大するスピードが、ここまで速いとは」

「この前の、キプロスの一件がありますからね。仮に銀行が破綻しても一千万円までは保護されているのに、わかっていてもなにかせずにはいられない。取るものも取りあえず、預金を引き出しておかないと安心できない。そんな強迫観念があるのでしょう」

「なにか起きてからでは遅い。自分のお金は自分で守るしかないという思いが、一般に広まってきたという証左《しょうさ》なのよ。将来への不安感を払拭してあげない限り、どこへでも簡単に飛び火する可能性があるわ。ブログやツイッターみたいに、不安心理を一瞬にして広範囲に伝染させる手段が進化しているしね」

だからこそ、金融機関側としてもちょっとした噂や思惑違いが命取りになりかねない。そして所轄の大臣にとっても、それだけ素早い対応が求められる時代になったということか。

「その点も含めて、どうしてもひとつ気になることがあるのですが……」

官邸が近づいてきたのを確かめるように、山下が言った。

「なんなの？　気になることって。もしかしてこの官邸の呼び出しのことね？」

ここ二日ばかりを共にして、山下の優秀さには並外れたものを感じている。きっと彼の頭のなかにも自分と同じ懸念があるのでは。

「実はそうなんです。山城総理から、どうしてこんなに早く呼び出しがくるのかと、ちょっと驚いているんです。まるで、こうなる事態を予測しておられたようなタイミングに思えて」

「私もそれが気になっていたの。本来ならば、まず金融庁内で対策を練ってから、いえ、その前にふたば銀行なり、東伏見銀行の東京支店の支店長なり、当事者をヒアリングして、きちんと事態を正確に把握してから報告にいくのが順番ですもの」

思えば、皓子が大臣就任の命を受けるため官邸の門をくぐったのは、つい昨日のことだ。それなのに、まるで新旧大臣の事務引き継ぎを終えるのを待っていたかのようなタイミングで起きたこの騒ぎである。

ならばこそ、スタートしたばかりの山城政権の内閣の一人として、自分が真っ先に問題を起こすわけにはいかない。

深刻な経営不振にあえぐプライム電器と、その命綱を握るふたば銀行、その煽りを受け風前の灯火のような存在の地銀、東伏見銀行。もしや、背後には中国の鵬飛精密工業も絡んだなにかがあるのかもしれない。

ここは慎重のうえにも慎重に、心してことにあたる必要がある。皓子は次々と湧き上がってくる得体の知れない胸騒ぎを抑えるため、ひとつ大きく深呼吸をした。

*

「待っていたんですよ、三崎先生。さきほどから、ずっとここでニュースを見ていました」

総理執務室では、山城のほかに官房長官の田崎だけでなく、明正党幹事長の小関までが顔を揃えて皓子の到着を待ち受けていた。

「いったい、なんでこんな騒ぎになったんですかね」

口をすぼめ、いかにも気に食わぬという顔つきで声をあげたのは小関だった。無意識にその白髪頭を掻きむしりでもしたのだろうか、黒っぽい上着の肩には落ちたフケが白く目立っている。

「ご心配をおかけして申し訳ありません。詳しく状況把握をしまして、すぐにもしかるべき対応策を指示するつもりでおりますので……」

金融庁を出る前に、急いで検査局と監督局の局長を呼びつけ、緊急検査を実施するよう、すでに指示も出しておいた。

「おや、詳細の把握はこれからなんですか。それで、対応策とは？」

見下すような目つきのまま、小関はさらに迫ってくる。隣にいる山城総理も、官房長官の田崎も、黙ったままでじっと皓子の口元に視線を向けているだけだ。

「はい。東伏見銀行へ早急に金融検査の人間を送りまして、ひとまずは経営状況の正確な判断を急ぎながら、預金者に対しては、軽率な行動に走らぬよう適宜対応を……」

皓子が答えるのを遮って、小関が聞こえよがしの溜息を吐いた。

「気をつけてもらわないと困るんですよねえ、三崎先生」

「は？」

「あなたはもう大学の先生をやってたときとは違うんですからね。しっかり自覚してくださらんと。あなたには実感がないかもしれないけれど、今回の政権奪還の裏には、われわれの血の滲むような苦労があったんだ。だからこそ新しい政府には、思い切り勢いのあるスタートダッシュをしてもらわねばならんのです」

まるで、今回の出来事がすべて皓子の失態によるものと決めつけるような言い方である。

「はい。私も、それは重々承知しております」

「いいですか、国民の期待は一にも二にも景気回復です。いまは一日も早くその手応えを感じさせて、ここで一気に彼らの気持ちをつかみたいところなんだ。それなのに、今日の騒ぎはなんですか。こんな大事なところで地銀の取り付け騒ぎですと？　滅相もない話だよ」

「しかし、今回のことは……」

ネット社会における噂先行型パニックの様相なのだ。はたしてどこまで実態を反映したものなのか、いや、どんな背景で起きたことかについても、詳しい調査と分析が必要だ。それに、いまさら小関に言われなくても、大臣として金融行政を担った責任感は、嫌でも自覚させられている。冷静さを求められているのは、むしろ党本部のほうではないか。皓子は喉元《のどもと》まで出かかった釈明の言葉を、必死で抑え込んだ。どちらにしろ拙速な対応だけは避けなければ。

「おわかりですな、三崎先生。とにかく、どんなことをしてでも、早急に事態を収めてもらわないと」

「もちろん、それはお任せください」

皓子としては、いまはただそう言い切るしかない。

「ご存じだとは思うがね、三崎さん。そうこうするうちに、マスコミ各社が初めての世論調査の結果を出してくる。山城政権の支持率がどれぐらいだとか、政権奪還後のわが党に対する政党支持率がどうだとか、うるさく言い出すことになる。何事も最初が大事なのだよ。国民には景気回復に向けての手応えを実感してもらって、日本中に元気な空気を打ち出したいと必死になっている。そんな矢先に、こういう不祥事が起きたのでは、困るんだ」

もはや先生と呼ぶこともやめ、吐き捨てるような物言いだ。小関が執拗に責め立てるのを、田崎官房長官だけでなく、山城総理までもが、いつまでも黙って聞いている。

その探るような視線はじっと皓子に向けられたままで、つまりは、政府内の主たる二人がともに小関と同じ思いを抱き、すべてを彼に代弁させているということなのだろうか。

「ですから、そのためにも早計に失しては逆効果だと、私はそう申し上げているのですが」

皓子が語気を強めたので、なにかを察したのだろう。ようやく山城が表情を和らげた。

「まあまあ、小関君。三崎先生もよくご承知なのだよ。ねえ先生」

「はい、総理。特段のご用がないのでしたら、すぐにも金融庁に戻り、対策会議を続行します。すでに監督局の局長に指示を出し、来週早々にも緊急検査に向かわせることにしておりますが、幹事長がおっしゃるように、時期的に繊細なマターでもありますので、ここは慎重に、まずは検査が必要ですから」

「要するに、まだ実態がつかめていないのですね？」

「東伏見銀行は、前回の定期検査から二年あまりが経過していますので、今回の取り付け騒ぎの背景が単なる噂に誘導されただけの根拠のないものなのか、それとも本当に債務超過なのか、その見極めがすべての鍵となります」

皓子はきっぱりと断言し、これ以上余計な口を挟ませないとばかりに、まず小関の顔を、次に田崎を、そして最後に山城を正面から見た。金融業界に関しては、自分が大臣に就いたのだ。小関などに文句は言わせない。そんな思いを視線に込めたつもりだった。

「総理もご承知のように、二十一世紀型の銀行の破綻処理にはいくつか方法があります」

「だからね、三崎さん。われわれはその破綻という言葉を聞きたくないわけですよ」

小関はまだ口のなかでぶつぶつ言ってくる。だが、それを完全に無視して先を続けた。

「預金保険法の一〇二条に、公的資金注入については三つのケースに分け、明確に規定されております。いわば金融危機対応のマニュアルとでも申しましょうか。第一は、生きている銀行への資本注入、たとえば以前のみそら銀行のケースがそれでした。あの銀行は、厳密な金融検査の結果、ギリギリのところで資産超過でしたので、二兆円の資本注入をしても、やがて息を吹き返せば国に戻ってくるお金でした」

まさか、後に自分が金融担当の大臣になるなどとは夢にも思っていなかったのだが、このあたりの知見や情報は充分に持っている。いざとなったら昔の金融界の仲間など、金融の現場を熟知したそれなりのブレインもいる。皓子はもう一度、揺るぎない視線を三人に向けた。

「この時期に、縁起でもない話はやめてもらいたいもんだが……」

小関は懲りずにつぶやいている。皓子はその白髪頭と肩のフケを睨みつけるようにし、さらに続ける。

「第二は、東都相和《とうとそうわ》銀行のケースですが、あそこは逆に債務超過でした。それで、預金を全額保護したうえで、救済合併先に資金援助をさせる。最後のケースは、足尾《あしお》銀行などでしたが、債務超過であり、救済合併先も見つからない場合で、強制国有化となりました。ただし、この第二と第三のケースですと、いくら国の資金を注ぎ込んでも、返却は望めないので、結果的に資金贈与になってしまいますが」

「それは困る。いや、どれも困る」

思い詰めたように声を漏らしたのは、山城だった。

「は？」

「参院選が迫っていますからな。七月なんてあっという間だ。いまはなにをするにも気をつけてもらわないと。まかり間違っても地方銀行の破綻だの、公的資金の投入だのと、かつての金融危機を彷彿させるようなことは絶対に困るのです。仮に噂や言葉だけだとしても、一切避けて通りたい」

「ですが、総理。そもそも今回の噂の背景には、やはりプライム電器産業の件が関係していると思われます。そちらのほうが改善しないと、根本的な解決など無理です。もちろん、すべては東伏見銀行を精査したあとの判断になりますが」

「いや、三崎さん。それも困るんだよ」

　嫌悪感を隠そうともせず、小関がまたも激しく首を横に振りながら言った。

「とおっしゃいますと？」

「選挙前にこれ以上プライムがごたごたするなどとんでもない。わかっているでしょう、わが明正党は大胆な経済の成長戦略を掲げ、雇用の拡大や労働者の賃金アップを積極的に推し進めていくと宣言し、だからこそ勝ったんですぞ」

　参院選にかける執念は想像を超えるものがある。参院選にさえ勝てば、長期政権が約束されたようなものだと考えるからだろう。執拗に言い募る小関を、そのとき山城が手で制した。

「まあまあ、幹事長。その点は、私は心配はしていないんだよ。この際はプライム電器産業ごと、全部を三崎先生にお任せしようではないか。きっとどうにかしていただける。先生はさっき、みずから任せろとおっしゃってくださった。そうですな、三崎先生？」

あきらかに皓子の反応を試すような、なんとも意味ありげな口振りだ。そうか、山城は最初からこれが言いたかったのかもしれない。ならばこそ、こんなところで怯むような自分ではない。こんな程度のパンチを浴びたぐらいで落ち込むのなら、最初から大臣など引き受けることはしなかった。

「わかりました。いずれにせよ、なんとかいたしますので、しばらくお時間を。伏見は私の故郷でもありますから」

思ってもいなかった言葉が口から飛び出してきたことに、皓子は自分でもひどく戸惑っていた。いや、言った瞬間に激しい後悔が始まった。なぜこんなことを口走ったかわからない。むしろ、これまで故郷とはなんとしても距離を置いてきたはずだったのに。

避けよう、離れようとすればするほど、逆に引き寄せられるように近づいてしまう。それは、政治の世界も同じと言うべきか。皓子の切なる思いに逆らって、否応なしに引きずり込まれるようにして足を踏み入れてしまう領域。

代々続いた酒造会社を潰したあげく、知事選に立候補した遊説先で、不可解な死に至った父、樋口大悟《だいご》。あれほど嫌悪し、すべてを封印し、ひたすら逃げおおせてきたはずの父の人生が、いまごろになって自分に絡みついてくる。

そのあまりに皮肉な顚末と、抗いきれないわが身の因縁を、あらためて呪いたくなるような思いで、皓子は官邸をあとにした。

＊

金融庁に戻り、十七階にある大臣執務室に着くと、一息吐く暇もなく、金融庁長官の江口がやってきた。官邸に出向く直前に開いた緊急対策会議は、この江口の指揮のもとで、皓子の不在中も着実に進められていたらしい。

「ポイントは、債務超過かどうかの見極めの時間がどれだけかかるかよね」

江口を筆頭に、各部門の局長レベルと秘書官の山下らを、大臣執務室内の会議テーブルに集めて皓子は言った。

「おっしゃるとおりです、大臣。月曜の朝には検査管理官を送るよう、東伏見銀行側にもさきほど通知させました。なにせ急を要しますから、こちらの人選にも配慮してベテランの管理官を選んで送り込みます。できるだけ時間をかけずに結果をご報告できると思いますので」

江口がすかさず口を挟む。相変わらずの早口だが、この男の抜かりのなさには救われる。

「そう、ご苦労さま。これからは時間との勝負ですからね」

皓子は心から礼を言った。こんなとき、もっとも緊密に連繫しなければならない長官が、以前からの顔見知りでよかったと思う。

「いえ、こういうことには、われわれは慣れておりますので、どうぞご安心を。一週間から遅くとも十日ぐらいで、なんとか数字がつかめるといいのですが。それにしても、今日が金曜日だったのはラッキーでした」

「そうね、お蔭で少なくとも明日と明後日は、堂々と店を閉めておける。はからずも二日間の時間稼ぎができたわけね。今日がもしもウィークデイだったらと思うと、ゾッとするけど」

どこであれ銀行の窓口を閉鎖するとなると、そこまで危機的な状況だったのかという憶測が膨らみ、かえって預金者の不安感は倍加する。かといって、対応策が固まる前に無理にも店を開くと、今日以上の数の預金者があらゆる支店の店頭に押しかけないとも限らない。

「公的資金の投入も、ましてや破綻といった事態も、一切だめだと総理には釘を刺されたわ」

心中を吐露できるのも、相手が山下や江口だからこそのこと。

「となると、どこか引き受け先を探すということですね。大臣には心あたりがおありで?」

皓子の心中を覗き込むように、江口がソファから膝を乗り出してきた。

「わからないわ。でも、やるしかない。要するに問題の根っこから考えないと、下手をすると似たような騒ぎがほかの銀行でも起きることになる。ポイントはその点でしょうね。いざとなると、やはり経産大臣も巻き込む必要があるんだけど。ただ、その前にうちとしては、まずは東伏見の現状を正確に把握してからね」

皓子は無意識に「うち」という言葉を発していた。大臣に就任して間もないというのに、思いがけない問題に直面したことで、内部がひとつになっている感触を得たからだろうか。

「経産大臣ということは、つまりはプライム電器に対するスポンサー探しをお考えになっているということですね。やはりどこか、めぼしい相手が見つかりそうだと？」

江口はどこまでも感度のよい男だった。まるで、皓子の考えることが読めているとでも言いたげに聞こえる。

「まったくの白紙よ。でも、それしかほかに道がないなら、なんとしても見つけてみせる」

皓子は、自分自身に言い聞かせるように、そう告げていたのである。

＊

「就任早々とんだ難問勃発だよな。もちろん、僕も協力は惜しまないよ。だけど、いきなりプライムの金づる探しとはキツいよな。なにせあの鵬飛を蹴っちゃった人間が会長に居座っているところだからさ。ポンと金を出すところなんか、おいそれとは見つからない」

久し振りに電話をしてきたテレビ・ジャパンの矢木沢を、極秘で頼みたいことがあると、いつかのレストランに呼び出して、皓子はプライムのことを打ち明けた。

「簡単に見つからないから、相談してるんじゃない。でも、プライムのラボには価値があると思うの。あそこの開発力は高く売れる。ねえ、シストロンの社長って、たしかあなたの会社の出身よね」

「たしかに春山《はるやま》はメディアの業界にはおさまりきらない逸材だったし、俺の大学のずっと後輩だけど……。おいおい、コンピュータ・ゲーム会社のシストロンをどうしようっていうんだ」

「私ね、日本の製造業はいまが正念場だと思うの。時代が大きく変わろうとしているなかで、今回のプライム電器の経緯は、その象徴みたいになっている。世界中が注目しているのもそのためよ。だからこそ、彼らの高い技術力をいま手放してしまったら、この国はもうお終いよ」

皓子があまりに真剣な顔で言ったからだろう。その気迫に押されたのか、矢木沢は居住まいを正し、別人を見るような目でこちらをじっと見つめてくる。

「それと、シストロンの春山と、どういう関係があるっていうんだ」

解せないという顔で、矢木沢が訊く。

「なにも自分が内閣の一員だから言うわけではないの。明正党のためでも、山城総理のためでもないわ。ただ、ここはなんとしてもプライムに踏ん張ってもらいたい。彼らを守りたいのよ。もちろん東伏見銀行も、日本の金融業界もね。いいえ、むしろ今回の危機を、攻めに転じるチャンスにしてほしい。そのためにシストロンの力を借りたいと思っている」

皓子は一息でそこまで告げた。

「そういうことか、なるほどな。ただし、力を借りるというより、君が借りたいと思っているのは、彼らのありあまる資金力を、なんだろう？」

「私、この前、何気なくシストロンの『決算短信』を見ていたのよ。驚いたわ。彼らのキャッシュフローって、結構大きいのよね。それに現預金がずいぶん膨らんでいた」

「たしかに、春山の会社はいま金がうなっている。正しくはソーシャル・ゲームっていうんだけど、去年世界展開した新しいオンラインゲームが、自分たちでももてあますほどのバカ当たりだったそうでさ」

急に揶揄《やゆ》するような目になった矢木沢を無視して、皓子は言った。

「でも、そのキャッシュをただ眠らせておくなんてもったいないわよね。とはいえ、いまはどの市場も乱高下しているから、下手に株や債券で運用するのもリスクが高い。だったら、彼らの余剰資金をうまく活用してもらえないかと思ってね。そうしたらプライムもしばらくは息がつけるし、シストロンもハッピーだし、ひいては日本のためになる」

「皓ちゃん、まさか本気でシストロンを巻き込むつもりじゃないだろうな。春山は見かけはあんなだけど、相当手ごわいぞ。若いし、ひ弱で、へらへらしているみたいに見えるけど、実はかなりしたたかで、一筋縄ではいかない男だ」

小柄で童顔の春山譲二《じょうじ》は、以前どこかの経済誌のインタビュー記事で見かけたことがあった。皺だらけのチノパンにコットン・ジャケット。上着の上から黒いリュックを背負った姿は、そのまま大学のキャンパスにでも立たせたい風貌だった。

だが、テレビ・ジャパンを入社二年で辞め、仲間とＩＴ系企業を起《た》ち上げたあと、短期間で上場するまでに成長させた人物である。いまや時価総額が一兆円を超える大企業の最高経営責任者《CEO》だなどと言われても、どこにそんなエネルギーが隠されているのかと、不思議に思えるくらいだった。

「もちろん、タダで、とは言ってないわ。あれだけのビジネスをしているんだから、彼らにとってもおいしい話じゃないと無理なことぐらい、よくわかっている。だから、彼らがいま一番欲しがっているものを用意するわ」

皓子は挑むように矢木沢を見た。

「おいおい。なに考えているんだ、皓ちゃん。詳しく教えてくれよ」

矢木沢が、慌てたように身を乗り出してくる。その様子に予想以上の手応えを感じ、だから皓子はかえってそっけない声を出した。

「急いでいるのよ。どうなの？　春山君に会わせてくれるの、くれないの？」

いまは矢木沢になどかまっている時間はない。だが、ここで役に立っておけばあとでなにか必ず見返りが期待できる。皓子は暗にそう匂わせるような顔を装ってみせたのである。

メディアの人間をどう操れば、こちらに必要な動きをしてくれるか。この二日間で、痛いほどの教訓を得てきたのだ。それをうまく使わぬ手はない。

＊

矢木沢を残して先にレストランを出て、大臣公用車でようやく自宅に向かうときも、皓子の頭のなかは、明日からのことでいっぱいだった。とにかくいまの事態を早く収束させ、少なくとも月曜日の朝は東伏見銀行を平穏に開店させなければならない。

金融担当の大臣として、山城はもとより、幹事長の小関の前であそこまで啖呵《たんか》を切ってみせたのである。なにがなんでも首尾よく事態の収拾をはかることだ。

だから、明日が土曜日であり、その次が日曜日であることなど、いまの皓子にとっては東伏見銀行の救済対策に与えられた時間という意味しか持たなかった。いや、いまはその限られた時間を、一分たりとも無駄にできない。

やがて門の前にあるポリスボックスが視界にはいってきて、玄関前で車を降り、ＳＰや山下と別れた。玄関ドアを開けたときは深夜の零時を過ぎ、すでに日付も変わっていた。

「ただいま」

囁くような小さな声で、だが、大臣就任二日目の長かった一日からやっと解放されたという思いをこめて、皓子は廊下の奥に向かってそっと言う。

「お帰り、疲れただろう。お風呂残してあるよ、先にはいるかい？」

伸明はテレビを見ながら起きて待っていてくれたらしく、すぐに玄関に顔を出した。もっとも慧はさすがに待ちくたびれたのか、自室から出てくる様子はない。

「ついさっきまで、麻由ちゃんが来て、君の帰りを待っていたんだけど」

言われてハッと思いあたり、慌ててバッグから携帯電話を取り出した。今日の午後だけで、着信記録が五回も残されている。

「そうだったの。可哀想なことをしちゃった」

次々と押し寄せてくる事態に、麻由のことにまで気をまわす時間も心のゆとりもなかった。

「明日は久々に仕事が休みらしいんだ。だけど、昼まではたまった洗濯とか掃除があるって言うから、夕飯時にまたおいでと言っておいた。久し振りにみんなで揃って食べようよ。どこか美味《おい》しい店に行ってもいいしさ」

この前から続いているぎくしゃくした母娘の関係を、いまのうちにうまく修復させたいという、夫ならではの心遣いなのだ。

「ごめんなさい。だけど、仕事がいつまでかかるか……」

そんな夫の気持ちがわかるだけに、皓子としても言い出しにくい。

「え、土曜日も休ませてもらえないのか」

さすがに、言葉に滲む苛立ちがある。

「今日、ちょっといろいろ面倒なことが起きてね。ニュースでも見たと思うけど、あちこち動き回らないといけないんです」

たとえ夫であっても、詳しいことまでは明かせない。舌足らずな説明であるだけに、もどかしくもあるが、それが大臣という立場ゆえの守秘義務だ。

「でも、今日が金曜で本当に助かったのよ。せめて、この土日が使えるから」

「なんだって？　土日が使えるって、じゃあ日曜も仕事なのか」

苛立ちのうえに、不満が重なり、めずらしく伸明が声を荒らげた。皓子のスケジュールについての自宅への連絡は、秘書官の山下に任せきりになっている。だから、伸明の耳にはとうにはいっているはずだったのだが。

「すみません。麻由には私から電話でよく言ってきかせます。ただ、今週は特別なんです。いまの事態が片づきさえしたら、普段はたぶん、土日ぐらいは休めるはずですから」

「あ、いや。こっちこそごめん。一番大変なのは君なんだよな。仕方ないよ。なんていったって天下の大臣なんだから。仕事のことは私にはよくわからないけど、とにかく、せめて家にいるときぐらい少しでも横になって、ゆっくり休みなさい」

詫びながらうなだれる皓子の背中に、伸明はそっと労《ねぎら》いの手をあてた。

＊

ベッドにはいって明かりを消すと、闇のなかにどこまでも沈み込みそうなほど、身体は疲れ切っていた。なのに、考えまいとしても今日一日の出来事が次々と浮かんできて、皓子はそのつど何度も寝返りを繰り返した。

その後も、自分が発するうめき声でたびたび目を覚まし、それでもなんとか寝ついたかと思ったら、すぐに目覚まし時計に起こされた。

決戦の日の幕開けである。この土日が成否を分ける。そんな思いでベッドから抜け出し、手早く身支度を整えてから、せめて朝食ぐらいはと、台所に立った。

昨夜の穴埋めのつもりで、慧の好物のフレンチ・トーストを作ってやり、ベーコンエッグとグリーンサラダを添えて、三人でテーブルを囲んだ。メープルシロップをたっぷりとかけ、あっというまにたいらげていく息子の様子を見ていると、こうやって過ごすたわいない時間が限りなく貴重に思えてくる。

だが、迎えの車は非情なほど正確にやって来た。秘書官の山下が受け取ろうとするのを振り切って、慧は皓子のブリーフケースを胸に抱いたまま、誇らしげな顔をして門の前の大臣車まで見送りに来た。土曜日だというのに、番記者たちが数人待ち受けている。

「ママ、いってらっしゃい」

発車したあとも、おどけて両手を大きく振り、いつまでも見送っている息子の姿が、いまはなんだか切なく胸に迫る。

「困ったものよね。いつまでも子供で。あれでも、もう高校生なのよ……」

あえて吹っ切るように皓子が言うと、さっきから隣の席でずっとメールチェックをしていた山下が、言いにくそうに切り出した。

「大臣、実は急な話で申し訳ないのですが」

「どうかしたの」

「昨日、大臣にご依頼を受けたとおり、天海《あまみ》経産大臣に会談を申し込んでおいたのですが、さきほどやっとその返事が秘書から届きまして」

「どうだった？」

「はい。会談には承諾いただいたのですが、なにせ昨日の今日ですから、時間調整が厳しくて。それで、もしもお急ぎならば一緒に来ていただくことは可能かと。三崎大臣のほうからおいでいただけるのなら、いくらでも時間は作ると、そうおっしゃっているそうです」

山下はタブレット端末に視線をやったまま、すまなそうに言う。

「こっちも急にお願いをしているのだから、無理は承知よ。多少のことはこちらが譲歩するしかないわね。で、私に一緒に来てほしいって、どこなの？」

「それが、奈良なんだそうです。といいますか、天海大臣は昨夜から地元にお帰りになっているようで、大臣就任直後のご挨拶と、本日のお昼からは、あちこちで講演会が予定されていると秘書からは言ってきています」

「いまからもう、次の選挙のための地元サービス？」

「そうなんです。『金帰火来《きんきからい》』だの、いわゆる『草取り』だのということが、まだ現実に生きている世界ですから」

地方出身の代議士のほとんどは、常任委員会の開催される火曜日から金曜日にかけては東京にいるが、金曜日には帰郷し、火曜日の朝までできるだけ地元に滞在する。「金帰火来」と言われるのはそのためで、票田に芽生える他陣営の勢力を、早いうちに刈り取っておくための活動だが、対抗馬の出現を田畑の雑草にたとえて、「草取り」と呼ばれているのも、以前に聞いたことがあった。

皓子のような民間出身の大臣と違って、天海にとって選挙に当選することは、常に最優先させるべき死活問題なのである。

「もしも三崎大臣がどうしてもとおっしゃるなら、その会場においでいただければお会いできると。それから……」

「まだあるの？」

「できれば、大臣もその講演にご一緒していただけると、とてもありがたいともおっしゃっておりまして……」

要するに交換条件なのである。テレビ番組など、これまでメディアへの露出も多く、それなりに知名度の高い皓子のこと。その三崎皓子と親交が深いことを地元住民に印象づけるのは、天海にとっても宣伝効果があると理解したのだろう。だから、皓子がその役を引き受けて協力してくれるなら、こちらの話に乗ってもいいと、そう暗に言ってきているのだ。

「どういたしましょうか」

そこまで言われて、否とは言えない。心配そうな山下に、皓子はうなずいた。

「わかった。いいわよ」

それぐらいで済むのなら、むしろ好都合と言ってよい。いまの時点で経産大臣に貸しを作り、協力の確約を取りつけておくことは、皓子の計画を成功させるための重要な要素なのだから。

「そうおっしゃると思いまして、了承する旨のお返事を出しておきました。ただ……」

「なに？」

まだほかになにがあるというのだ。

「さきほど番記者から今日の大臣のスケジュールを訊かれまして、これから奈良に向かうとしても、イクスキューズが必要でして。でないと、大臣がわざわざ関西方面までなにをしに出かけて行くのだろうと、要らぬ憶測を呼びますから。下手をすると、東伏見銀行にもかえって悪影響が出かねません」

「たしかにそうね。だから、番記者たちにはなんて教えたの？」

「ですので、事後承諾になって大変申し訳ないのですが、大臣のご実家が近いことを考えて、お母様に大臣就任のご報告においでになるのだというように、伝えておきました。そうすれば、帰りに京都に立ち寄って、どこかで東伏見銀行の頭取ともお会いになることが可能になります。それなりの場所をご用意しますので」

「そう、わかったわ。ありがとう」

言った途端、皓子の咽喉《のど》の奥に限りなく苦いものが蘇ってきた。

となると、記者たちの手前もあり、実家に顔を出さないわけにはいかなくなる。ここ何年も距離を置いてできるだけ避けてきたのに。だがこれは、山下なりの機転なのだ。記者たちの目を逸らすための方便である。責めることはできない。

「そんなわけですので、このまま品川駅に向かいます。新幹線で京都へ、そこから奈良へ」

「行くしかないわね」

皓子は固く拳を握りしめ、胸のあたりに置いた。ついに、こんな日が来てしまった。

＊

土曜日の早朝だったためか、品川駅から乗り込んだ新幹線は意外なほどに空いていた。皓子たちの周辺に、一般の乗客がほとんどいなかったことは幸いだったが、とはいえ番記者たちがどこかに乗り込んでいる可能性は大いにある。

皓子は、名古屋駅に着くまでのあいだぐらいには、できる限りの準備をしておきたいと考えていた。だが、静かな車内だけに誰に聞かれているとも限らない。それを充分に意識して、あくまで平穏な表情を装っての、小声での話し合いが続いた。

「それにしても、大臣の発想力と、人脈には感服しました。たしかに、昨夜伺ったあの商品があそこで実用化できたら、世界に先駆けて新しい分野を開拓できることになりますから」

小声ながら、山下があらためてしみじみとした声を漏らす。もっとも、固有名詞を口にするのは極力避けての会話になるので、他人には理解できなかっただろう。

「昔の仕事仲間から、実は少し前に頼まれてはいたのね。だけど、まさか自分がこんな立場になるとは想定していなかったし、私自身が直接関係している分野でもなかったから、半分以上忘れてしまっていたのよ」

「うまく話が進むといいのですが」

そう言いつつも、山下はどこまでも懐疑的だ。皓子はあらためて確かめるように周辺を見まわし、そのあとさらに声を落として、囁くように言った。

「でも、考えてみたら、ウェアラブル・コンピュータなんて面白そうでしょう？　次世代の端末機として、誰かしかるべき人間にうまく繋げてあげれば、両者ともにハッピーになるんじゃないかとは考えていたの」

ウェアラブル・コンピュータ、つまり身体に装着することのできる情報端末機の開発は、すでに世界で始まっている。これまで開発されているのは、眼鏡型のもので、右目のレンズの部分にごく小型の透過ディスプレイを搭載しているため、目の前の空間にコンピュータの画面が現れるという構造の端末機だという。

「いや、昨日大臣から伺ったときは、SFの世界みたいだと感心しましたね。スマホが音声で操作可能になったときもずいぶん驚いたものですけど、これが実用化したら、今度はまったくのハンズフリーで、スマホでもパソコンでも使えるようになるわけです。この調子では、ITの分野はいったいどこまで進むのだろうと、逆に怖くなってきますけど」

東京を離れ、少しは気持ちがなごんできたのか、山下は少しおどけた顔でそう言うと、わざとらしく肩を竦《すく》めてみせる。

「前に私がいた証券会社の元同僚が、こういうベンチャー系の若者にいろいろ出資をして、人材を育てているんだけど、そのなかのひとつだったのね。もっとも、この分野ではすでに完成品はあるのよ。ただし、まだ一般消費者向けの発売にはいたっていなくて……」

「つまり、早い者勝ちということなんですね。市場参入は急がないといけないわけです」

山下が、納得顔でうなずいてみせる。

「もちろんリスクはある。実現そのものというより、ユーザー側に対していろいろ課題が残されていてね。法規制というか、安全面での問題があったみたい。でも、友人に言わせると、彼らの製品は、そのあたりをクリアしたまったく新しい商品になるって」

抑えた口調のなかにも、おのずと弾むものがある。アメリカで生まれた新製品の芽と、シストロンの資金を繋げ、そのための開発をプライムにやらせたら、三者の利益だけでなく、東伏見銀行の救済にもなるというのが皓子の考えだった。

「ですが大臣、そういう大化けしそうな可能性のある研究なら、アメリカだったら誰でも資金を出すでしょう」

なのになぜ皓子に話が来たのかと、山下が首を傾げるのも無理はなかった。

「そのとおりよ。欲しがる人間はいくらでもいるでしょうね。ただ、彼らは大手とは組みたくないって言うの。市場を独占したり、価格を高く設定したりしないで、世界中に普及させたいのね。設立当初から、難聴の人向けに骨伝導のマイクを作ったり、ロボットみたいな電動車椅子の開発を手がけたり、障害者や社会的弱者のための商品開発に特化しているらしいから。買いやすい価格設定のできる、本当に生産力のあるところと組みたいんですって」

「そうでしたか」

「先方には、昨夜メールでひとまず打診をして、電話でもざっくり話しておいたの。急いで検討してみるとは言ってたわ」

「それで、うまくいきそうなんですね？」

山下の目にようやく安堵の色が浮かんだ。

「いいえ、残念ながらいまの時点では、まだ確実なことはなにも言えない」

それが正直な現実である。

「そうですか。まあ、なにもかもそんなに都合よくはいかないか……」

告げた山下の声が、力なくしぼんでいく。

「簡単な話ではないことは、認識しておくべきね。だけど、わずかでも可能性があるなら、それに賭けて、ベストを尽くしたいじゃない」

ふと、皓子の脳裏に若かったころのことが蘇ってきた。証券会社にいたあの当時、どうしても首を縦に振らないクライアントとの商談を前に、めげそうになる自分自身を必死で鼓舞したものだった。気分を奮い立たせようとトイレに立ち、石鹼でわざと丁寧に手を洗い、鏡のなかの自分に向かって何度活を入れたことか。

あのころの無鉄砲でがむしゃらな自分は、いまもこの身体のなかにたしかに息づいている。そんなことを思いながら、皓子はあらためて山下に向き直るのだ。

「ねえ、山下さん。私はもちろん、この案だけに頼るつもりはないわ。これ以外の第二案《プランB》も立てておく必要はある。おそらくアメリカからは、まもなく返事が来るでしょうから」

「必ずしも、いい返事とは限らないわけですね。それは国内側にとっても同じことで」

「そうよ。一社でもノーと言ったら、この話はそれまでかもしれない。でもね、勢いとか、流れなんていうものは、自分の手で引き寄せるぐらいじゃないとダメ。待っているだけじゃ始まらないのよ。だから、経産大臣を筆頭に、今日明日のあいだに関係者全員に会って、私が直接説得する。彼ら全員に、自分たちにメリットがあると思わせる。もしもそれができたら、話は必ず前に進む。私はそう思っているの」

皓子は祈るような思いを込め、力強く言ったのである。

＊

新幹線はやがて名古屋を過ぎ、岐阜羽島を経て、京都へと向かった。

「京都駅に着きましたら、そのままひとまずはご実家に向かっていただきます……」

京都駅で下車したあとは、山下に言われるまま伏見に向かったが、ようやく実家に続く木造の低い家並みが近づいてきたところで、人だかりがしているのが目にはいった。

「やっぱり来ていましたか」

案の定、実家の前あたりで数人の番記者がたむろしているようだ。それだけでなく、そんな様子に気づいた物見高い隣人たちが、何事かという顔で集まっている。

「だけど、どうやって先回りしたのかしら」

ここにいたるどの過程でも、記者らしい顔は見かけなかったのに。

「ま、よくあることです。とりあえず、大臣は素知らぬ顔でにこやかにお宅のなかにはいってください。そのあと、申し訳ありませんが、できるだけ早く、こっそり抜け出すようなことは可能でしょうか？」

山下の段取りでは、どうにかして記者たちの目をくらまし、すぐにも奈良に向かいたいのだ。そのあとまた京都に戻り、東伏見銀行やプライムの幹部と会えればとも考えているようだ。

「わかった。なんとかなると思うわ。酒蔵のほうはもうずいぶん前に閉めちゃっているけど、見てのとおり昔からの古い日本家屋でしょ。それに裏には川があるから、そっちから出たら気づかれないと思う」

伏見区南材木町《みなみざいもく》。昔ながらの木造家屋は、いまはすっかり朽ちかけている。酒蔵を閉鎖し、周辺の土地を整理処分したあと、いまは姉夫婦とその家族が継いでいる。皓子が幼かったころには、住まいに隣接した酒造りの工場や、大きな煉瓦造りの煙突もまだ残っていた。たくさんの樽が並んだ蔵もあって、近所の子らとよくかくれんぼをして遊んだものだった。そのころの特別の抜け道もきっと残っているはずだ。

ここだけは時間が止まったままなのか。

長いあいだ、意図的に記憶のなかから締め出してきたはずの風景が、いま目の前に拡がっている。少なくとも、金融庁や大臣とも、取り付け騒ぎやプライム電器とも、ここはまったく無縁な別世界なのだ。

抑えきれない懐かしさと、拒み通してきた積年の拘《こだわ》りとが、喉元のあたりで激しく絡み合う。胸が締めつけられるような息苦しさを隠して、皓子は毅然と顔をあげた。

「じゃあ、あとでね、山下さん。十五分後にこの先の角のあたりで落ち合いましょう」

背筋を伸ばし、きっぱりとした口調でそれだけ言い置いて、車を降りたのである。

その途端、どこに潜んでいたのか、番記者たちに取り囲まれた。皓子は無視して歩を進めたが、一歩歩くたびに、その足取りに合わせて人の輪が揺れる。騒ぎに気づいてか、近所の家々で窓が開き、遠目で騒ぎを窺っているのがわかる。なかには小走りで門まで出てくる住人の姿も見えた。

「大臣、今回の京都訪問は、やはり東伏見銀行の件ですよね。その後の進捗状態はいかがですか？」

番記者の一人が、いきなりリコーダーを突きつけてきた。もちろん取り合うつもりなどない。皓子は固く唇を結び、まっすぐに前を見てただ歩き続けた。

懐かしい実家の門をくぐり、玄関に続く敷石を踏んで進む。あたりは静まり返っていて、人の気配がない。ゆっくりとひと呼吸おいて、皓子は心を決めて扉の前に立った。

＊

古びて軋む引き戸を開けるには、ちょっとしたコツが要る。

ほんの少し持ち上げるようにしてから、一気に戸を引くその開け方は、いまも変わらずに通用した。そんな些細な記憶がなんだか可笑しく思えて、皓子は玄関に一歩踏み入れてから、ひとつ大きく息を吸い込んだ。

懐かしい匂いが鼻腔をくすぐる。煤けた柱と高い天井。そして見覚えのある土壁が、かすかな甘みを含んだ空気を湛えている。

ああ、樋口の家の匂いだ。

奥に続く細長い土間にたたずみ、皓子はその匂いを確かめるように、ゆっくりとあたりを見回した。

いまはもう途絶えてしまった酒蔵「ひぐち」。江戸時代は享保《きょうほ》年間末期から、代々受け継がれてきた日本酒造りの過程で、樋口家のこの家屋にすっかり染みついてしまった酒精の匂いとでもいうものだろうか。

「皓子？」

背中のあたりで声がして、皓子はびくりと振り向いた。

「やっぱり、あんたやったの。ああ、びっくりしたえ。お化けかと思うた。そやけど、帰ってくるならくるで、なんで連絡せえへんの」

電話ではたまに長話をしているものの、こうして姉の昭子《しょうこ》と顔を合わせるのは、もう何年振りになるだろう。

「ごめんなさい。ちょっと事情があって……」

「事情？　なんやの、お母さんのこと心配して、様子見にきてくれたのと違うのん？」

言葉は柔らかいが、その端々に棘がある。いつもほとんど母の世話を任せっぱなしなのだ。

姉とて募る恨みもあるに違いない。皓子が大臣になったことも、就任早々から銀行の取り付け騒ぎの対応で追われていることも、ここではなんの意味も持たないのだ。

「ごめんなさい。仕事で、このあと人に会う約束になってて、行かなきゃいけないの」

つい弁解がましい言い方になる。

「へえ、なんか知らんけど、あんたは自分の都合のええときだけ、顔を出すんやね」

「それで、お母さんは？」

たしかに、昭子に言われるまで、母のことどころではなかったのは事実だ。だが、顔だけでも見ていこうと、急いで靴を脱いで座敷に上がる。そこから母の寝室まで小走りに進んで、ドアを開けてなかを覗こうとするのを、姉が慌てて追いかけてきた。

「開けたらあかん。起こさんといて。やっと薬が効いて、落ち着いてきたとこやのに」

「お母さん、暴れたりするの？」

「さっきまで暴れて大変やったんえ。昨夜《ゆうべ》も、ちょっと目を離したらひょこひょこ出歩いて、徘徊っていうのも認知症が進んできた証拠やて、お医者さんに言われたわ。お蔭でこっちは気ぃが休まる暇もあらへん」

このところの電話でも、姉が口にするのは毎回決まって母の介護の大変さだ。とはいえ、いまの皓子にはどうすることもできず、返す言葉もない。仕方なくまた土間に降り、靴を履く。

「偉そうなことを言うて京都を捨てていったくせに、結局はあんたもお父さんと一緒やね。大臣かなんか知らんけど、自分のことしか頭にないのよ」

「お姉さん、それは……」

だが、違うと言い切ることができなかった。国を背負うという現実がどんなものであるかなど、いくら言葉を尽くして説明しても、姉には理解できないだろう。いや、いまは説明しようという気持ちすら萎えてしまう。

「ああ、皓子ちゃん。やっぱりそうやったか。前の道でえらい人だかりがしてたんで、もしかしたら、と思うて」

二人の声を聞きつけて、昭子の夫、康二《こうじ》が嬉しそうにやってきた。昭子と結婚し、樋口の姓を継いでいる。京都市内の繊維関係の会社に勤めていたはずだが、定年後はなにをしているのかは聞いていない。

「お久し振りでございます、お義兄《にい》さん。いつもご無沙汰ばかりですみません」

「いやいや、それはこっちこそや。それにしても、皓子ちゃんは大層偉うならはって、なんというても大臣やしなあ。おめでとうさん。いつもテレビで観てますけど、早々からなんや大変そうやな。息もつけんみたいで」

この義兄だけには、せめて少しでも理解してもらえるといいのだが。

「慌ただしくてすみません。説明している時間もなくて、ごめんね、お姉さん。いまはこのまま裏からすぐに出るけど、記者たちには黙っててくださいね。東京へ帰る前に、できたら今夜もう一回、立ち寄るつもりですので」

　顔の前で手を合わせ、二人に頭を下げる。

「忙しいのはようわかってる。こっちは大丈夫やから、早うお行きやす。裏の川づたいに行ったら、あの人らには見つからへんやろから。気ぃつけてな、皓子ちゃん」

まだなにか言いたそうな昭子を手で制し、康二は裏口まで案内してくれた。裏木戸を開けて外に出ると、舗装されていない足下がぬかって、ヒールがずぶずぶと沈み込んでいく。それでも記者たちに見つからぬよう、腰を低くして進みながら、皓子はわけもなく敗北感に打ちのめされ、わが身が惨めに思えてならなかった。

「大臣、こちらです」

「あ、ありがとう」

　山下の姿を見つけたときはなんだか救われたような気がして、皓子は思わず走り出した。

＊

　ＪＲ奈良駅の前にあるホテルに到着したときは、天海経産大臣の講演会の開始時刻はすでに過ぎていた。エントランスで待ち受けていた地元後援会の幹部に急かされ、大急ぎで会場に向かい、大広間の入り口に皓子が顔を見せた途端、会場内から大歓声が湧いた。

天海は講演を中断し、みずからも熱烈な拍手を送っている。そのあまりの熱狂ぶりには戸惑いを覚えるほどで、皓子は一瞬足を竦ませた。

金融担当大臣の登場というよりも、むしろテレビで馴染みのあの三崎皓子が飛び入り参加するという感覚なのだろう。今朝になって皓子の来場を急いで触れ回ったところ、参加希望者の数が普段の倍を超えるまでに膨れ上がったとのことで、天海は終始上機嫌だったようだ。入り口に詰めていた関係者への挨拶もそこそこに、皓子はそのまま壇上に招かれたのだが、天海はスピーチのなかでもこちらが困惑するまでに皓子を持ち上げてくれる。さらには閣僚たちのなかでも良好な二人の仲を、再三にわたって強調してみせるのだ。

そうなると皓子も同調せざるをえず、うまく話を合わせるしかないのだが、なにせ二人は顔を合わせるのすら今日でまだ二度目なのだ。強い違和感を隠しながら不自然な作り笑顔を浮かべていることに、一方で辟易している自分を感じずにはいられない。

講演会の終了後は、懇親会にも同席させられた。金屛風を背にして天海と二人で固く握手を交わすシーンを撮影したのはもちろんのこと、それだけでなく、地元の有力者をかわるがわる挟んでのスリーショットを何枚も撮られることになった。

すべては地元サービスなのだ。少しでも選挙に有利になるのなら、この際なんでも利用する。そんな思いが根底にあるのだろう。その意味でも、皓子の出現は恰好の材料となる。天海にはそんなひそかな打算があったに違いない。

「いや、今日は本当にありがとう。これぞまさしく三崎効果ですな。報道陣の数もいつもとは段違いだし、近畿テレビでも講演会の模様をニュースで流してくれるそうで……」

すべての予定を終え、嬉々として次の会場に向かおうとする天海を、今度は皓子が引き止める番だった。

「すみません、天海大臣。ちょっとだけ、お時間をよろしいですか？」

そう言って別室に招き入れ、二人向き合って、プライム電器と東伏見銀行に関する提案を持ち出したのである。

「そうですか。しかし、なんだか雲をつかむような話ですな」

黙って話を聞いている天海の顔からは、すっかり笑みが消えている。

「それに、失礼ながら相手のベンチャーというのもどの程度のところなのか気になるなあ」

「その点は、ご安心ください。あとで詳しい資料を届けさせますが」

「しかしですな、私はどうも最近のＩＴ企業というのはいまいち信用できなくてねえ。そもそもコンテンツ・ビジネスだかなんだか知らないが、若者を何時間もゲームに縛りつけて、あげくに何十億も何百億も荒稼ぎをするなんぞということが、そういつまでも続けていられること自体、心情的に納得ができんのですわ。だいたい、この手の会社は……」

個人的で情緒的な好き嫌い論ばかり並べ、どこまでも曖昧にごまかすつもりらしい。

「こんなことを申し上げるのは、釈迦に説法のようで恐縮ですが……」

皓子は天海の顔色の変化を確かめながら、声のトーンをあげた。

「天海大臣もご存じのように、いま、日本の電子部品の需要を牽引しているのは、スマートフォンと、多機能携帯端末《タブレット》です。少なくともこの分野では、世界の市場はまだ成長を続けていますから」

「もちろん、そのことには、私も異論はありませんが……」

「ところが、その分野における肝心の日本の有力なメーカーは、すでにほぼ全社が海外に出てしまっています。まさに産業の空洞化現象が加速しているわけです」

「だから、われわれはこんなに苦労しているわけなんだが」

いまさら言われなくてもわかっている。天海はそうも言いたいのだろう。

「はい。いまの時点で、日本の電機産業をなんとかしない限り、この国の産業界は尻すぼみです。雇用の機会はますます失われ、力強い景気回復に繋がるような状況など決して望めません。電機産業における次世代の成長分野は、やはりエネルギーと医療です。日本の強みはなんと言っても技術革新の力ですが、残念ながら、最終的に売れる商品にしていけるメーカーが元気でないと無理な話でもあります。産業の核となり、牽引役にもなれる主力の商品が必要なんです。だからこそ、新しい芽を探しだして、チャレンジできるように光をあて、山城内閣の力で水を注いでやりませんと。幸いにも、わが国にはまだ潤沢なマネーがあります。ただしそれが一部に偏って停滞しています。それを是正して、いい流れを作っていく働きかけが必要です」

告げる皓子の言葉にも、つい熱がこもる。

「それは、たしかにそのとおりなんだけどねえ」

だが、天海はどこまでも慎重な姿勢を崩さない。そのとき、そばで黙って話を聞いていた天海の秘書官が、手元のタブレット端末を指し示しながら、彼の耳元に顔を近づけた。

「ちょっと失礼」

軽く手をあげ、そう断って、天海は彼のほうに身体の向きを変えた。秘書官が耳打ちすると、天海の眉がぴくりとあがる。あきらかになにかを吹き込まれた様子だ。そして何度かうなずいていたが、やがてまた皓子に向き直った。

「いや、よくわかりましたよ。三崎先生にもここまでやっていただいたのですから、私としても、あなたの頼みにノーとは言えませんしな」

天海の顔にまた笑みが戻っている。さきほどとは、言うこともまるで違っているではないか。こちらが呆気に取られるほどの突然の変貌である。とはいえ、なににせよ皓子としては歓迎すべきことだ。

「日本の経済界と金融界のためにも、ご理解とお力添えを、どうかよろしくお願いします」

「そうですな。たしかに、プライムの一件は、わが経産省にとって喫緊の重大なイシュウですから……。ま、この件は私に任せてくださいよ。あとはこちらでうまく引き取らせていただきます」

今度は、皓子の隣の席で聞いていた山下が、慌てた様子で顔をあげた。天海は皓子のアイディアを自分の手柄にしたがっている。そう察したからだろう。それを承知で、いやそれだけに、皓子はあえてそんな山下の口を封じるように、わざと大きな声を発したのである。

「ありがとうございます、天海大臣。ついさきほどアメリカからメールが届きまして、それを読む限り、ここまではかなりの好感触を得ています。近々きっと、天海大臣にもお引き合わせできるかと思いますので」

奈良に来る途中、先方からの返事が届いていた。証券業界出身者だけに、元来せっかちな気質である。いいと思ったら即行動に移すタイプの人間だ。メールはニューヨークの彼のオフィスか、空港《JFK》に向かう車のなかからか、あるいはすでに離陸したプライベイト・ジェットの機内から発信されたものだろう。

とにかく顔を合わせて詳細を話し合いたい。日本時間の日曜日の昼ごろには成田に着くと、メールは性急な口調でそう伝えていた。

「ほう、それはいい。そうなると、今後の展開が実に楽しみですな」

案の定、天海はさらに相好を崩して皓子を見た。少し前まで、あれほど協力を渋っていた人間と同一人物とは思えないほどの態度だ。

日本の経産大臣が、トップ外交よろしくアメリカのＩＴ開発業者の代表と、にこやかに握手を交わす。そのことが、ここ数年の懸念材料だったプライム電器の救済を想起させ、大々的に報じられるとしたら、天海の今後の選挙活動においてもかなりの好影響を及ぼすだろう。

実態はどうであれ、少なくとも天海や天海の周辺はそう理解するはずである。彼の秘書官も、ひとまず相手方の出自をネットで確認したあとで、そのあたりを助言したのかもしれない。

「それでは、私は東伏見銀行のほうと詰めてきますので、よろしくお願いいたします」

皓子はもう一度念を押すように言って、天海を部屋の入り口まで見送った。ただ、山下はといえば、さっきから憮然とした顔だ。

「よかったわね、山下さん。これで、わざわざ土曜日の一日を潰して奈良までやってきた甲斐があるというものだわ」

天海の背中が見えなくなったのを確かめてから、皓子がようやく山下に向き直った。

「驚きましたよ。なんですかあの豹変ぶりは。あれで本当にいいんですか？　このまま放っておいたら、天海さんは、今回のアイディアごと、みんなご自分の功績にしてしまいますよ。そんなこと許していいんでしょうか？」

それがなんとも許し難い。山下は悔しくてならない様子だ。

「いいのよ、それで。山下さんが言いたいこともわからないではないのよ。もちろんアメリカ側としっかり繋ぐところまではする。でも、私が出る幕はそこまで。そこから先はあくまでも民間企業と民間企業との契約でしょ？　これ以上しゃしゃり出ると、かえって問題だわ」

「しかし、大臣……」

「さ、次は東伏見銀行よ」

皓子は屈託なく言ったのである。

自分の守備範囲はあくまで金融の世界だ。プライム電器がひとまず経営破綻から脱出し、それがひいては東伏見銀行の今回の問題解決になればいい。根本的な解決には、まだ時間がかかるが、ひとまず参議院選挙までのあいだは問題を起こすわけにいかないのだ。

「アメリカのベンチャーの友人とは、もちろんうまく繋いであげるわよ。だけど、プライム電器のことは、やっぱり経産省のテリトリーだし、こっちが顔を出すと話が混乱する。でも、背景になっている問題さえ取り除いてあげれば、東伏見銀行を救済できるだけでなく、第二、第三の東伏見銀行を出さずに済む。そうでしょ？」

「はあ、それはまあそうなんですが……」

ここにいたって、山下とのやりとりにも親近感が増してきた。彼自身も少しずつ心情を吐露するようになってきたし、皓子もそれに正直に相対するようになっている。

「いつまでもそんな顔をしていないで、頭取とのアポは取れているんでしょ。何時からだったっけ？　早く行かないと待たせてしまうわ」

「はい、大臣がそれでいいとおっしゃるなら」

「いいに決まっているじゃない。さあ資料をちょうだい、いまのうちに目を通しておくから。それに、金融検査の担当者はきっと土日返上で頑張っているはずですもの、陣中見舞いにも行ってあげないと」

山下は無言のまま、渋々と東伏見銀行に関する資料を手渡してくる。

「そのかわり、明日の午後は先方のベンチャーと交渉よ。それにシストロンともね。そこまでは私の責任だから、ベストを尽くすわ。だから充分な時間の確保をお願いするわね。それから、大切なのはメディア対応ね。もしも全部がうまく運んだ場合も、どの時点で情報開示をするか、ここが大事よ。そのタイミングと方法論を間違わないように。いいわね、頼んだわよ」

まだ吹っ切れない顔の山下に、皓子は笑みを浮かべて明るく言うのだった。

＊

東伏見銀行の本店に到着すると、玄関からそのまますぐに頭取室に通された。頭取以下、幹部役員が全員顔を揃えて待っていた。

とはいえ、皓子にとっては、なにせ金融担当大臣に就任してまだ三日目なのである。実際に金融機関を訪問するのも初めてなら、経営のトップとの会談も初めてだ。大臣としてどういう振る舞いをし、相手とどういうやりとりをすることが最善なのか、おのずと慎重さが求められる。

　気持ちを引き締め、背筋を伸ばし、それゆえにいささか緊張もして臨んだのだが、両者の会談そのものは、まさに一方的で、あっけないまでに簡単に終わった。

「あれで本当に良かったのかしらね。私は、なにも波瀾を期待していた訳じゃないのよ。問題を起こしているのだから、彼らが殊勝な態度なのも当然でしょう。だけど、それにしても、あの人たち、あんなに無抵抗でいいのかしら？」

　またも頭取と幹部たちがずらりと玄関前に顔を揃え、仰々しいまでの見送りを受けながら乗り込んだ車のなかで、皓子は思わず山下にそんな感想を漏らしたぐらいだった。

「あれなら、なにもわざわざ私が顔を出すこともなかったわね」

　皓子がなにを訊こうにも、なにを言おうにも、先方からは謝罪の言葉しか聞こえてこない。

「このたびは、お騒がせいたしまして、まことに申し訳ありません」

　なにが申し訳ないのか、なぜ申し訳ないのかもまるでなく、頭取の動きをただ真似るように、全員が揃ってひたすら頭を下げるばかり、まさに平謝りの状態だったからである。

「いえ、あれで良かったのだと思いますよ。大臣がわざわざあそこに顔を出されたというだけで、凄いことなんです。相手へのプレッシャーと言いますか、大きな意味があるのですから」

山下は何度もうなずいてみせる。

「やっぱり、規模の小さな地方銀行だからなのかしらね。正直なところ、彼らがここまで金融庁の言いなりとは思わなかったわ。まさか、なにかをひた隠しにしているから、というわけではないでしょうね。本当は債務超過だった、なんてことにならないといいけど」

皓子はつい要らぬ心配をしてしまう。

「うちには、江口さんがいらっしゃいますから」

山下は意味あり気な言い方をした。江口金融庁長官は、金融業界では剛腕で通っているとのこと。つまりはそれだけに彼らを掌握もし、一方で威圧もしているという意味だ。

＊

京都ですべての仕事を終えたら、夕方六時を過ぎていた。

だが、皓子はもう一度伏見の実家に立ち寄った。やはり、一目でも母に会わずに帰る訳にはいかないと思ったからだ。

「ああ、来てくれて助かったわ。お母さんが皓子とお風呂にはいる言うて、きかへんのよ。なんか感じるのやろな。頼むし、いれてやって」

玄関で待ち受けていた姉の目が、今夜こそ逃がさないぞと告げている。

第四章　覚　悟

大臣就任後、最初の難関ともいうべき二週間は、たちまちのうちに過ぎていった。

容赦なく突きつけられる難問に、深く考えを掘り下げる時間も、疲れを感じている暇すらもないまま、そのつど対応し続けなければならないのが大臣という職務だ。

定例行事として組み込まれているイベントへの出席に、間断なく繰り返される各種の会議や、各界要人との会談。そのわずかな隙間を埋めるようにやって来る関連業界からの訪問客。

想像していた状況をはるかに凌駕する極限のスケジュールにも、不思議なことに、身体というのはうまく慣れてくれるものだ。

ただ、官僚たちの意向を汲み、それを生かしてやるには、彼らの動きや思惑を冷静に俯瞰《ふかん》できるだけの知恵や知識が必要となる。どんなに追い立てられても、上滑りのこなし仕事だけはしたくないと、皓子は自分を戒めた。慎重さを欠くことなく、常に頭をフル回転させ、一瞬の息継ぎすら惜しむようにして、早朝から深夜までひたすら全力疾走の毎日が続いた。

就任早々に直面した東伏見銀行取り付け騒ぎも、検査の結果、からくも債務超過だけは免れた。プライム電器とシストロンを巻き込んだ一連の救済対策も、想定していた懸念に足踏みさせられることもなく、かえって皓子が戸惑うまでの順調な進展を見た。

「なんだか、ちょっと出来すぎなぐらいよね」

すべてが一段落したとき、皓子は秘書官の山下に向かって思わずそんな感想を漏らしたものだ。裏で誰かが動いたのではないかと。

「いえ、それもこれも、あの朝の三崎大臣の機転があったればこそ。大臣の発想力の賜物《たまもの》ですよ。双方に得であることを認識させる。それが交渉事の第一歩であり鉄則だと、大臣がおっしゃったことをこの目で確認しました」

山下が皓子を見る目に、揺るぎないものが加わってきた。今回の一件で、江口長官をはじめとする、金融庁内の職員たちからも、信頼に満ちた視線を感じるようになった。皓子にしてみれば、それがなによりの収穫だと思うのだ。

「どんな商談でも、外交でも、基本は同じよ」

若いころから現場を踏んで、修羅場をくぐってきた身ゆえの、皓子の本音でもある。

「ですが、おいしいところはみんな天海大臣に持っていかれました。三崎大臣は陰に隠れて、私としてはそれがいまも釈然としません」

山下は、思い出すだけでも悔しくてならぬという顔で言う。

「まあ、いいじゃない。結果的にうまく収拾できたことが大事なんだから」

皓子は事態をコントロール下におけたことに、まずは満足していたのである。

*

山城総理からまたも極秘の呼び出しがあったのは、そんな経緯を経て皓子がようやく一息吐《つ》いてから、さらに一ヵ月あまりが過ぎたある夜のことだった。偶然なのか、なにかを意図してなのか、指定された場所は、以前も一緒に夕食をとったあのレストランだ。しかも、矢木沢から初めて山城を紹介されたときと同じ個室である。

「ああ、三崎先生。今夜はよくおいでくださった。さ、ひとまずお座りください。特別なシャンパンがはいったと言ってきたので、ぜひ先生とご一緒したくてね。シャンパンでは、駆けつけ三杯というわけにはいきませんかな」

以前と違っているのは、今回は二人だけのテーブルだということ。山城はいつになく弾んだ声で奥の席に招き入れたうえ、らしくもない冗談を口にしながら、皓子のために立ち上がって椅子まで引いてくれた。

思えば、皓子の暮らしは、前回ここで山城と初めて会った夜を境に、一変した。

「ありがとうございます。いただきます……」

山城みずから注いでくれたシャンパンに口をつけながら、皓子は感慨深い思いで部屋を見まわした。あの夜は、まだ寒さの厳しい一月末で、春が待ち遠しい時期だった。だが、季節はめぐり、それと気がつくゆとりもないうちに、はやゴールデンウィークも過ぎてしまった。

「もっと早く一席設けて、三崎先生にはきちんとお礼を申し上げたいと、常々思っておったんです。今夜ようやくそれがかないました」

半分ほど残っている皓子のグラスに、さらにシャンパンを注ぎながら、山城はまたも嬉しそうに言う。かくいう山城は、外交力をアピールするためか、内閣発足直後からあちこち海外を飛び回っていた。

「ありがとうございます。総理も外遊続きでお疲れでしょうに。私はただ与えられた職務をまっとうしたいと、がむしゃらに頑張っておりますだけで……」

「ずっと感服しておったんです。こんな場だからあえて申し上げるのですが、とくにご就任早々のプライム電器の一件は、実に見事な処理でしたな。ＩＴ企業をかませるなど、私にはできない発想でした。三崎先生にあそこまでやってもらえるとは、心底驚かされましたよ」

「とんでもない、あれはみんな天海大臣のご尽力のお蔭です」

皓子はすかさずそう言った。あの男を表舞台のヒーローに仕立てたのはそれなりの目算があったからだ。皓子が謙虚に言うのを聞いて、だが、山城は即座に乾いた笑い声をあげた。

「いや、あの男にはそこまでの力はない。人脈も、人望もね」

皓子を前にためらいもなく天海を切り捨てて見せる。なにもかも見抜いているとでも言いたいのだろう。ならばなぜそんな天海を経産大臣に据えたのかと、逆に問いたくもなってくる。

「そんな……」

だが、皓子は謙虚に小さく首を振って見せただけだった。もちろん、山城にここまで言われると、皓子とて悪い気はしない。

「アメリカサイドのベンチャーの雄、フィル・アンダーセンというのは、あちらの世界ではかなりのやり手で通っているそうですね。三崎先生の元同僚だと聞きましたが、さすがウォール街仕込みの手腕というか、あそこまでクイック・アクションで物事を運ばれると、メディアも突っ込みようがなかったらしい。というか、頭が追いつかないんだろうな。たしかに、今回の一連のメディア対応については、まさに絶妙でした。さすがはテレビの世界を熟知しておいでの三崎先生ならではのことだと、党の幹部たちも舌を巻いておった」

「おそれいります」

皓子はあえて肯定も否定もしなかった。

「いやあ、久々に、実に愉快な結末を見せてもらった」

山城は、グラスを掲げ、大げさなほどの高笑いをしてみせる。たしかに、あの就任後初の週末は、皓子の実力や今後を試されているような試練の日々だった。それも、公私の両面から進退を迫られているような。

あの日の朝に知らされた京都行き。移動中の車内でニューヨークとのやりとりを同時進行させながらの往復。東伏見銀行の幹部との面談もこなしたあとに、再度伏見の実家にも立ち寄り、身も心も消耗しきって最終の新幹線で東京まで戻ったときは、もはや立っているだけで精一杯だった。それでも、翌朝には金融庁の官僚たちと事前協議をし、ニューヨークから飛んできた交渉相手のベンチャー企業との会談を経て、その足でゲーム会社シストロンとの水面下での極秘会談に向かうという、離れ業ともいえる週末の二日間をこなした。

細部の詰めや、交渉前の準備が移動中のメール会議で可能だったのは大きな救いだ。江口や山下が精力的に動いて、抜かりなくフォローをしてくれたのにはどれだけ助けられたことか。

もっとも、極限の状況でもなんとかやり遂げられたのは、なにより皓子自身が意地になっていたからかもしれない。あの夜、姉と母から突きつけられた容赦ない現実に、あそこまでの言葉を言い放ってきた限りは、なにがあっても覚悟を決めるしかなかったのだから。

＊

「それで、今夜はあらためての話なんですが、三崎先生」

山城の言葉で、皓子は現実に引き戻された。視線を戻すと、目の前にはこれ以上ないほど満面に笑みを浮かべた山城の顔がある。皓子は咄嗟に身体を固くした。

「なんでしょうか、総理」

上機嫌な山城と向かい合うときほど、警戒が必要だ。柔和な顔の裏から差し出されるのは、とてつもない次のハードルに違いない。

「七月はいよいよ参院選ですが、あなたには京都から出ていただくことになりました」

出てくれますか、でも、出ていただきたい、でもない。なにもかもがすでに決められて動かし難い既成事実のような断定口調である。

「ちょっと待ってください。私は選挙に出るお約束などしておりません」

皓子はすぐさまそう言った。これはデジャヴュだ。以前とまったく同じ手だ。たしかにこの場所で、いまとまったく同じやりとりをさせられて、自分は大臣になった。

「大丈夫です。いまの三崎皓子なら、必ずトップ当選できるから。このチャンスに、お父上の長年の雪辱を果たす。時代を超えた弔い合戦をやるのです」

笑顔を崩すことなく、山城は言う。だが、問題はそこではないだろう。いったい、山城はなにがしたいのだ。

「父のことは関係ありません」

皓子は即座にきっぱりとそう告げた。自分でも驚くほど大きな声になっていた。

「私は、当初からのお約束で、民間出身として大臣職を拝命しました。でも、就任してまだ二ヵ月ほどしか経っていないのですよ」

なのに、この時点で国民に大臣としての信を問おうとでもいうのだろうか。仮にも出馬を承諾し、選挙で落選したら、傷が及ぶのは皓子だけではない。山城自身の任命責任を問われ、ひいては政権の基盤そのものが揺らぎかねない。

それを承知で、せっかくスタートした山城内閣をみずから崩壊させるほどのリスクを冒してまでも、山城はこのうえなにを得ようとしているのだろう。

「いや、金融大臣など、三ヵ月もやれば充分です。あなたにはもっと仕事をしてほしい。心配は要りません。当選は私が保証する。というより、なんとしてでも勝ってもらう。もちろん党をあげて応援もするし、私自身も応援演説にはいりますからね。選挙事務所を含め、金の心配も無用です。選挙の準備は一切こちらに任せてくれればいい。強力な選挙参謀を送り込むし、絶対に勝たせてあげますから」

「いいえ、そういう問題ではなく、だいいち最初から、私は選挙に出ることだけは嫌だと申し上げてきたはずですが」

「しかしね、そのうちあなたも感じるはずですが、大臣職を進めるうえで、議員であるかないか、国民の負託を得ているかどうかは、大きいんです。三崎先生にはもっと大きな仕事をしてもらいたい。いや、あなたにならできる。だから、この先のことを考えると、ここでどうしても選挙を通過しておいたほうがいい。国民の信を得ていない人間が、大臣に就任していることに対する批判というか、そういう障害を払拭するためにもね」

「だったら、せめて東京からの出馬ではダメですか？」

つられるようにそう告げた自分が、信じられない思いだった。

「総理もご存じのとおり、京都は歴史的にも革新政党の強い地盤ですし」

だから、慌ててそう付け加えた。まるで立候補は承諾してしまった恰好だ。言いながら、皓子は激しく後悔を始めていた。

「いや、それではもったいない。京都はあなたの出身地だし、お父上のことを覚えている有権者も少なくないはず。なにより、今回の東伏見銀行の手柄を利用しない手はないでしょう。いずれ公示になるが、今回の選挙で改選される京都の議員数は二名。おそらく立候補者はあなたを含めて五人、いや、六人かな」

山城の頭のなかでは、とめどなく妄想が拡がっている。だが、そんなものに振り回されるつもりは毛頭ない。

「申し訳ありませんが、少なくとも京都からならお断りします。百歩譲って、別の選挙区でしたら、それなりに検討してみますが、そうでないなら私には無理です」

これだけは断じて譲れない。皓子は強く言い張ったのである。

＊

レストランでの食事を早々に切りあげ、珍しく早めに帰宅する車のなかで、皓子はまたも思わずにはいられなかった。拒もうとすればするほど引き寄せられ、忌み嫌えば嫌うほど、向こうから近づいてくる、あの不可解で強烈な引力についてだ。

だからこそ、ここはなんとしても拒み通さなければならない。山城がなにを意図しているかは知らないが、もしも大臣資質を試そうというなら、それは受けて立つ。ここまできたからには逃げたくはない。選挙に出ろと言うのなら我慢もしよう。それでも、これ以上実家を巻き込むわけにはいかないのだ。

あれほどの覚悟を決めた京都での夜を、無駄にすることなどできはしない。

＊

「助かったわ。すぐにお母さんを呼んでくるし、着替えはこの納戸を使うたらええわ」

あの夜、母の入浴の世話を強要し、姉が案内したのは廊下の奥の庭に面した小部屋だった。

「納戸って、この部屋は……」

生前の父の書斎ではないか。一旦この部屋にこもると、父は家族の団欒にも顔を出さなかった。いまは物置と化し、古い桐簞笥や祖母の長持《ながもち》などが無造作に運び込まれていた。その奥に黒ずんだ書棚が、まるでそこだけ時が止まったように放置されている。

強烈な嫌悪感の一方で、ふと父がどんな本を読んでいたのかと興味をひかれ、背表紙を目で追った。埃をかぶった夥しい本の列に、ひっそりと黒い革表紙のノートが挟まれているのを見つけ、思わず手に取ったときだ。

「おおきにえ、皓子。一緒にお風呂はいろな」

背後から聞こえた母の声に驚いて、皓子は咄嗟にそのノートを自分のバッグに押し込んだ。

「お母さん……」

久し振りに見る母はいくぶんふっくらとはしていたが、変わった様子はない。急いで下着姿になり、母の服も脱がせて浴室に向かった。

「おおきに、おおきにやで、皓子」

洗ってやる間も、母は素直にこちらへ身体を預け、どこもおかしいところはなかった。そのことに安堵もし、一方で姉への不信感も募らせながら、シャワーで足を流してやっているとき、突然異臭が鼻を突いた。

と、思うまもなく、皓子の頭の上になにかが落ちてきた。

母は、むしろ嬉々としていた。

戸惑いを見せることもなく、恥じらうわけでもない。いや、みずからの排泄物が、娘の頭を無残なまでに汚しているのも目に入ってさえいないようで、どこか楽しげに足踏みをし、なにやら歌をくちずさんでいる。その無邪気なまでの姿に、皓子は愕然としたのである。

これが母の現実なのか。

いつも神経質なまでに綺麗好きで、毎朝一番で鏡台に向かっていた母。手早く髪を結いあげ、たとえ身内の前でも素顔のままでいることを自分に許さず、家にいるときでも化粧を欠かさなかったのに。

真夏でも和服で通し、いつも背筋を伸ばして、使用人だけでなく家族にも、父にさえも決してだらしない恰好を見せぬという矜持を貫いてきた京女だ。だからこそ、娘たちの行儀や身だしなみにもあれほど厳しかったこの母が、それと意識することもなく汚物にまみれている。

これが現実か。

皓子はやりきれない気持ちでまたも思う。

これが、老いるということなのかと。

直視に耐えられず、咄嗟に顔を背けたくなったが、すぐにそれを強く禁じるものがあった。目を逸らしてはいけない。逃げてはいけない。強烈な臭いを放ちながら、その白い太腿にまとわりついて流れ落ちる母の汚物を前に、皓子は呆然とその場に立ち尽くしつつも、目だけは精一杯見開いて、しっかりと現実を見つめなければならないと感じていた。

そのとき皓子の鼻を突いたのは、臭いとは別のものだ。胸の底から突き上げてくるものに、鼻の奥が痛くなり、それはすぐにもあふれ出て、次々と頬を伝って流れ落ちる。

そのとめどなくあふれる涙を、流れるままにしながらも、皓子はまばたきもせずに見つめ続けていた。自分の目に焼き付けるのだ。残酷なまでのこれが母の姿。まごうことなきいまの母なのだから。

＊

これまで何年ものあいだ自分に封印し、京都を訪れることを禁じて、実家とはずっと距離を置いてきた。この地は、皓子にとっては偏狭で排他的な、まさに父親そのものだったからだ。自分が理想とする女の生き方を、女が幸せになる唯一の姿だと信じて揺るがなかった父は、姉が素直に受け入れたように、皓子にもその道を押しつけた。

「女ちゅうもんはなあ、学問なんかつけんでもええのや」

小学生のころから、読書に没頭する皓子を見かけると、父はそう言ってよく本を取り上げたものだ。

「それより、お茶でもお華でもええ、習い事のひとつも始めたらどうや。お母はんに頼んで、綺麗なべべをぎょうさん買《こ》うてもらい。大きゅうなったら、わしがええ旦那はんを見つけてやるさかい、おとなしゅうに見合いをして、添い遂げるのや。それが女の幸せというものやで」

姉や母と違って、明るい色や華やかな装いを嫌い、部屋にこもって本ばかり読んでいる娘である。なにかと言っては女らしくしろ、女らしくあれとけしかけた。

「なにがええのか知らんけど、そんな汚い色の服ばっかり着てんと、もっと娘さんらしい可愛らしい恰好したらどうなんや。ええか、皓子。女は優しゅうて、素直なのが一番なんや。

苦労なんかしたら、たちまち顔に出るさかいな。広い道の、真ん中をのんびり歩いたらええのや。なまじ大学で勉強なんかして、女が経済力なんかつけてみい、苦労するだけや。狭い門を通ったかて、幸せにはなれんのやで」

古都の旧家の暮らしは、外からは想像もつかない伝統と因習に凝り固まった世界。おのずと男尊女卑が当たり前の生活である。風呂にはいるのも必ず男からの順であり、夕餉《ゆうげ》の団欒でも、父が膳につくのを合図に始まり、男から先に箸を取るのが当然だと言い聞かされて皓子は育った。

女に生まれたというだけで、押しつけられる時代遅れの倫理観と、がんじがらめの価値観が、まだ平然と幅をきかせていた樋口家の一族である。それとは自覚もなしに、父から容赦なく迫られる束縛に、心のなかでは反発しても、口には出させてもらえない空気があった。

言えない分だけ皓子は逆に自分を責め、不甲斐ない自分への腹立たしさが、父への嫌悪感に形を変えて募っていく。

このままではいけない。この家にいたら自分の生き方まで決められてしまう。自分の意志とは無関係に、なにもかもが枠にはめられていく。あのころの皓子は息苦しさばかりを感じていた。

親に隠れて受験した東都大に受かったときも、難関を突破した娘を祝う言葉はなにひとつなかった。だからこそ余計にムキになって、皓子は父からも京都からも背を向けた。

熾烈な競争を強いられる米国系の金融機関で職に就いたときは、父の望んだ女の幸せとは正反対の世界を勝ち得た気がして、自分が誇らしく思えたものだ。身も心も、極端に消耗させられる張りつめた日々の連続ではあったが、仕事が厳しければ厳しいほど、これこそが自分の居るべき場所、望んではいった世界だと、自分に言い聞かせて突き進んだ。

だが、いま時を経て思うのだ。あれほど父を拒み反発し、父の願いにことごとく背いてきた自分の道が、はたして幸せだったのかと。

振り返ってみると、たしかに父が指摘したとおりだったかもしれない。ほら見てみろ、苦労ばかりの日々だったじゃないかと言われると、返す言葉がなかっただろう。胸を張って自分が正しかったと言える自信はない。それを認めたくなくて、だからこそこの地からも父からも、ますます遠く距離を置く以外に救いはないと、皓子は心を決めたのだ。

そうしなければ自分のなにもかもを否定することになり、生きてはいけないとまで、頑なに思いつめてきた日々だった。

＊

だが、こうなってしまった限り、事情は一転した。母の老いの実態を、これからはしっかりと直視していかなければならない。

何度もそう自分に言い聞かせながら、脱衣籠のそばにあったティッシュペーパーをひったたくるように取り出して、手早く後始末をした。急いで石鹸を泡立て、母の下半身を丁寧に洗ってやる。そして、前に回ったとき、皓子は呆然として手を止めたのである。

母のその秘めた部分が、自分とまったく相似形であったからだ。どうしようもないほどの母と娘。こんなところまでが似ているなんて。

初めて目にする母の身体の一部が、突然突きつけられた天罰のようにも感じられて、忌まわしくも、愛おしくも思えてくる。

「どうしたんえ、皓子。なんかあったんか？　あんた頭になにつけてるの？　そんな顔して、泣いてんのか」

どこまでも屈託のない声が頭の上から落ちてくる。さらには皓子の髪についたものを、ためらいもなく素手で払いのけようとする。皓子は慌ててそれを制した。

「ううん。なんでもない。なんでもないのよ、お母さん」

激しい動揺と、どこにもぶつけようのない怒りにも似た狼狽を振り払うように、皓子は強くシャワーヘッドを握りしめた。そして、無理にも気丈に顔をあげ、皓子は何事もなかったように母の身体を洗い続けたのである。

＊

あのあとは、介護ヘルパーだという女性がやって来て、湯上がりの母を風呂の出口で待ち受けていた。彼女に母を預けたときの救われたような思いと、萎えていく心を奮い立たせて乱暴に自分の髪を洗ったときのことが、いまさらながらに皓子の脳裏に蘇ってくる。

「皓子も、爆弾の洗礼を受けたんやね」

ドライヤーを使う間ももどかしく、大急ぎで身支度をしている皓子のところに、姉が嬉しそうに来て言ったものだ。やっとわかったでしょう、とでも言いたげな笑みを浮かべていた。

「ごめん、お姉さん。時間がないの」

なんという言い草だろうと、自分でも思った。だが、母の今後について、姉がじっくり相談したそうにしているのが痛いほどに感じられたからだ。

「またそれ？　時間がないって、あんたこれから東京へ帰るの？　話が山ほどあるのに、また逃げるつもりなんや」

逃げると言われると、たしかにそうとられても仕方がない。皓子には返す言葉がなかった。それでも、こちらにもこれからやるべきことが山とある。

姉にそれを説明しても詮ないことだが、もはや自分はこれまでの三崎皓子ではない。今回の東伏見銀行の動揺が、日本の金融システム全体に伝播するのをなんとしても止めなければならないのだ。その任務と責任が、いまはこの肩に重くのしかかっている。

「ごめん、お姉さん。どうしても、今夜のうちに東京に戻らないといけないのよ」

それがいま自分が置かれている立場なのだ。皓子は言外に訴えたつもりだった。

2017
10
中公文庫　新刊案内

スケープゴート
金融担当大臣・三崎皓子《こうこ》
幸田真音

明正党総裁・山城泰三から金融担当大臣に指名された経済学者の三崎皓子。選挙でトップ当選、官房長官に抜擢後、山城が倒れ——。日本初の女性総理誕生なるか？

●720円

新装版 蛮社始末
闕所物《けっしょもの》奉行 裏帳合（二）
上田秀人

榊扇太郎は闕所となった蘭方医、高野長英の屋敷から、倒幕計画を示す書付を発見する。鳥居の陰謀と幕府の思惑の狭間で真相究明に乗り出すが……。

●640円

五十坂《いさか》家の百年

斉木香《か》津《づ》

双子の老女が手に手をとり崖から飛んだ。葬儀に集った子らは、武家屋敷の床下から、遺骨四体と一族の秘密を掘り起こす。乙女の因果が巡る背徳のミステリー。

●640円

南沙艦隊殲滅（上・下）

大石英司

中国軍が南沙に建設していた滑走路が消滅。発見された映像には、日本人ならば誰もが知る戦艦の姿が！

●各600円

棟居刑事の黙示録

森村誠一

元暴力団組長九鬼が探る女子中学生殺人。棟居刑事が追う政財界黒幕殺し。二つの事件は次第に繋がり……。

●620円

「それって、自分の母親よりも大事なことなん？」

だが、たたみかけるように姉は問う。

皓子は一瞬だけ間を置いて、固く唇を結び、だがきっぱりとうなずいた。

「ええ、大事なこと」

「あんたは、この世にたった一人の母親を放っといて、親よりもっと大事なことがあると言うのやね。面倒なことはなにもかも私に押し付けといて、平気な顔して東京に逃げていくんや」

叫びにも似た、憎しみすらも滲む声だ。

「違うの、お姉さん。今夜はどうしても無理なのよ。私が決めないと進まないことがあるし、明日の朝は私が東京にいないわけにはいかないの。私を待ってくれている人が大勢いるから、なにを措いても帰らないと。お母さんのことは、またあらためて相談させて」

「あらためて？　これまで自分が何回そう言ってきたか忘れたのか。私が、私が、言うて、あんたはいつも自分優先や。どんなときでも自分の目の前のことしか頭にない。そんなら明後日また京都に帰って来て。必ず来ると約束して」

「そういうわけには……」

「それみてみ。いつもその場しのぎの弁解ばっかりやないの。ええなあ、皓子は。親を見捨てても許される大層な仕事があるしな。うちは長女というだけで、どこにも逃げられへんけど」

そうかもしれないが、それも現実なのである。自分の仕事はそれほど切迫したものだと本当は言いたい。どんなに母が心配でも、私の身体はひとつしかない。だが、皓子は固く口を閉ざし、ただ姉をじっと見つめるしかなかった。

「今度はだんまりや。あんたは、そうやって麻由ちゃんも切り捨ててるのやてね」

姉がここぞとばかりに言い出した。

「え、麻由?」

母のことだけでなく、娘のことまで持ち出す気か。たしかに、ここ半月あまり、麻由とはまともに話すらできていない。こちらが電話をしても不在で、向こうが折り返してきたときは皓子のほうが取り込んでいて、結局はすれ違いのままいまに至っている。

「そうやわ。この前うちに電話してきて、あの娘《こ》泣いてたわ」

「麻由が泣いてた?」

「可哀想になんや思いつめている様子やった。昔からあんたにはそういう冷たいところがあったものな。お父さんと大喧嘩して、反対を押し切って大学も東京に決めたんや。大見得切って京都を出て行って、結局は大きなお腹を抱えて帰って来たんやったなあ。あのとき、お母さんはそれはもう心配してはった。それでもあんたが勝手に自分で産んだ娘やし、独りで育てると啖呵《たんか》切って出て行ったんやから、どこまでも面倒みるのがあんたの務めやないの?

そやのに、あれだけ世話になった自分の母親だけやのうて、実の娘も平気で犠牲にするのや。皓子はそういう人間なんよ。あんたの大事な大事な仕事の前には、所詮うちらは取るに足らん存在やさかい」

姉の言葉は容赦ない。だが、これ以上話を続けている暇はなかった。

「ごめん、お姉さん。申し訳ないけど本当に時間がないの。話はまたあらためて」

皓子は、話を断ち切るようにそう告げた。

「どうしても逃げる気なんやね」

挑むような姉の声が迫ってくる。

「そうよ。これ以上、かまっていられないのよ！」

皓子はついに声を荒らげた。口にした途端、自分が吐き出した倍の鋭さで、自分に向けて突き刺さってくるものがある。それでも、どうしようもなかった。予定の時間はかなり超過している。もはやこれ以上の猶予はない。睨みつけるように姉を見据え、そばにあったバッグをひっつかんだかと思うと、後ろを振り向くこともせず、実家の玄関を走り出た。

わかってもらおうと思うのは無理だ。執拗に絡みついて自分を縛ろうとするこの家から、自分自身を引きちぎるようにして、飛び出すしか術《すべ》はなかった。

＊

「すっかり遅くなって、ごめんなさいね」

山下が用意してくれた車に乗り込み、肩で息をしながら皓子は告げる。急いで京都駅まで向かうあいだも、半乾きの髪にまだ母の排泄物の臭いが残っているような気がした。

「いえ、全然大丈夫ですよ、大臣。ここから車を飛ばせば、まだ東京行きの最終電車には充分間に合いますから」

言葉少なではあるが、だからこそ労《ねぎら》うように言ってくれる山下の言葉が胸にしみる。

「春山さんとの昼食会《ランチョン・ミーティング》は、場所とともに双方に確認済みよね」

自分の声が少し上ずっている。とはいえ、われながらこの切り替えの早さには驚かされる。だが、これでいいのだ。胸のあたりにまだ苦いものがこびりついてはいるが、こうするしかほかにないのだから。

「はい。プライム側は社長も出席できるとのことで、確認は取っておきました。さきほどは大臣とご連絡がつきませんでしたので、場所はこちらで判断して、進めさせていただきました」

「ありがとう。ずいぶん待たせたものね。携帯電話もちょっと取れなくて、ごめんなさい。いろいろと思わぬ時間がかかっちゃって」

もちろん山下が事情を知るはずもなく、打ち明けるつもりも毛頭ない。ただ、おそらくいつまでたっても現れない皓子に、苛立ちながらも準備を進め、ずっと忍耐強く待っていてくれたのであろう。そんな山下の気遣いに、救われるような気持ちになり、ついすがってしまいそうな自分がいる。

だが、皓子は毅然と顔をあげた。

「さ、頑張っていくわよ。明日のミーティングに勝負がかかっているわ」

ことさら元気な声でそう言って、東京へ向かう新幹線に乗り込んだのである。

＊

総理の山城から、再度呼び出しがあったのは、先日レストランで食事をした夜からさらに半月ほど経ってからのことだ。ただ、今回は山城の隣に明正党幹事長の小関がひかえていた。

「本日はご報告です。先生の出馬は京都からに確定しました。喜んでください。選挙事務所は確保できました。四条烏丸《しじょうからすま》の一等地です」

満面に笑みを浮かべ、小関は自分の手柄だとばかりに、勝ち誇った顔だ。

「え？　そんな、困ります。先日も総理にお願いしておいたように、立候補するにしても京都だけはどうしても避けていただきたいと……」

だが、皓子の声などその耳には届かない。

「とんでもない。三崎さんねえ、勘違いしちゃいかんよ。みなが羨むほどの場所なんですぞ。それもこれも総理のご配慮があったからこそで、いったいいくらかかっているか……」

小関はあきれたように首を振る。

「いいですか、選挙も迫っていることですし、すぐにもポスターの作成に取りかかりますので、そのおつもりで。もちろんほかの候補者の応援にも出かけていただきます。そのあたりの日程調整は山下君によく頼んでおきましたので、あとはよろしく頼みましたよ」

すでになにもかも仕組まれている。皓子がなにを言おうと、どんなに拒もうと、もはや止めることも変更もかなわないのは明白だった。

「ですが、総理。それではお話が違うのでは」

業を煮やして皓子が山城を見ると、またも代わりに小関が答えてくる。

「長期安定政権を目指すのは国民のためなのです。ころころ代わる短命政権では、まともな政策などできやしない。みんな国益を考えてのことなんです。あなただってそのぐらいの自覚はおありでしょう。山城政権のためにもわが党の体制強化のためにも、いや、なにより国民のためを思って、今回の参院選の牽引役になっていただきたい。多少のご不満はあるでしょうが、それよりまずは国益優先ですぞ」

隣でぶちあげる小関の演説を、山城は黙って聞いていた。面倒なことはすべて小関に言わせて、強引にことを運ぶつもりらしい。

「目をつぶって、飛んでみませんか、なあ三崎先生」

山城は、ひたと皓子を見つめてそう言った。

「飛んでみる?」

「そうです。大臣として、もうひとまわり大きな仕事をするためだと考えてくださらんかな。あなたはそれができる人だ。もう一回、私にあなたの今後を預からせてほしい」
＊

七月には参議院選挙に出馬すること。しかも京都からの候補者になることを伝えると、夫の伸明はさほど驚いた顔をしなかった。

「すみません。しばらくのあいだは、ずっと家を留守にすることになりそうですが……」

選挙戦が始まったら、地元の京都に詰めることになるだろうし、それ以外にほかの候補者の応援にも回るようにと言われている。おそらく全国各地を忙しく駆け回ることになる。

「プロの選挙参謀をつけてくれるらしいし、党のほうから人も出してくれるから、みんな任せてくれと総理はそう言ってくださっているの」

皓子は遠慮がちに言い添えた。

「ねえ、慧ちゃんもママを応援してくれるでしょ?　選挙に出てもかまわないわよね?　家族の理解がなくては、到底当選は無理だから」

驚きは見せなかったものの、押し黙ったままの夫の顔を直視できない気がして、皓子は所在なく息子の慧に視線を向けた。

「それは君の意志なんだね」

そのとき、鋭く突くように夫が訊いた。

「え？」

「君が、自分の信念で出馬するというなら、私は誰がなんと言おうとサポートする」

穏やかだが、ずしりと響く声だった。

＊

週が明けるのを待ちかねるように、皓子は意を決して自分から山城に会いに行った。夫から言われた言葉が、頭から離れなかったからだ。

総理秘書官を通して、できれば二人だけでの会談をとひそかに願い出たのだが、相変わらず幹事長の小関が同席していて、頑として隣を離れようとはしない。だから、仕方ないと腹を括って、皓子は正面から切り出したのである。

「参議院選挙が終わったら、総理は内閣改造をなさるおつもりですよね？」

突然険しい顔つきでやって来たうえ、小関の存在には目もくれず、前置きもせず、強い口調で言い出した皓子に、山城もさすがになにかを感じ取ったのだろう。最初は何事かという顔をしていたが、やがて静かに口を開いた。

「それは、勝ち方にもよります」

うまいかわし方だと思う。歴戦の勇者なればこその、これが模範解答なのだろう。だからこそ、皓子はさらに一歩詰め寄った。

「それでは、もしも総理の思惑通りの勝ち方ができたら、という前提でお願いがあります」

「ほう、なんですかな」

山城は微動だにしない。皓子ごときになにを訊かれても動じるものかと、その表情が告げている。もちろん、皓子も臆せず続けた。

「京都からの出馬要請はお受けします。大臣就任後半年も経たずに、選挙を通して国民にあえて私自身を評価させようとおっしゃるのですから、私も逃げるわけにはまいりません。すでに覚悟は決めました。落選したら、当然大臣の座は降りることになるのでしょうから、私個人だけではなく現政権の名誉にかけても、なにがなんでも当選しろと、総理からはそういう至上命令だと理解しております」

「頑張ってください」

山城は平然としたまま、他人事《ひとごと》のような答え方をした。心を決めて告げたのに、答えはそれだけか。いったい、この男は笑顔の裏でなにを画策しているのだ。皓子は、そんな山城にさらに挑むような視線を向けた。

「もちろん頑張ります。出るからには、絶対に当選してみせます」

これは三崎皓子の宣言だ。とにもかくにもこれまで五十一年生きてきたのだ。自分にだって意地がある。ここでおめおめと引き下がるような真似はしないし、選挙に負けたりもしない。数ヵ月務めただけで降ろされた大臣などという汚名を着せられてたまるものか。皓子は溜まりに溜まった思いをぶつけたのである。

「そのかわり、総理。私がもしも当選しましたら……」

皓子がそこまで言ったとき、山城の太い眉がぴくりと動き、目の奥でなにかが蠢《うごめ》いた。

「当選したら？」

「はい。私に社会保障と財政の一体改革をやらせてください。今度こそ本気で政府に取り組んでいただきたいのです。それが、私からの立候補の条件です」

一気にそこまで言ってのけ、皓子はひとつ息を吐いた。

「あなたからの条件ですと？」

小関が、山城の先を制して、我慢できぬという顔で横から口を挟んできた。

「それともなんですかな、三崎さん。早い話が厚生労働大臣をやりたいとおっしゃるわけか。いや、本当の狙いは女性初の財務大臣ですかな？」

いかにも小馬鹿にしたような、嫌みたっぷりの口振りである。

「違います、幹事長。それはまったく順序が逆ですよ」

皓子は小関をキッと睨みつけた。

「男であろうが、女であろうが、大臣になりたいがために政治家になるのではありませんよ。

本気で仕事をするために、つまり、どうしてもやらなければならない政策をしっかり実現するためにこそ、大臣の権限が必要なのでは？」

「三崎さん、あなた……」

気圧《けお》された目をして、小関が見返してくる。

「私は、この何ヵ月かでひしひしとそれを実感してきました。毎年一兆円を超える社会保障費が積み上がっている昨今ですが、それでも介護の現場は一向に改善されません。日本は世界に類を見ないような、それこそ『異次元の』少子高齢化が進んでいます。でも、なんら本気の対策が講じられていない。子育てにしろ老人介護にしろ、深刻な問題はそれぞれ個人にのしかかっています。介護や子育ての現場で必死にあがいているのは家庭内の女性たちですが、彼女らだけが自分を犠牲にして背負っているのが現実です。社会からもコミュニティからも救いのないまま、個人的な負担として耐えている。いえ、辛抱させられているのだわ。でも、そんなことがいつまでももつはずがありません。そんな状態で女性の社会進出なんて、ありえない」

皓子の剣幕に、小関が首を振る。

「そりゃあなた、言うのは簡単ですけどね」

「いいえ、幹事長。そんな弁解はもう通用しません。国民の物心面での負担は、もはや限界に達しています。すでに切実な社会問題なんですよ。一方では、それを支えるはずの財政が、国債発行に依存するばかり。にっちもさっちもいかない膨大な累積債務で、いずれは限界点を超えてしまいます。なのに頼みの税収は、この先望むべくもありません。盤石だった日本の製造業は確実に疲弊していますし、元気な企業は海外に出ていきますから、先細りは必至です。プライム電器産業や、松河電器産業といった、日本経済を牽引していた企業が、いまは見る影もない状態です。どの分野も、待ったなしの課題山積ですが、口で言うほどには、この国には不思議なほど危機感がありません。それをいいことに、歴代の政府もなにも解決策を打ち出せてきませんでした」

言い出したら、もはや止めることはできなかった。堰を切ったように皓子が一気に語り終えるのを待って、山城がぽつりとつぶやいた。

「難問ですぞ、三崎先生」

その目が語るものがある。

「それでも、誰かがやらなければならない問題です。われわれに猶予はありません」

皓子は動じずに答えた。山城がさらになにか言おうとしたのを、またも小関が遮ってくる。

「三崎先生、あなたねえ。ご自分がなにをおっしゃっているかわかっておられますか？　たとえ当選したとしても、一年生の、しかも女性議員が、いきなり大臣に就任ということだけでも昔はありえなかった。たしかに、ひとまずは民間の大臣になられたのだから、それだけでも大したものです。しかし、勘違いをされてはいかん。椅子の数は決まっているのです。

もちろんあれこれ画策して実績を残し、次の大臣の椅子を夢見ている議員は、それこそ有象《うぞう》無象《むぞう》、掃いて捨てるほどおるわけだ。それともあなた。本気で総理に直談判しているつもりですか？」

「まあ、まあ、幹事長。三崎先生は、なにがなんでも当選してみせると断言されたのです。いいことではありませんか」

取りようによっては皓子の条件を呑んだようにも聞こえる。だが、かといってそれをきちんと了承したわけではない。山城の一流のやり方だが、もう無抵抗で流されるつもりはない。

「そう思っていただけたんですね。お聞き届けいただき、ありがとうございます、総理」

だから、皓子のほうから言質を取るかたちで念を押したのである。

「とんでもないですよ、総理。そんなことをされてはほかに示しがつきません……」

小関が焦って口を尖らせるのを、山城はただ笑って、静かにうなずいて見せるだけだった。

＊

そうこうするうちに、山城政権発足後の通常国会が六月二十六日に無事閉会となり、参議院選挙は七月四日の公示と決まった。投開票は二十一日とのことで、国会閉会の瞬間から、皓子は否も応もなく、怒濤のごとく事実上の選挙戦に押し流されていったのである。

公示前で、立候補の届け出が受理される前の活動は、正確には「選挙活動」ではなく「政治活動」となるようだが、どちらにせよ生まれて初めて当事者となる選挙だ。まさか自分が選挙と名のつくものに関わるとは思いもしていなかった。いや、生涯避けて通るはずだったのだが、一人の候補者としてだけでなく、皓子は明正党の顔としての役割も担うこととなった。

それも承知で覚悟を決めたつもりでいたのだが、やれ選挙ポスターの制作だの、明正党の選挙用テレビコマーシャルや政見放送だのと、撮影現場で山城と二人並んでカメラの前に立たされたときは、あらためて自分が背負わされているものの実態を意識せずにはいられなかった。

日を追うごとに感じたのは、当事者にとって選挙は、異様なまでの集団的昂揚だということ。気持ちを落ち着けてなすべきことを意識する暇もなく、分刻みで組まれる日程に従って、ひたすら消化するしかない日々だ。当初はあれほど渋い顔をしていた幹事長の小関も、実際に選挙戦が始まってみると、だらしないほどの笑顔を浮かべて皓子の存在を党の前面に押し出し、なにかと言っては宣伝役を押し付けてくる。

各テレビ局の討論番組には、当然のように出演させられた。一度も会ったことも言葉を交わしたこともない地方出身の候補者から、合同ポスター制作の依頼や、応援演説の要請も届く。現役大臣であり、メディアの認知度が高いだけに、党員からの皓子への期待は過剰なほどだ。

事務所開きは、神主に来てもらってお祓いまでやるという仰々しさだった。烏丸通りに面した事務所の前に巨大な看板が立てられ、各方面から次々と胡蝶蘭の大鉢が届く。事務所内の壁という壁は、山城総理を筆頭に「必勝」と大書された為書きで埋め尽くされた。選挙カーと後続車も準備が整い、選挙ビラや運動員用の深紅のポロシャツが山のように届けられる。

なにもかもが選挙参謀、森村《もりむら》のアドバイスで決められていく。皓子のテーマカラーを深紅にしようというのも、百戦錬磨の彼の一言で、選挙運動中の皓子は、これまで手にしたこともないような赤のポロシャツか、深紅のジャケットに白のパンツといういでたちで通すことになった。夏場の選挙戦だ、炎天下で汗みずくになるのが予想される。それも見込んでボランティアの運動員の分も含め、山のようにポロシャツが用意されたのである。

選挙カーや、看板、ビラなど、いたるところに自分の名前が書かれているのを見るのは、なんとも気恥ずかしいものだった。だが、いまはまだすべてが大きな白い布で覆われ、公示日が来て晴れて立候補の届け出を済ませ、解禁となるのをひっそりと待っている状態だ。

＊

「どうも気になるんですよね」

森村が神妙な顔で言い出したのは、公示日も迫ったある夜のことだった。

「とおっしゃいますと、なにか問題でも？」

「いえね、こんなはずはないんです。思ったほどに評判が上がらないのが気になりましてね。もっと手応えがあっていいはずなのに」

胸の底でざわめくものに、皓子はごくりと咽喉《のど》を鳴らした。

「手応えが弱い？　反応が悪いんですか」

やはり、高を括っていたのが間違いだったか。小関が言っていたように、自分は大きな勘違いをしていたのかもしれない。選挙の現場は甘くない。新米大臣では、それなりの評価しか得られないのだ。そのことを痛いほどに実感させられ、手のひらにじっとりと汗が滲む。

「いや、先生は現職の大臣ですからね。しかも、以前からテレビでも人気の大学教授です。ここまで条件が揃っているのに、こんな程度のはずはないんです。やっぱりあの噂のせいですね」

ベテランの参謀だけに、感触をつかむ秘術があるらしい。経験が言わせている言葉だろう。

「噂？」

そう言われると、皓子としてもますます不安が募ってくる。山城や小関の前であそこまで宣言してきたのだ。ここまで来て落選などということは許されないのに。

「調べたところ、紙媒体ではありませんでした。例のソーシャルネットワークサービスというやつです。あの世界は玉石混交《ぎょくせきこんこう》ですからね。匿名の怪しいツイッターも見つかったのですが、ブログだか、フェイスブックだかで、バッシングというか三崎皓子をこっぴどくこきおろしている輩もいるようなんです。まったくの個人攻撃でして、ご家庭のことに関連する内容ですが、なにか心当たりはありませんか」

「さあ、そうおっしゃられても、私には……」

皓子は当惑するばかりだ。

「恥じることではありませんよ。やっかみや嫉みはどの世界にもありますから。ましてや、マスコミでもご活躍の三崎先生ですからね。むしろあるのが当然。いえ、それも人気がある証拠です。好きと嫌いは紙一重。適切な対処をすればかえって宣伝に使えます。いつも批判的な評論家とか、マスコミ関係者とか、案外ライバル大学の関係者なんか、思い当たりませんかね」

さすがに、参謀はどこまでも冷静だった。

「そういえば、大臣就任当初からなにかと言ってきた人が一人……」

訊かれて、テレビ・ジャパンの秋本つかさの顔が頭に浮かんだことに、とくに理由があったわけではなかった。

「その方は、女性ですね」

見越したような声だった。

「ええ」

「やっぱりね。そうか、わかりました。その彼女をこちらの味方につけましょう」

参謀はこともなげに言う。

「でも、そうだと言い切れる確証はありませんし、きっと私の思い過ごしです」

「いえ、それでもかまいません。いまのうちに手を打つことが大事です。テレビ関係の方ならなおさらです。早いほうがいい。すぐにその方と会ってみていただけませんか？」

強引に背中を押されるようにして、皓子はひとまず矢木沢に相談してみることにした。

*

参謀から言われた一部始終を聞き終えると、矢木沢はさも愉快そうに笑い声をあげた。

「うちの秋本つかさが噂を？　まさか、それはないと思うよ。結構、根性のあるやつでさ。まあ、勢いでちょっとフライング気味なところはあるけど悪気はないんだ。たしか、君の番記者には志願してなったはずだよ。皓ちゃん、そんなにあいつを嫌わないでやってくれよ」

矢木沢はどこまでもつかさの肩を持つ。

「逆だわ。彼女のほうが私を嫌っているのよ」

だから皓子は言わずにはいられなかった。

「まあ、そう言うなよ。あいつはうちに来るまでずいぶん苦労したんだ。新卒で公共放送に入局後、すぐ地方局に配属されてね。男性記者にさんざんいじめ抜かれたんだよ。だから、君みたいに順調な人生を歩んでいる同性を見ると、羨ましく思うことはあるかもしれないけど」

矢木沢は、秋本つかさが転職してきた背景について語り始めた。当初から政治部記者を志していた彼女が、先輩男性たちのあいだで究極のしごきに遭い、耐えてきたというのである。

「最近は政治部も女性記者が増えたけどね。つかさが社会に出たころ、いまから二十年前はまだこれからという時代だった。正面からの風当たりをまともに受けて、後進のための道を拓いてきたのが彼女らの存在なんだ。東京育ちのお嬢さんだったあいつがさ、たった一人で地方に飛ばされてだよ。泣きながら踏ん張ってきたからこそ、いまの若い女性記者たちの席があるわけでね」

その口調からは、深い同情と労いの思いが伝わってくる。そのことが、かえって皓子のささくれた心の裏側をひりひりと逆撫でする。

「それに比べたら、私のは順調な人生だったと言うの？　だから彼女が、この私は苦労知らずだと羨ましがっているとでも？」

思わず大きな声でそう反論しそうになり、皓子は慌てて口を閉ざした。矢木沢が、皓子の人生を順風満帆のようにとらえていることが我慢ならない気がしたのだ。だがそれ以上に、彼を前にして、自分がいまさら過去に拘《こだわ》っているとも思われたくはない。

「へえ、普段は口の悪い矢木沢峻も、身内の女性には甘いのね」

だから、そのかわりにと口にした言葉だったが、きっとずいぶんな皮肉にも傲慢にも聞こえたことだろう。そして、そんなふうにとられることもまた、皓子には悔しく思えるのだ。

「そういう君のほうこそ手厳しいね。まあ、女の敵は女だ、なんて言うからな。お互い同性相手には点数が辛くなるものさ。それはともかくとして、噂の件でつかさのことがそんなに気になるんだったら、俺からそれとなく探ってみてやるけど」

「いいえ結構よ。私が直接彼女に訊いてみるから」

矢木沢を前にすると、どうしても素直になれない自分がいる。

「だって、もしも彼女の側に妙な誤解があるのなら、いまのうちに解いておきたいし、選挙が公示になるまでに、私自身のこともきちんとわかっておいてもらいたいから」

皓子は慌てて弁解するように言い直した。そうなのだ。気になるのなら、誰に対してでもこの際正々堂々と向き合うべきだ。皓子はあらためて思ったのである。

*

番記者たちと担当の大臣との関係は、いわばギヴアンドテイクの面がある。

記者の側からすれば、公平な立場と適切な批判力を持って政治家を見つめ、国民に正しい情報を伝える義務がある。とはいえ、担当の大臣に本気で嫌われてしまったら、おのずと遠ざけられることになり、取材活動にも支障が出る。

一概に番記者といっても、まさにそれぞれだ。所属するメディアによって独自の社風や方針、代々培われた伝統といったものがあり、さらには記者個人の資質や理解力にも差異がある。大臣といえども所詮は人間で、記者も一個の人間だ。それこそ四六時中、至近距離で行動をともにするだけに、おのずと相性のよしあしも互いに感じるものである。

執拗なまでに迫ってきて辟易させられる記者もいる。ここぞというときにだけ近づいてくるベテラン記者の嗅覚には舌を巻くが、皓子も、大臣就任以降の数ヵ月を通してそれらを総合的に見極め、それぞれの適性を判断しながらうまくつきあってきた。必要に応じて彼らと接し、ときにはあえて遠ざけ、みずからの仕事をやりやすくするために、距離感をはかって話をしてきたつもりだった。

選挙公示を直前にひかえ、あらためて番記者たちと二、三社ずつ面談の機会を持ち、それぞれに意見交換をするというかたちで話をしたい。秘書官を通じてそんなふうに申し出てあったので、秋本つかさとの面談はすぐに実現した。

他社との不公平感があからさまに出ないように配慮した結果だったが、そんななかで、つかさとだけは自然に一対一になれるように仕向けたのである。とくに女性の立場からの意見も聞きたいので、くつろいだ雰囲気で話ができるようにと、夕食をともにすることに決め、皓子は南麻布にあるしゃれた創作和食の店の個室でつかさと向き合った。

大臣を単独取材できる絶好の場と思って来たのだろう。皓子を前に気負いもあったに違いない。つかさは最初から饒舌だった。

ただ、意外なほどにいつもの鋭さがない。選挙直前の各党の情勢や、皓子について全国を回ってみたときの地方ごとの感触など、皓子が訊きもしないのに、会った瞬間、次から次へと話しかけてくるが、どれも彼女自身の視点ではなく、一般論や世論の枠を出ないのだ。いつもの鼻息はどこへいった。これではまるでイエスマンではないか。皓子は肩透かしを食わされた思いで、失望感すら覚えていた。

とはいえ決して手抜きというのではない。むしろどこまでも仕事熱心で、みずからの情報源の確かさをアピールしたいという姿勢が鼻につく。やたらと山城政権に対する専門家の評価分析を口にしたり、かしこまって皓子自身の選挙にかける意気込みを訊いてきたりするのだ。

健全な番記者魂ゆえというより、むしろ皓子からなにか訊かれるのを避けようとして、不自然なほど饒舌になっているようにも感じられる。噂の発信源はやはり彼女なのか、後ろめたさがあるゆえの態度なのかと思わせた。

記者会見の場などでは、いつも記者たちの群れから一歩離れているようなところがあり、皓子に突っかかってくるような鋭い質問を投げかけることの多いつかさだ。なのに、なにかを躊躇《ため》っているようであまりに精彩を欠く態度に、皓子は、あえて相手を包み込むように笑みを絶やさず、彼女のどんな問いかけにもことさら丁寧に答えてやったのである。

やがて食事とともにワインも進み、会話の間合いにゆとりが生まれてきた。さすがにつかさの緊張も少しずつ緩んでいくのがわかる。

そういえば若いころの自分も、同じだったかもしれない。証券会社時代は、こうしてなにげなく夕食をともにしながらも、常にひそかに顧客のわずかな変化を感じ取ろうとして、商談のタイミングをはかっていたものだ。

ふと懐かしさにとらわれて、皓子は目を細めた。あのころは、目の前のつかさの年齢より、さらにふたまわりほど若かった。相手の心をつかんで、こちらに必要な情報を探り出し、なんとかビジネスを成立させようと必死だった。

メールなどという便利なものがない時代だ。夜泣きで眠ってくれない麻由を片手であやしながら、ニューヨーク本社の承諾を得るために、朝まで電話で何度もやりあったものだ。がむしゃらに相手に立ち向かい、相手の隙を探しながらも、交渉の主導権を握っていくノウハウは、あのころ体得したかけがえのない財産だ。

＊

「正直に申し上げてよろしいのでしょうか」

少し上気した頬を傾け、つかさは訊いた。

皓子が、たまにはお互いの立場を超えて、世論調査でも票読み分析でもない、彼女自身の意見や本心を聞かせてほしいと切り出したからだった。

「本当に、なんですね？」

「もちろんよ。今夜はそのために来てもらったのですもの、望むところだわ。あなたの鋭い視点を、私は買っているの」

「そんな、ありがとうございます」

ここまでは、つかさはまだ殊勝な顔だった。

「いい機会だから女同士、本音でとことん話し合いましょう。秋本さんはこれまで何人もそばで大臣を見てきたわけだし、その点では私よりずっと経験者ですもの。これまでのあなたの指摘には、ほかの男性記者にはない鋭い観察眼があったと思うし、いろいろと意見を聞いて、今後の参考にさせてもらいたいの」

「選挙のためには、なんでも受け止めるとおっしゃるのですね？」

「まあ、そうね」

多少の誤解や齟齬は我慢してでも、つかさの本心を探り出したい。ひいてはそれが今後の仕事のやりやすさに繋がるだろうから。皓子にはたしかにそんな計算があった。

「わかりました。では、大臣のお言葉を信じて、正直に言わせていただきます」

つかさはグラスを置いて、座り直した。そして、おもむろに口を開いた。ワインのせいか化粧っ気のない頬に紅みがさし、目のあたりも緩んでいるのがわかる。だが、それはあきらかにさっきまでの殊勝な顔とは違っていた。

「私、三崎大臣にはとても期待していたんです」

明確な過去形を使ったことが気になったが、皓子はひとまず素直にうなずいてみせる。

「そう、それはありがとう」

「本当なんです。今度こそはと期待していました。政治記者として、これまで何人も女性政治家を見てきましたが、そのつど結局は裏切られてきましたからね。どの大臣も、選挙が絡み出すと、最後は悪目立ちしようとする面が前に出て、本末転倒が鼻についてくるんです」

「悪目立ち？」

「だってそうでしょう。やたらとメディアに出たがったり、注目を浴びるようなわざとらしいパフォーマンスをしてみせたり。目立った者勝ちなのが選挙ですから、どうしても票欲しさの行動が出てしまいます」

「馬脚を現すというわけね」

「そこまで失礼なことを言うつもりはありませんが、もったいないなといつも思いますよ」

「もったいない？」

「はい。お飾りの女性枠でなった人は別として、せっかく資質のある人材だったのに、結局は男性政治家に利用されたり、逆に蹴落とされたりして、真にその実力を発揮できないままに消えた女性大臣がどれだけいたことか。そんなときに三崎先生が突然現れて、とても自然体で仕事をこなされるのを見ているうちに、ちょっと意地悪な気持ちが湧きました。だって、期待したらまた裏切られると思ったので、いろいろと食ってかかるような真似をしたかもしれません」

「私を試したって言うのね？」

「そんな不遜なつもりはありませんが、その対応ぶりを見ていて、きっと女性の大臣として、これまでの女性枠ではない仕事をしていただけるのではと、内心そう思っていました」

酔ってはいるが、つかさの目の奥には強い光が宿っている。

「でも、全部過去形だと言っているわけね？」

皓子はその目をまっすぐに見つめ返した。

「ええ、今回もやっぱり失望しましたからね。あなたは間違っている」

いきなり真っ向からそう言われ、皓子は自分の顔がカッと熱くなるのを感じた。

「なんのこと？」

だから、思わず訊いたのだ。

「手柄を、自分から男に譲ったではないですか。姑息なやり方です。いい子になったつもりでしょうが、これは敗北ですよ。はっきり言って、あなたには幻滅です」

「男に譲ったですって？」

「プライム電器と東伏見銀行の一件です。アメリカのベンチャーを絡ませるなんて、あの手腕は見事でした。東伏見銀行の問題を認識するや、すぐに京都まで出かけて行って、関係者を会わせるお膳立てをするなんて、完璧な大物フィクサーでした。あそこまでやれる女性大臣はかつていなかった。まず海外にそれだけの人脈をお持ちの人は多くないですからね」

「ありがとう」

ここは、皓子も素直に礼を言うべきだろう。

「さすがにウォール街で鳴らしてきた人だと感服しました。たしかに、そこまでは辣腕ぶりを称賛し、拍手を送りたいと思いましたが、そのあとがお粗末でした」

「え？」

こちらは五十一歳の現役大臣だ。そして相手は八歳も年下の番記者である。だから、彼女にここまで言わせておいていいものだろうかと思い、それはそれで大したものかもしれないとも思い直していると、つかさはまたも言うのだ。

「こんなことを申し上げたら、番記者としてお出入り禁止になってもおかしくはありませんね。うちの矢木沢取締役からは、きっと大目玉を食らうかもしれません」

こちらの心中を見透かして、先回りするような言い方だった。

「そんなことはしないわ」

見くびらないで、という思いをこめた。

「そうですよね。三崎大臣が正直に言えとおっしゃるから申し上げたので、このことで私が処分されるとしたら、さきほどの大臣のお言葉が嘘だったことになりますよね。女ゆえの女嫌いとでもいいますか、男社会で闘ってきたゆえの、私なりの拘りもありますから……」

「それを聞かせてほしかったの」

「私はね、大臣。女が政治記者になってなにができるって、ずっと言われてきたんです。男たちって、お互いはしょっちゅういがみあっているくせに、いざ女に対してとなると不思議なほど団結するんです。私は男社会に拒絶され続けて、背中から何度も刺されてきたんですよ」

つかさの話は止まらなかった。

「あんまり馬鹿にされるんで、こっちも覚悟を決め、夜討ち朝駆けで死ぬほど通いつめて、ついにスクープを取ったんです。そうしたら、今度は女の武器を使っただの、あの大臣は秋本とできているだのと、週刊誌にスキャンダルをでっちあげられたりね。本当にいろいろありましたよ。ですから三崎大臣に対しても、女性だからこそ頑張ってほしいという期待や、政界のガラスの天井をぶっ壊してほしいとひそかに願っていたんです。でも、あなたにはやっぱり託せない。いまは悔しさでいっぱいです」

正面切って決めつけてくるつかさに、皓子もいつしか熱くなっていた。

「わかってないわわね。あなたこそ間違っている。そういうものを、女がひとりで全部かぶっちゃうから前に進まないの。たとえば介護問題も、子育てもそうよ。女がひとりで背負おうとするから潰れてしまう。この社会を変えるには、女がもっと賢くならなくてはいけないわ。

そもそも女だからとか、男だから、なんて言っているからいけないのよ。政治記者なら大きな視点で世界を見ないとね。それでも、まだそういうことに執着するのなら、なにを言われても女が男の一歩前を堂々と行くことね」

「いいえ、そんなのは綺麗事です。大臣は現実をご存じないんです。だいいち、そんなふうに口では理想論を語りながら、実際には裏で男に迎合して、華を持たせているんですからね。はっきり申し上げて、信じられません」

つかさはどこまでも突っぱねてくる。記者としての態度を指摘され、余計にカチンときたのだろう。

「まだ、わかってないのね。私は手柄を譲ったわけでも、相手に華を持たせたわけでもないの。誰の人脈でことが落着したとか、誰の功績だったかなんて、ことを矮小化するのはメディアの悪い癖よ。少なくともあなたには、もっと本質を見つめてほしい。そもそも今回の問題は、表面は金融業界の騒ぎととらえられているけど、裏には根深い日本の製造業の疲弊がある。どっちが悪いというより、産業の構造的な問題なの。だから、冷静に考えて、あの案件は経済産業省があとを引き取って、製造業の問題の炙り出しと、今後の生き残りの道として、天海さんが進めてくれたほうがことがうまく進む。そう考えたからそうしたの。手柄なんて、私にはどうでもいいことだから」

皓子ならではの深い洞察と、今後に向けての配慮ゆえの選択だったが、だからといっていちいち説明などしたくはなかった。わかる者にわかればいいし、日本の産業界にとって必要なことを最優先させればそれでいいはずである。

「違います！」

だが、つかさにはまだ納得がいかないらしい。

「どうして？」

「だったら、ご自分の功績は功績としてまず世間にアピールして、それから天海さんにフォローさせればよかったと思います。だいたい、あんなことをされるから、いつまでたっても女の仕事が評価されなくなるんだわ。大臣は、それで謙虚さを演出できて、閣内でもいい人という評価を得られるかもしれませんが。私たちが困るんです。先を行く先輩女性たちが、堂々と仕事をして、その実績を積極的に世間にアピールしてくれないと、あとを行くわれわれの道が開けません」

それがつかさの本音ならば、皓子とて黙ってはいられない。

「冗談じゃない。甘えないでよ！」

思わず声をあげてから、皓子は一息置いて、また口を開いた。

「それに、だからって、女の足を女が引っ張っていたんじゃ、それこそいつまでたっても女の環境はよくならないじゃないの」

一瞬、つかさの顔に躊躇いの色が浮かんだ。だが、すぐにまた負けじと声を荒らげてきた。

「でも、私は大臣のことが嫌いです。信じられないし、あなたとなんか、組みたくはない」

つかさは敵意を剝き出しにしてきたのだ。理詰めのつかさらしくもない。どこか駄々をこねているようなところがある。だから、皓子はさらに言う。おのずと強い声になっていた。

「私も同じよ。私だって、あなたみたいな人は好きじゃないし、あなたに頭を下げて頼むつもりもない。ただ、日本の将来のために誰がなにをできるのか、いえ、誰かにやらせなくてはいけないのなら、その分自分がもっと賢くなりなさい。政治なんて、外交もそうだけど、まっすぐで真正直であることがいいとは限らないのよ。誠実な仮面をつけて、その裏でどれだけ計略的にことを進められるか。それも必要なの。あなたならわかるわよね」

皓子はそこまで言って一息吐き、さらに言った。

「現実的に言って、いまの日本で女性にそれなりの地位や権力を与えられるとしたら、それはもしかしたら、誰かのスケープゴート役ぐらいしかないのかもしれない」

たしかに、あの山城にしても、メディアで名前が知られている皓子という存在を利用して、政権交代を実現させた。キャンペーンの目玉として、有無を言わさず皓子を踏み台にしてきたのである。

思い切った物言いに、つかさは大きく目を見開いて、じっとこちらを凝視している。その目から視線を逸らすことなく、皓子はまた言うのだ。

「だけど、だったらどうだというのかしら。それでも、与えられた機会を生かして、昇っていく女性がいてもいいじゃない。それでしか、まだ日本では女性たちに開けない道ならば、私は堂々と胸を張って、その道を歩いていく。せっかく与えられたチャンスなら、それを足がかりに、もっと上へと昇ってやるわ。秋本つかささん、あなただってそうすべきなのよ。なぜなら、そんな機会すら与えられることのなかった時代が、この国には間違いなくあったのだから。あなたが苦労して今日までやってきたのはわかるけど、私たちよりももっと前の世代の女性たちは、もっともっと前の門からこじ開けなければならなかった。政治の世界にしたら、立候補どころか、投票する権利すら与えられなかったのですもの」

もはや、つかさからは一言も返ってはこなかった。そのかわり、なにかに打たれたような顔になって、いつまでも皓子を見つめていたのである。

＊

そうこうするうち、参議院議員選挙公示日の朝を迎えた。七月四日の午前八時半から立候補届出の受付が始まるというので、前日から京都入りし、東山は三十三間堂のすぐ近くにあるホテルに滞在することにしたのだが、大事な日だから今回ばかりは一緒に行くと言い張って、夫の伸明ばかりか慧までついて来ることになった。

夜明け前からじっとりと蒸し暑い、久々に味わう京都特有の夏の朝である。選挙管理委員会への書類提出には本人が出向くのかと思っていたら、代理人を立てて届けるのが通例とのこと。後援会の代表と、明正党京都府支部連合会という地元組織の担当者が行くのだという。

「そのかわり、選挙事務所にはできるだけ早く顔を出してくださいね」

前夜の電話で、選挙参謀の森村からはそんなふうに念を押されていた。候補者は皓子を含む六名。すでに事前審査も済んでいる。立候補の手続きは淡々と終了したと、報告を受けた。

準備に抜かりはない。自信を持っていこうと森村は何度も繰り返したが、とはいえ今回改選されるのはわずか二議席、つまりは候補者のうち四人が落選する。もとより京都は、長年議席を守ってきた進志党のベテラン議員と、官僚出身なのに官僚批判の急先鋒として最近にわかに支持を集めている革新政党、社共党《しゃきょう》の若手候補者が、真っ向から激突する注目区ではあった。

なにより古都の住民は昔から都意識が強く、気位の高さがあるためか、その分だけアンチ中央といった革新政党支持にまわる傾向がある。そんななかに、突然与党も与党、現役大臣である皓子が加わったものだから、三つ巴の激戦地区となってしまったのである。

陣営内の熱狂ぶりも、周囲から煽《あお》られるような形で日に日に高まっている。明正党幹部から送られてきた選挙参謀や関係者たちが、政党支持率の変動や、独自の世論調査の結果を見守ってピリピリしていることは、公示前から皓子もはっきりと実感していた。

「先生、いよいよ出陣です。頑張ってください」

届出を終え、首にかけたタオルで流れる汗を拭きながら事務所に帰ってきた後援会の代表が、そう言って握手を求めてきた。

「選挙に関してはまったくの新人です。どうか助けてください。よろしくお願いします」

すがるような声になっていたかもしれない。だが、皓子の心からの願いだ。公示前の何週間かは全国を回り、他候補者の応援ばかりさせられてきた。それだけに肝心の地元固めはまったくといっていいほどできていない。

後援会や応援のボランティアは、ほとんど党側が集めてくれた人員で、初対面に近い顔ぶればかり。なかには、どうやって探し出したのか、幼稚園から高校時代までの同級生など、懐かしい顔も何人か見かけたが、所詮は何年も音信不通だった仲である。握手を交わしていても、どこかぎこちなさがぬぐえない。

「大丈夫。当選は確実です。なんせ三崎先生は、テレビで観ていたよりずっと気さくな雰囲気やし、チャーミングな方ですしねえ。一回でも話をすると、みんないっぺんでファンになってしまいますわ。さあ先生、これを……」

立候補届出の報告と一緒に、恭《うやうや》しく差し出されたのは、候補者用のタスキだった。さらには腕章や標旗《ひょうき》、つまりは街頭演説用ののぼり旗などといった、いわゆる選挙の「七つ道具」と呼ばれる一式である。

両手で受け取ったタスキが、一瞬ずしりと重く感じられた。タスキに触れている指先が、かすかに震えているようにも思えてならない。

どれだけの数にせよ、間違いなく地元住人の切なる願いと期待が込められている。一旦このタスキを身につけてしまったら、それを裏切ることだけはできない。なにが起きても、もう逃げも隠れもできないのだ。

この先、自分を待ち受けているものがたとえどんな地獄であったとしても、ここから一歩を踏み出すしか、いまはない。

両手に載せたまま、しばらくじっと見つめていたが、皓子は意を決してタスキに首を通した。手を触れたときはごわっとしていたタスキが、次の瞬間、不思議なほど身体に馴染んで、すっきりと定位置に収まった。

突然なにかが上から落ちてきて、全身を貫いたような、背筋がまっすぐに伸びる実感があった。皓子は晴れ晴れとした笑顔を浮かべ、周囲をゆっくりと見回していた。

それを合図に、それまで事務所前の大看板や選挙カーにかけられていた白い布がはずされる。期せずして、あたりから大きな拍手が湧いた。広い選挙事務所だが、それでもなかにはいりきらなかったのか、前の通りにまでたくさんの人があふれている。通りすがりの通行人が何人か立ち止まって覗いていくのも見えた。

あたりの壁という壁には、深紅のジャケットを着て満面に笑みを浮かべた皓子のポスターがずらりと貼られている。集まったボランティアの人たちが、申し合わせたように胸に抱えているのも、皓子の顔が大写しになったポスターやビラの束だ。なかには円形の厚紙に親指用の穴をあけ、団扇《うちわ》として使える仕様のものもある。

どこを見ても、印刷された皓子の顔写真が目に飛び込んでくる。夥しい自分の分身に周囲を取り囲まれ、言動のすべてを凝視されているような感覚だ。

今朝この選挙事務所にはいる直前まで、心のどこかに引きずっていた気恥ずかしさや、一抹の違和感などは、もはやとうに消え失せている。少しずつ途切れることなく集まってくる大勢の支持者たちの輪の中央に立ち、皓子はいつしか何度も深々と頭を下げ続けている自分に気がついた。

神輿《みこし》にかつぎあげられる。それは、まさにこういうことを指しているのだろうか。

「お願いです。三崎を勝たせてやってください」

隣に立った夫の伸明も、声をあげて嘆願している。いつもは芸術家然として、どこか浮世離れしたところのある夫だが、腰を低くし、相手かまわず握手の手を差し出して、笑顔を振りまいている。こんな夫を見るのはもちろん初めてだ。教えたわけでもないのに、それは息子の慧までもが同じだった。

意識していないつもりでも、知らず知らずに頭が下がる。こうなったら、土下座でもなんでも、必要とあらば羞恥心なくやってのけそうな、そんな気にすらなってくる。

ここはとんでもない異空間。世間とは隔離された別世界なのだ。異様な熱狂と興奮状態で、少なくともこの場にいる人間は、一人残らず選挙という熱病に侵されている。

だからこそ家族まで巻き込んではいけない。皓子は自分に言い聞かせた。自分がしっかりと足を踏ん張って、公私の壁を守っていかないと、周囲の勢いに流されてとんでもないことになりかねない。そんな危うさすら感じるのだ。

決戦となる投票日まで、十七日間におよぶ真夏の選挙戦はついに始まってしまった。負けられない。なんとしても勝たねばならない。皓子は押し寄せる緊張感とともに、込み上げてくる思いを嚙みしめていた。

＊

「これをどうぞ。遊説第一日の予定表です」

選挙参謀から手渡されたリストには、夜までびっしりとスケジュールが記されていた。今回のために京都に来る新幹線のなかで書き上げ、到着するまでに暗記をして皓子が用意しておいたスピーチは四種類。限りなくコンパクトにまとめた三十秒用と一分用、さらに三分用、やや長めの五分用で、あとはそれぞれをうまく組み合わせて使うことにした。

そのスピーチを持って選挙区の隅々まで遊説するのだが、まずは事務所の前で出陣の挨拶をした。そして、割れんばかりの拍手に送られて、揃いの赤のポロシャツに白いスカート姿のウグイス嬢とともに、選挙カーに乗り込んだ。

立候補直後の第一声は、事務所から近い四条通りのデパート前に決められていたからだ。

炎天下にも拘《かかわ》らずすでに物凄い人だかりで、見慣れた番記者たちだけでなく、何社かテレビカメラが待機しているのも目にはいった。

一昨日まで全国各地の会場を回り、他候補の応援演説をして慣れているとはいえ、実際に選挙カーの上にのぼり、自分自身への一票を得たいと演説をするのは、まるで緊張感が違う。勢い全身に力がはいり、暑さも手伝って言葉もつい力みがちになる。咽喉が干上がったようにカラカラになり、それでも無理に大声をあげると、すぐに声が嗄《か》れてきた。

——私は、夢のような話ばかりするつもりはありません。できないお約束を、平気な顔をして並べ立てることもいたしません。でも、日本にとって再生のチャンスは、そういくらも残ってはいないと、誰よりも危機意識を募らせている人間です。だからこそ、今回思い切って立候補させていただきました——

演説が進むごとに、自分自身が掻き立てられ、気持ちが前のめりになっていくのを実感する。そのくせ、口からこぼれ出た途端に、その言葉がどんどん自分の思いとかけ離れていく気がして、得体の知れない焦りばかりが募ってくる。

どう表現すれば、どんな言葉を使えばこの思いが伝えられるのだろう。大学の講義でも、テレビ出演のときにも、かつて一度も経験したことのない緊張感に襲われて、皓子は夢中で声をあげ続けた。

——いまこそ、日本の潜在成長力をきちんと認識すること。そして、それをしっかりと高めていくことが必須です。経済の基盤が守られてこその社会です。ないものを分配することはできませんからね。なにができて、なにができないのか。介護支援も、年金制度改革も、財政再建も同じです。限界を軽々と超えて減り続ける生産労働人口。つまりはこの国の稼ぎ手の消失は深刻です。そして、社会保障に頼るしかない受益者がこの先も加速度的に増え続ける。財政の問題は、いまやどの先進国もが抱える共通の課題です。使う人が増えて、稼ぐ人間が減っていけば、結果は誰がみたってひとつです。だからこそ、成長の天井をいかにあげていくかが大切なんです。みんなが豊かで安心な暮らしをするには、痛みもみんなで少しずつ分かち合うことが必要です。綺麗事も、絵空事も、理想論も無用です。世界に先駆けて驚異的なまでに進んでいる日本の高齢化を、マイナスとしてとらえるのではなく、いかにプラスに変えていくか。いま、真に求められるのは情報でも知識でもありません。なによりわれわれの知恵なんです。与野党間で衝突している時間があるぐらいなら、もっと互いに協力して、この国のために手や足を動かすことです――

　予定時間からこぼれるほどに中味の濃いスピーチを終え、深々と頭を下げると、あちこちから拍手があがった。三崎皓子の名前を連呼する声や、頑張れという声も混じって届く。そんな声援を背に、ようやくのことで選挙カーを降りたときは、ポロシャツの色がすっかり変わってしまうほどに、汗だくだった。

*

「先生、良かったですよ」

選挙カーから降りてきた皓子に、森村がすかさず冷たいおしぼりを手渡してくれる。

「本当ですか？　私、大丈夫でしたか？」

後続車のワンボックスカーに乗り込んで、汗みずくの首や腕をぬぐいながら、皓子は昂ぶった声で訊いていた。後部座席は、窓に黒いシールが貼ってあり、着替えも軽い食事や仮眠もできるよう、外から見えない工夫がされている。

「でも、次からはもう少し声を抑えましょうか。気持ちがこもっていて、とても良かったのですが、あんまり張りあげると商店街ではかえってハウリングを起こしますのでね。先生は滑舌《かつぜつ》もいいし、よく通る声ですので、そのほうが聞きやすい。長丁場なのに早々と声を潰すと、あとが辛くなります。それから、先生が正直なのは結構ですし、おっしゃりたいお気持ちはよくわかりますが、否定的な言葉はなるべく避けてください。少なくとも、できない、なんていう言葉は極力使わないほうがいいでしょう」

さすがに熟練の選挙参謀だけあって、アドバイスは適切だ。さらに感心させられたのは、遊説地の組み合わせが絶妙であることだ。街宣運動が許されるのは午前八時から午後八時までだが、午前中に二ヵ所、午後三ヵ所街頭を回り、途中の昼食時には車を降り商店街を歩いて握手に回った。その時間組みの技や、ルート選びの見事さに感心して訊くと、渋滞や一方通行など、古都の交通事情に詳しいタクシー会社のＯＢが作戦会議に加わっているとのこと。

「いろいろと本当にありがとうございます。お蔭さまで、とても心強い思いです」

周囲の誰に向かっても、自然に頭が下がる。自分のためにこれだけの人たちが一心不乱に動いてくれている。そう思うとひたすらありがたく、それを決して無駄にしてはいけないと、悲壮感にも似た気持ちが湧いてくる。

一日の予定をこなし、選挙事務所に帰ってきたら夕方の五時を過ぎていた。肩も腰も疼くように痛み、握手続きで右手はすっかり痺れている。だが、気持ちが前のめりになっているせいか、不思議なほど疲労感がない。

「お疲れでしょう、先生」

「いいえ、全然」

皓子は笑顔で胸を張った。

「ほう、いいですね、先生。この調子で元気にこなしていきましょう。夕食のあとは、伏見区の公民館で個人演説会ですから」

森村が心底嬉しそうに皓子を見た。彼にすべてを任せていれば、勝てるかもしれない。

「わかりました。どこへでも行きますよ」

皓子に迷いはなかった。昼間も選挙カーを降り、マンション街で集まっている人の輪に近づいていくと、皓子を見つけて駆け寄ってくる女性たちが何人もいた。一人一人と固く握手を交わしていると、不思議なほどに勇気づけられる。視線を痛いほど感じ、振り向いてそこに笑顔があると、これ以上ないほど心が弾む。

これを手応えと呼ぶのだろうか。こんな感覚も、これまでの皓子の人生になかったものだ。

個人演説の会場の入りはまずまずだった。途中、金融庁の山下から連絡がはいり、大臣としての判断を問われる案件があり、対応に追われたりもしたが、それ以外は順調だった。

「明朝は午前六時に、京都市中央卸売市場に行きます。魚や農産品の競りに参加している人たちに握手をして回るんです。そのあと七時には各地の公園を訪ねて、ラジオ体操に集まった人たちに挨拶をし、握手をして回ります」

「わかりました、ではまた明朝」

タスキをかける前の皓子なら、そんなところで握手をすることが政治や政策とどう繋がるのかと、疑問を口にしたことだろう。だが、こうなったら鮮魚市場の仲買人であれ、ラジオ体操に集まる高齢者であれ、いや、盆踊り会場の踊り手の輪のなかにでも出かけていこう。歩いて歩いて、歩き回って自分の政策を訴えていく。

皓子は、決意をあらたにしていた。

午後遅く、いわゆる「辻立ち」で商店街の角に立って政策を訴えていたとき、商店主らしい老人がやって来て鋭い視線を投げつけてきた。

「あんたに投票したら、わしらになにをしてくれる？　ほんまに助けてくれるんか？　昔は元気やったこの町も、いまはこのありさまや」

半分ほどもシャッターの閉まったさびれた商店街に、激しく心が揺さぶられるものがある。

「駅向こうに大型店舗ができてな、いまはもう誰もお客が寄りつかんようになってしもた」

必死の形相で痛いほどに手をつかまれ、皓子は返す言葉を失った。特定の地域だけに利益誘導をするのが政治家の使命ではない。だが、ここでそれを説くのはあまりに非情な気がする。

老人の声には切実な嘆きがあった。たしかに皓子が子供のころ、こうした駅前商店街には華やぎがあった。人が集まり、活き活きとしたエネルギーがあった。歯止めのかからぬ高齢化と人口減少、大局観のない都市計画は、なすすべもなくここでも放置されたままだ。

大臣に就任する前、テレビ番組のコメンテーターとして政治批判を口にしたこともある。内閣府に請われて政策立案の助言もしたし、思いがけなくも特命大臣として、金融行政の現場に直面もしてきた。

だが、その立場ではどうしても得られなかった、まさにこれが現実の声だ。机上の経済指標でもデータ上の消費者物価指数でもない、これが生きた生活者の切なる生の訴えなのだ。

国を支えているのは、永田町でも霞が関でもない。日々の暮らしを黙々と営んでいる市井の人々であり、地道な汗と涙の積み重ねだ。

握られたこの手の痛さと、老人のこの皺だらけの手を、はっきりと目に焼き付けておこう。皓子は老人に何度もうなずき返しながら、自分に強くそう言い聞かせていた。

個人演説会が終わったのが夜の八時。一旦は選挙事務所に戻って後援会や支持者たちとの打ち合わせが始まる。一日の反省や、翌日に向けた選対会議のあとは、一斉に有権者に電話をかけまくるのである。ホテルに戻ってからも、森村から渡された分厚いリストを手に、深夜の就寝直前まで、電話をかける夜が続く。

二日目も三日目も、同じようなスケジュールに追われて過ぎた。そして四日目の夜、さすがに重い身体をひきずるようにしてホテルに戻ると、秋本つかさが待っていた。

「先生、やっと見つけましたよ。強烈な三崎批判を展開しているネット・グループです。このメンバーに心当たりはありませんか？」

差し出された名簿を見て、皓子の全身に震えが走った。

＊

選挙戦も四日目を過ぎると、さすがに疲労の蓄積を隠せない。

まだ四日しか経っていないのに、いや、もう四日も経ってしまったというべきか……。

こういうときは五十一歳という年齢をつくづく実感するのだが、極度の興奮状態でスタートを切って以来、間違いなく感じていた有権者からの手応えが、昨日あたりから急に変化してきたのも、この疲労感の大きな一因であることは間違いなかった。

選挙カーで道路を流していても、とくに信号待ちの交差点で道行く人に手を振るときなど、顔を合わせた瞬間の有権者の反応がまるで違ってきたのである。朝晩の駅前での辻立ちはもちろん、選挙カーの上から呼びかけても、目を合わせた相手の顔から見る間に色が褪《さ》めていくように、冷ややかな顔つきになっていく。こちらから近づこうとすればするほど、よけいに後ずさりして離れられてしまう気がする。

どんなに過密なスケジュールを組まれ、どれほど忙しく動き回っていても、行く先々で手応えがある限りなんでも耐えられた。有権者の反応が良いと、それだけで心は安らぎ、足取りは軽くなったものだ。

多少は表情が険しかったとしても、それでも足を止め、皓子のほうに顔を向けて話を聞いてくれるうちは、まだ救いがあった。話をすればわかってもらえる。そんな揺るぎない自信を持てたからだ。

だがここへきての突然の変貌である。どの演説会場へ行っても思ったほどに人が集まらず、無関心なだけでなく、あからさまに避けられている気配すらある。

この変わりようはなんなのだ。

どうした、いったいなにがあったのかと、焦りにも似た思いに掻き立てられ、皓子の不安は時間を経るごとに高まっていた。

「ねえ、私なにかいけないことを言ったのかしら？　気をつけていたつもりだけど、誰かを中傷したり、差別的な発言とかしてしまった？」

参謀の腕をつかまえんばかりにして、訊いてみる。

「いいえ。どうかしたんですか、先生」

「だって、急にみんな反応が冷たくなってしまったから」

皓子の心配をよそに、いくら問いつめても、参謀は訳知り顔で肩をすくめ、微笑むばかりだ。

「大丈夫ですよ。どんな選挙でもそういう日があるんです。候補者というのは、ちょっとしたことで人一倍神経質にも不安にもなるものなんです。心配ありませんよ。私が見ている限り、とくに変化はありませんから」

彼の目には、あの激変が映っていないらしい。皓子は激しく首を振った。

「でも、二十代の若者向けに政策を訴えようって、あんなに頑張って集会を開いたのに、集まってくれたのはたったの二人だけだったのよ」

それでも平気でいろというのか。この温度差がどうして参謀には伝わらないのだ。

「落ち着いてください、先生。若いもんは気まぐれですからね。そんなものなんです」

いくら訴えても、参謀はまるで聞く耳を持たない。

今日の昼間も、道行く人と目が合うと慌てて視線を逸らされた。それでも必死で政策を訴えると、その顔には嫌悪や侮蔑を経て、哀れみの色すら浮かぶ。それを意識するたび疲れは倍にも三倍にもなって、また皓子を追いつめる。

＊

「先生。やっぱり、ご存じだったんですね？」

冷ややかで、決めつけるような物言いに、皓子はすぐさまわれに返り、目の前の名簿に視線を戻した。

泣きたくなるような皓子の心情になど気づくはずもなく、秋本つかさは訊いてきた。むしろこちらの心のなかにずかずかと土足で踏み込んでくるような、容赦ない口調だった。

「いいえ、知らない」

動揺を隠し、皓子はきっぱりと否定した。

やめてほしいわ、と言いたかった。こんな夜に、まだ足りないとばかりに追いかけてきて、打ちのめすつもりなのか。こちらは一日中走り回ってへとへとなのだ。これ以上ないほど落ち込んでもいる。

「よくご覧になってください、先生。誰か一人ぐらいは手がかりが……」

執拗に迫ってくるつかさは、そんな皓子の心の裏を鋭く見抜いているのかもしれない。

「いいえ、思い当たる人はいない」

まだなにか言いたそうにしているつかさを遮って、皓子は語気を強めた。

「ですが、先生はさっき……」

「いきなりこんなもの見せられたから、ちょっとびっくりしただけよ。でも、このリストは参考までにいただいておくわね」

食い下がるつかさから、目を逸らす。いたたまれない思いだった。

「悪いけど、今夜はこれで失礼するわ。もうくたくたなの、ごめんなさい」

一秒でも早くここを立ち去りたかった。少しでもなにか口にすれば、その先は見えている。

「このネット・グループの名前は『ムーヴメント・ドット・オルグ』といいます。世の中を変えたいという若者たちに、それぞれ独自の問題提起をさせ、賛同者たちを集める場をネット上に提供して、社会運動としての活動をサポートするのだとかで……」

つかさは、とにかく伝えるだけは伝えておきたい、とばかりの早口で告げる。

プリントアウトされたリストには、鋭い口調の批判メッセージが並んでいた。公職選挙法に触れない範囲を意識してなのか、どれも冷静で、知的な言い回しを使っているだけに、説得力がある。そのなかに複数回登場する発言者、「ひぐま・ｙｏｕ」というハンドルネームに、皓子はいきなり喉元を力まかせにつかまれたような衝撃を覚えた。

子供のころからの愛称であり、本人が好んで携帯メールのアドレスに使っていたものだ。もっとも、皓子が再婚する前の樋口姓と麻由との組み合わせだから、気づくのは身内だけだろう。

だが、いまはつかさにそれを明かすわけにはいかなかった。あの娘がなぜネットで皓子叩きにまわっているのか、他人の口から聞かされたくはない。こうなったら、どんなことがあっても麻由と向き合わなければ。

疲れ果てた肩のうえに、さらに重いものを背負ってしまった気がして、皓子はことさら大きく息を吐いた。

「わかりました、先生。あらためて出直してきます」

その溜息に、さすがに遠慮したのだろう。つかさはようやく折れてくれたらしい。

「またなにかつかめましたら、すぐにでもご連絡しますので」

「じゃ、おやすみなさい」

「まだ直接に会ってはいないのですが、そのなかの何人かとメールでコンタクトしているところですので。彼らの発言の背景とか、動機や理由なんかについてもきちんと突き止めて、すぐにご報告しますから」

踵《きびす》を返した皓子の背中を、つかさの言葉が追いかけてくる。親切心だというのはわかっている。先日、選挙戦突入を前に二人だけで会って話し合い、腹の中をぶつけ合っただけに、これは彼女なりの協力の仕方なのだとも思う。この際、噂を流している真犯人を見つけ出して、自分自身にかけられた疑惑を、なんとしても晴らしたいと考えているのかもしれない。

「ありがとう」

だから、ひとまず振り向いて礼を言った。それに気を良くしたのか、つかさは続ける。

「もちろん森村さんにご相談したうえでですが、先生にも会っていただこうと考えています。そのときは京都に連れてきますので」

つかさが力を入れる気持ちもわからなくはない。嫌だと言ってもどうせやめはしまい。限りなく沈んでいく思いを抱え、皓子は力なくうなずくしかなかった。

*

翌日は、当初からの予定どおり、一旦東京に戻った。金融庁での大臣としての仕事が溜まっていたこともあるのだが、このあとの四日間は、また全国の他候補の陣営を飛び回って、それぞれ応援演説をするようにと、党幹部から申し渡されていたのである。

引き受けたときは、それも閣僚の一員としてやむをえないかと思い承諾したのだが、実際に蓋を開けてみたら、選挙戦はそれほど生易しいものではなかった。とくに自分の地元有権者の手応えの悪化を実感しているこの時点で、しかも大切な中盤戦にさしかかる前に、他人の応援どころではないのが正直なところだ。

朝一番で金融庁を訪ねたあと、明正党の本部に立ち寄り、皓子は予定の変更を願い出た。

「すみませんが、なんとか短く切り上げて京都に戻らせていただけませんか。私としては、できるだけ地元に張り付いていたいので」

幹事長の小関に訴えたのだが、彼はこともなげに白髪の頭を横に振る。

「みんなあなたの到着を待っているのです。他の大臣方もみなさんご協力くださっている。よろしいかな、三崎さん。プレッシャーを感じるのは、立候補した人間なら誰しも一緒だ。あなたは閣僚なんだから、政府の立場としても応援に駆けつける義務があるんですよ」

ならばこそ、余計に皓子が落選するわけにはいかないではないか。

「実は私自身が、この数日間で思っていた以上の厳しさを感じておりまして」

だが、突き上げてくる憤りを抑えての皓子の切なる訴えにも、小関は聞く耳をもたない。

「なにを殊勝なこと言っておられるんです。いつもの三崎さんらしくもない。いいですか、楽な選挙戦なんてあるわけがないんですよ。みんな苦しんで苦しんで、勝ち取る一票なんだ」

小関は見下したように笑みすら浮かべ、取りつくしまもない。隣で黙って聞いていた山城が、やがて静かに口を開いた。

「大丈夫ですよ、三崎先生。なにを言われても気にせんことです。大事なのは、当選した瞬間のイメージだけをひたすら頭に描くこと。そうして、あなたの思いを臆せず国民に訴え続けることです。選挙というのは、それに尽きる」

＊

午後一番のフライトで訪れた九州南部では、大型の台風とまともにぶつかってしまった。

「私も街宣車に同乗しますよ」

安全を考慮して、黒塗りの後続車で追随するよう言われたのに、皓子はみずから買って出て選挙カーでマイクを持った。候補者の不安な気持ちがわかるだけに、つい前のめりになってしまう。街頭を一周し、ＪＡの支店や海辺の個人演説会場にも顔を出した。ギリギリまでねばって空港への帰路を急いでいる途中で、豪雨のために道路が寸断され、足止めを食らった。

熟練の運転手が機転を利かし、泥の川と化した道をさまざまに迂回して、離陸を見合わせていた飛行機にかろうじて間に合った。

「地方都市を忘れられたままにしてはなりません。日本は自然災害にあまりに脆弱です」

ついさきほどまで一緒だった地元出身の若い候補者の言葉が、いまさらながらに蘇って、皓子の胸に迫ってくる。以前皓子は、テレビ番組のなかのコメントでも、国政に進出したいがために地方への利益誘導を説く政治家に辟易し、厳しく非難してきたものだ。

だが、自分はいま、そんな政党のなかにすっぽりと取り込まれ、明正党を勝たせてほしいと訴えて全国を回っている。

本当にこれでいいのだろうか。選挙を勝ち抜き、政治家になるということは、こうして四方から強いられる妥協に目を瞑ることなのか。

無事搭乗し、降りしきる雨を窓の外に見ながら、皓子は何度も自問を繰り返していた。

「台風は本州を北上するそうですよ」

隣の席からそんな声がする。たちまち京都は無事だろうかと気になってくる。どこにいても選挙区のことが頭を離れない。不在中にさらに評判が悪化してはいないだろうか。

「われながら、自己矛盾の極致ね」

自嘲するようにつぶやいて、皓子はシートに身体を預け、つかのま目を閉じるのである。

台風の直撃で飛行機が欠航した四国は避け、中国地方から近畿、名古屋周辺から中部地方、そこから北関東へと各地を転々と泊まり継いだ。東京へ戻る間も惜しんで、甲信越から東北へ向かい、早朝から夜遅くまでひたすら移動が続く。短期間に、よくぞここまで効率良い動線を練ったものだと感心する。限界寸前まで詰め込まれた苛酷なスケジュールを、とにもかくにもこなしおおせた自分自身の強靭な肉体に感謝もしながら、すべての旅程を終えて、ひとまず東京の自宅に戻った。

＊

久し振りに自宅のベッドでとろけるように熟睡し、翌朝、皓子は心地よく目が覚めた。

選挙戦もあと九日間を残すばかりだ。ここからが本当の正念場である。すぐにも京都に向かおうと、逸《はや》る思いで身支度をしていた皓子を、予告もなしに秋本つかさが訪ねてきた。

「突然で、申し訳ございません」

玄関で遠慮がちに頭を下げるつかさの背後には、二人の若い娘が控えていた。一人は彫りの深い顔立ちと淡い瞳が特徴的な見知らぬ娘で、あとの一人、頑なに横を向いたまま突っ立っているのは、まぎれもない娘の麻由だ。

「お急ぎなのは承知しておりますが、先生に、どうしても会っていただきたくて」

「どうぞ、とにかく奥へ」

心配顔でこちらを見ている夫を尻目に、皓子は三人を応接室に案内した。

「お約束どおり、あれからいろいろ調べてみました。時期も時期ですので、誤解があるのをどうしても放っておけなくて」

「秋本さん、あなたそれでわざわざ……」

自分を巻き込まないで、と捨て台詞を吐いて出ていった麻由が、みずから渦中に飛び込んで皓子下ろしに加担している現実をどうとらえたらいいのだろう。皓子は全国を巡りながらも常に考えていた。だが、それとて直接娘に問いただせないほどの忙しさに苛立ち、みずからを責めていたのである。だが、まさかこのつかさにその機会を作ってもらえるとは。

＊

ふてくされたように黙っている麻由に代わって、つかさが詳しく話し始めた。過激な皓子批判の急先鋒が実は本人の娘だと知って、一番衝撃を受けたのはつかさだった。だからすぐに麻由を探し当て、会いに行って、そこに至った背景を探ってきたのだという。麻由はクライアントからのクレーム処理で追いつめられ、自分で飛び込んだファッション業界だけに相談する相手もなく、自暴自棄になっていたという。そんなとき、偶然ニューヨーク時代の友達と代官山で再会した。

「シンディと申します」

神妙な顔で渡された名刺には、ムーヴメント・ドット・オルグの名前が記されている。

「驚きました。大臣が麻由のお母さまだったなんて、昨日秋本さんから初めて伺って」

流暢で礼儀正しい日本語だ。日本人の母親に厳しく躾けられたのだろう。

二人の娘は東京の暮らし難さを語って意気投合し、日本人社会の閉塞感と、もって行き場のない家族の愚痴をこぼし合ったという。そして、シンディの仕事を手伝うよう仲間にけしかけられ、なかば勢いでネット上で訴える結果になったらしい。

つかさとシンディが説明を続けるあいだも、麻由は口を閉ざしたまま、いつまでもそっぽを向いている。我慢できずに皓子は言った。

「事情はわかったわ。でも、だったらどうして堂々と本名を明かさなかったの？」

母親の言葉がよほど意外だったのだろう。麻由は驚いた様子で初めて皓子を見た。その大きく見開いた目を、皓子はまっすぐに見つめ返す。

「麻由の人生なんだし、あなたにはあなたの考えがあるのだから、ネットだろうとなんだろうと、いくらでも発信しなさい。なにも私に遠慮することはないし、母親だからって、応援しなければならない義務はない。ただし、自分は身を隠しながら、人に石を投げるような行為だけで本当に満足なの？　もっと頭を使いなさい。批判や反対するばかりでは、世の中は決して変えられないのよ」

「大臣、そんなことおっしゃって、二人をこれ以上焚きつけちゃだめですよ」

秋本つかさが、慌てて仲裁にはいった。

「焚きつけているつもりはないわ。思っているとおりのことを正直に言っているだけで」

「大臣のお気持ちはそうでも、いまは大事な時期です。最近はブログで炎上したり、ツイッターでこきおろされたりしたら、即刻評判に傷がついて、選挙結果に響きます」

つかさは声を落として耳打ちするように言った。気が気ではないという顔だ。だからこそ皓子は、かえって胸を張ったのである。

「かまわないわ。もしもそうなって、つまらない誤解で私の評判が落ちるなら、それはそれで仕方がない。ひとえに私がしてきたことがその程度の信頼しか得られなかったということよ。それよりも、私は彼女たちの世の中を変えたいという思いのほうを大事にしてやりたいの。せっかくの情熱を消さないでもらいたいのよ」

やっとのことで麻由と顔を合わせることができたのだ。ここで媚びる気は毛頭ないし、伝えるべきことをこの際きちんと伝えておきたい。

「ママ……」

麻由は、さきほどよりさらに面食らった顔だ。

「ねえ、麻由。ひとつ聞かせてくれるかしら。あなたたちはどうして私を叩いているの？　私の政策のどの部分に一番反感を持つの？　ネット上の主張はひととおり読ませてもらったけど、論点が整理されていないみたいだから」

皓子は毅然とした姿勢を崩さずに言った。

「それは……」

麻由は俯いた。電話ではあれほど好戦的なのに、面と向かってはさすがに言えないのか。

「いいこと、麻由。私は怒っているんじゃない。本当にきちんと教えてほしいのよ。それがあなたたち若者層からの建設的な意見なら、参考にしたいと真剣に考えているから。だって、この国が抱えている問題は、この先間違いなくあなたたちの負担になることだし、あなたたちが生涯背負っていくことなんですもの」

麻由が、キッとばかりに顔をあげた。

「いい恰好しないでよ、ママ。そんな綺麗事で私たちをうまく丸め込もうとしても無理よ」

食ってかかるような勢いだ。

「違う。丸め込もうとか、批判の芽を摘もうとか、そういうことではないのよ。あなたと私の個人的なことと混同しないでほしい」

大臣という立場を引き受けたときから、極力家族を巻き込まないようにと努めてきた。だが、そんな思いをこの娘に直接伝えることもできないうちに、勢いに流されるままひたすら日々の仕事に追われてきた。

「大臣が突然持論を変えちゃったことにです」

シンディが突然声を発した。

「変えたつもりはないけど」

皓子はすかさずその顔を見る。

「いえ、立候補した途端に政治家然となってしまわれて、あからさまに党派色を出してこられたではないですか。それまでは世論を代表する論客として、とてもフェアな立場で、冷静に論理展開をされていたのにですよ。出馬した途端にただの政治家に、それもあっさりと明正党に鞍替えされてしまいましたよね？」

「鞍替えって、私は最初から山城政権の閣僚だから、明正党に属するのは当然でしょう」

感覚ばかりが先行する若い二人に、現実を説いても真に理解させることはできないのか。

言えば言うほど、虚しさばかりが募る。

「周囲の男性たちに擦り寄るのは見苦しいです」

「私が男性に擦り寄っているですって？」

「はい。そこまでして大臣職に固執される姿はこれまでとは別人のようで、ガッカリです。東伏見銀行救済の件でも、経産大臣の天海さんの手柄に乗じて、あやかるみたいに嘘っぽい笑顔で握手されていました。失礼ですけど、見ていて気持ち悪かったわ。私、一度ほかの候補の応援演説も聞きに行ったんです。なんだかミエミエで鼻につきました」

人が変わったように辛辣だ。口火を切ったシンディに続いて、麻由も膝を乗り出してくる。

「そうなのよ、シンディ。母には前からそういうところがある。私にはそれが許せなかったんだわ。自分の目的のためにはなんでもやっちゃう人なのよ。だから家族のことだって、二の次三の次で平気なの、祖母の世話だってそうよ」

それだけ溜め込んできたものがあるということなのか、麻由は激しく怒りをぶつけてくる。

だがこうなると、皓子には返す言葉がない。

＊

そのとき、黙って聞いていたつかさが、耐えきれないように割り込んできたのである。

「待ちなさいよ、二人とも！　あきれたわ。あなたたちなんにも知らないのね」

物凄い剣幕だ。

「知らないって、どういうことですか？」

麻由も負けずに食ってかかる。

「正反対ってこと。真実はまったくの逆だからよ。あなたが言った手柄という意味でなら、それこそすべては三崎大臣のお手柄なの。知りあいのアメリカのベンチャー企業のトップに掛け合って、東伏見銀行とプライム電器を救ったのは、三崎大臣のアイディアであり人脈の賜物よ。それがなければ、決して実現はしなかったわ」

「でも、もしもそうなら、どうして本当のことを発表しないんですか」

「そうね、したつもりでもまっとうに伝わらないのが世間というものね。私たちメディアも悪いんだけど、それが政治の世界であり、圧倒的な少数派である女ゆえの厳しい現実なのかも。そもそも、他人の手柄を奪って自分の功績のように声高に吹聴するのは、政治家の常だしね。でも、あなたのお母さまは違った。あえて黒子に徹して反論はしなかったのね。それなりのお考えがあったからだけど、それをいいことに、しれっと利用したのは天海大臣のほうよ」

「本当なんですか？」

シンディに訊かれたが、ただ微笑んでいるだけの皓子に、つかさがきっぱりと告げる。

「そう、これが真相よ」

シンディは黙り込んでしまった。裏の事情を聞いて、よほどショックを受けたのだろう。

「だからあなたたちは三崎大臣に、いいえ、自分の母親なんですもの、もっと敬意を払いなさい。大臣がどんな思いを秘めて、毎日どれだけの仕事をこなしていらっしゃるか。なにか文句があるんだったら、先にその現場を自分の目で確かめてからにしたらどうなの？」

「現場を？」

「そうだわ。それがいい。そうしなさいよ」

つかさはそう言いながら、何度もうなずいてみせた。自分で思わず口走ったことに、みずから納得するような顔つきだった。

「それって、私たちに京都に行けということですか？　選挙事務所に行けと」

麻由もシンディも、呆気にとられたように口を半開きにしている。

「そう。これから新幹線で一緒に行くのよ。私はね、三崎付きの政治記者として、ほとんど一日中大臣を追っかけ回している人間よ。でも、そんな私ですら、最近まですっかり誤解していた。この前サシでとことん話をさせてもらうまではね。私は出入り禁止になるのも覚悟で、思いっきり言いたいことを全部吐き出したわ。大臣はそんな私をしっかりと受け止めてくださった……」

つかさは先日の夜のことを言っているのだ。南麻布の和食の店で二人だけで食事の場を設け、語り合ったことは、皓子が思っていた以上につかさの胸深く刻まれたらしい。

この国には、確固たる意志を持って、国家としてのクリアな設計図が描けるリーダーが必要だということ。そして、それを本当に実現できる人材を、きちんと登用できる枠組みも作らなければならないと。皓子は、自分自身のなかでどうしようもないほどに湧き上がってくる熱いものを、あらためて確認するつもりで、あの夜つかさに切々と説いた。

「官僚たちは優秀で、情報も知識も持っている。大臣になって、私が一番実感したのはそのことよ。だからこそ、こちらが揺るぎない方向性を持っていないと、彼らを動かすことはできないし、せっかくの彼らの能力を生かすこともできない。逆にうまく誘導されて終わってしまうわ。物事を決めるのは政治家だけど、実際に動かしていくのは官僚だしね。野党じゃなく、与党にならないと物事は決められないし、かといっていざ閣僚になっても、実は党内は敵だらけよ。野党はもちろんだけど、決めるには党内の不満分子をいかに取り込むかね。実際に大臣になってみて、私はいろんなことを学んだわ」

東伏見銀行の一件でも、新米女性大臣になにができるかと、冷ややかに注がれる周囲の視線を無視し、率先してプライムとの交渉に臨んだことが成功の鍵だ。有無を言わさず突き進んで、財界や金融界、官僚たちまで一気に巻き込んだからこそ、検査も迅速にできたのであり、その後の対策もこなせたのである。

「あなたも、女性記者としてずいぶん苦労してきたのよね。だったら、女が上へ行けば行くほど孤独になることもよく知っているはず。永田町も霞が関も、メディアの世界もそうだけど、いまだに年功序列がはびこっているわ。たとえどんなに滾《たぎ》る情熱を抱えて飛び込んだ人間でも、単独でできることは限られているし、夢を実現できるポストに昇りつめるまで十年や二十年も待っていたら、政策そのものが色褪せて陳腐になってしまう。情熱さえあればかなうと信じることが、どれほど思い上がりであるかも痛いほどに気づかされる」

「そうですね、あまりにスピード感のない世界ですが、みんなそれに慣れきってしまって」

日本の企業は、バブル崩壊や相次ぐ不祥事の発覚を経て、世の中から揉まれ、淘汰もされ、おのずとスピード化を余儀なくされた。だが、行政や政治にはまだそこまでの危機意識がない。

「だから、私たちがゴボウ抜きを狙うのよ」

「どういうことですか？」

「女の行く手に深い溝があるのなら、私が橋になる。この三崎皓子を横倒しにして、その頭を越えて行きなさい。私を踏み台にでも人柱にでもすればいい。そのぐらいの根性がなくて、なにが世の中を変える、よ！」

「大臣……」

「女の敵は女だなんて、男が作り上げた妄想よ。本当にできる女なら、賢く先を行かなきゃ」

「そうなんです。そのとおりだと思います。これまでたくさんの政治家を見てきましたが、つまるところ、人望に尽きるんです。心底ついて行きたいと思わせてくれた人がいなかった」

つかさは、憑き物が落ちたような目をして、皓子に言った。

「男か女かなんて、実は関係ないのよね」

「はい。その人が実際にどれだけの人間を動かせるかで、その政治家のできることが決まる。私もつくづくそう感じます。決して簡単なことではありませんが」

しみじみと漏らしたつかさの目からは、皓子が大臣就任直後から、意地でも倒してやるとばかりにつっかかってきたあの反抗の色は、もはやすっかり姿を消していた。

＊

つかさは、最初から二人の娘を選挙事務所に連れてくるつもりだったのではないか。皓子がひそかにそう苦笑するほどに、二人の京都への同行はスムーズに運んだ。どこからどう手をまわしたのか、麻由の職場への休暇届も問題なく受け入れられた。

数日間の留守を経て、久々に京都に戻った皓子を待ち受けていたのは、もちろんまたも息つく暇ない過密スケジュールだ。そして今度は、その皓子にぴたりと寄り添って、二人の娘も選挙運動の一日をくまなく見学する。

最初の半日は、わけもわからないまま、ただひきずられるように皓子について各地を歩き回った二人だが、すぐそばで皓子の活動を見せられ、聴衆の冷たい態度にやきもきしながらも、めげることなく政策を訴えていく皓子の真摯な姿から目を逸らそうとはしなかった。

選挙参謀や事務所の人間とのミーティングにもあえて同席させた。一日の行程をくまなく歩き回り、へとへとになって帰り着いたのは、ホテルではなく伏見の実家だ。麻由がどうしてもと言い出して、姉や義兄に頼み込んだのである。

「明日も早いわよ。よく眠っておきなさい」

狭い和室に三組の布団を並べ、皓子は麻由やシンディと寝《やす》むことにした。

「なんだか、ウキウキしちゃうよね」

湯上がりの若い身体を、娘時代の皓子の浴衣に包んで、二人は無邪気にはしゃいでいる。

「ママ、もう寝た？」

やがて電灯を消した暗闇のなかで、囁くような麻由の声がした。

「私ね、ママには本気で落ちてほしいと思っていたの。だけど、気持ちが変わった」

それだけ言うと、まもなく寝息が聞こえてきた。皓子は返事のタイミングを失った。

＊

翌朝、京風の朝食を済ませ、選挙事務所に着いた途端、若い二人が頓狂な声をあげた。

「このホームページ、目茶苦茶ダサいです。私としては黙って見てはいられません。もっと効率的で効果的なアプローチをしなきゃ」

シンディが小鼻を膨らませた。

「そうね、もっと誤解を解かないと。苦労知らずのお嬢さん育ちでもないし、決して堅物の大学教授でもないしね。日本の将来を真剣に憂いて、本気でよくしようと頑張っている熱い女性だと知ってほしいもの。三崎皓子の本当の姿やメッセージがそのまま伝わるように。若いころから、世の中の偏見や障壁と闘ってきた頼もしいシングルマザーであることもわかってほしいものね」

麻由も横から同調する。すぐに公式ウェブサイトを作り直し、ツイッターやフェイスブックを活用して、サポートを買って出たのである。

「私はこの分野のプロです。任せてください」

宣言するだけのことはあって、シンディの仕事ぶりには目を瞠《みは》るものがあった。東京に電話をかけ、分析システムを入手したかと思うと、すぐに作業を開始した。

参謀の森村や皓子を交え、皓子自身が語りかけるように政策をわかりやすく説明するのだ。遊説中も、リアルタイムで有権者から直接質問を受けつける。政策については皓子がすぐにメールで返信する。これなら夜、選挙事務所から電話をかけるよりよほど相手の生活の邪魔にならず、政策のアピールができる。有権者がどんな課題に関心があるか、どういうことに反感を抱くか、その傾向と対策を分析し、すぐさま現実に即した政策として織り込んでいく。

　若い二人の徹夜作業でウェブサイトが生まれ変わり、選挙カーのあとを追随しながら、ツイッターの統計で傾向をはじき出す。皓子の演説の印象や意見、反論も含めてフィードバックを集め、すぐに次の演説に生かしていく。

「そうか、ネット選挙はこうやってやるのか」

　森村が頭を掻きながら唸り声を漏らす。二人の協力を得て、残り一週間の皓子の巻き返しには、凄まじいものがあった。

第五章　罠

ついにやってきた投票日の朝を、皓子は自分でも信じられないほど静かな気持ちで迎えていた。

できることをすべてやり尽くした、と胸を張って言えるほど傲慢ではない。落ちても悔いはない、と開き直れるほどに強くもなく、もちろん確たる自信があるというのでもなかった。ただ、頭のなかが不思議なまでにしんと澄み切っている。それでいて、なにか温かいもので包まれているような感じなのだ。

もしもいま、ひとつだけ迷わず口にできるとしたら、それは掛け値なしの心からの「感謝」の言葉、それ以外にない。

たとえ結果がどうであれ、とにかくこの思いだけは伝えたかった。この十七日間の苛酷な選挙戦を通じて、ひたすら自分のために動いてくれた多くの人が間違いなく存在した。そうした数多《あまた》の人たちの力なしには、自分は決して最後まで闘えなかった。今日というこの一日は、できるものなら彼らを一人ずつ訪ね、ただ無心にありがとうと、礼を言って歩きたい。

昨夜は、地元近辺を選挙カーでゆっくりと回ったあと、最後の個人演説会場で、集まってくれた人たちに深々と頭を下げた。時間ギリギリまでねばって一日の予定をすべてこなし、選挙事務所に戻ってきた皓子を、事務所前の道路にあふれんばかりの支持者たちが一列に並び、大きな拍手で迎えてくれた。

投票日を明日にひかえた最後の挨拶をし、関係者全員と一人残らず握手を交わした。

「さ、このあとはゆっくりお休みください。明日からは、また別の闘いが始まりますから」

事務所から送り出すときの森村は、皓子をそんな含みのある言い方で労ったのである。

「明日は、たっぷりと朝寝坊をして、いまのうちにきちんと疲れをとっておくことですよ。夜の開票結果が出る少し前ぐらいには電話をいれますから、十分以内に選挙事務所に顔を出せる距離のところにいて、待機していてください。それまではご自由ですから」

土曜日の朝、京都まで応援に駆けつけてくれた夫の伸明や慧に、シンディや麻由をともなってホテルに戻ったのはすでに深夜。冷めやらぬ興奮を無理にも鎮めようと、睡眠導入剤の助けを借りてベッドにはいったのは午前二時をまわっていた。隣のベッドからすぐに夫の寝息が聞こえ、皓子もいつしか眠りに落ちた。

そして翌朝、京風の朝粥を食べようとホテルのレストランに五人が顔を揃えたのは、十時をかなり過ぎてからだ。久々に家族全員が揃い、シンディも交えてのゆったりとした、それでいてにぎやかな朝食だ。

食後の香り高い煎茶が出されたころ、伸明が急にそわそわと腕時計を見ながら席を立った。

「ちょっと出かけてきていいかな。ほんの二時間ぐらいで帰ってくるから」

人と会う約束があるらしい。京都まで来ていったい誰と会うのかと皓子が訊ねても、笑ってはぐらかすばかりで要領を得ない。

伸明の姿が見えなくなるのを確かめてから、慧が約束の相手を教えてくれた。

「内緒だって言われてるんだけどね。京都でもナンバーワンの画商なんだってよ」

どこか誇らしげな口振りだ。

「仕事だったのね。作品の売り込みなんだわ、きっと」

なんの気なしに答えた皓子に、慧は聞き捨てならないという顔をしてみせる。

「違うよ。断りに行くんだからね。ママはなにも知らないんだ。お父さんの絵、いま凄い人気なんだよ。このところひっきりなしに電話がかかってくるしさ。この前も雑誌社がうちに取材に来てさ、三回もインタビュー記事が載ったんだから」

「それ本当なの？」

まったくの初耳だった。そんなこと夫は一言も言ってくれない。もっとも、大臣に就任してからというもの皓子はとかく留守がちで、帰宅するとしてもいつも夜更けだった。夫は律義なほど起きて待っていてくれるが、顔を合わせても話はおのずと皓子のことばかりに終始していた。思えば、夫の周辺について訊ねることすらしなかった気がする。

「嘘じゃないよ。いろんな人から電話がかかってきて、お父さんの絵を買いたいっていう人も結構いるみたい。今回の京都の相手にもいろいろ仕事を頼まれていたみたいだけど」

「だったら、どうして断るの？」

訊いてきたのは麻由だ。

「知らないよ。そんなことお父さんに訊いて。たぶん、ママのことがあるからじゃないか。だって、大臣になってから目茶苦茶大変そうだったし、すぐに選挙になったしね。あんなに反対していた姉貴まで選挙運動に取り込まれちゃうし、あの人もきっと自分なりの協力をしなきゃって、考えたんだろうさ」

「お父さまのことを、あの人なんていうのはよしなさい」

思いがけない慧の説明に、皓子が口にできたのはそれぐらいだった。

「わかったよ。だけどさ、このうえお父さんまで忙しくなったら、僕がたまんないってことも忘れないでよね、ママ」

肩をすくめたついでに、慧は早口で付け加える。つまりは、皓子の仕事のために、夫が自分の夢を犠牲にしているという意味なのだろう。

「慧……」

皓子は声を詰まらせた。自分が気づかないところで、夫に強いてきたものがある。せめてこのあと伸明が帰ってきたら、お互いの仕事についてじっくりと語り合う時間を作らないといけない。

＊

伸明を見送ったあと、すぐには部屋に戻る気にもなれず、しばらく食後のフルーツなどを味わっていた皓子に、麻由が声をかけてきた。

「ねえママ、シンディと話をしていたら、昔風のお墓を見てみたいって言い出したの」

「お墓って？」

「おじいちゃまのお墓、たしかここからタクシーですぐのところじゃなかったっけ？」

「それはそうだけど……」

皓子の実家である樋口家代々の墓は、東山は五条坂の大谷本廟にある。格式ある見事な総門に、広々とした境内や仏殿を備えた由緒ある寺で、連れて行ってやればきっとシンディも喜ぶことだろう。父への反発もあり、長いあいだ意地になって実家との親交を拒んできただけに、皓子自身も墓参からずいぶん遠ざかっていた。

「今回の選挙運動のことでは、シンディにもいろいろと手伝ってもらったから、ママもお礼がしたいって言ってたでしょ？　そのことを伝えたら、それならせっかく京都に来ているんだから、ぜひ一度連れてってほしいって言うのよ。どうせ今日は夕方まで時間があるんだし、明日はもう帰るんだから、ねえ、いいでしょ」

「京都の旧家のお墓なんて、ほかでは見られないから、ぜひお願いします」

シンディに頼まれるとむげには断れない。

「ママが当選しますようにって、みんなでおじいちゃまにお参りして、お願いしましょうよ」

慧までがそう言い出して、皓子としては渋々ながらも、四人で向かうことになった。

夏真っ盛りのむせかえるような緑のなか、蟬の声を聞きながら石造りの橋を渡ると、子供のころを思い出させる懐かしい景色が待っていた。本廟の東側にある壮大な大谷墓地。父や母に連れられ、ここを訪れたのは、もうどのぐらい前になるだろう。

「お墓で転んだらあかんえ」

母は、幼い皓子をそう言ってよくたしなめたものだ。墓で転ぶと下から手が出てきて、黄泉《よみ》の世界に引きずり込まれる。そんなふうに聞かされて、震えあがった。視界の果てまで、ひしめくように続く墓石の列がたまらなく不気味で、幼かった皓子は走り回るのを止め、全身を強ばらせて、母の背中にそっと身を隠した。

この灰色の石の下で、父はいまの皓子をどんなふうに見ているのだろう。あれほど拒みとおした京都の地で、思いがけなく選挙運動に明け暮れたことも、有権者の反応に一喜一憂していたことも、なにより、今夜には自分の今後を決める結果が出ることまで、いまはなにもかもが遠い別世界のことに思えてならない。

シンディや麻由の助けを借りて、ネット選挙の新しい手法を進める一方で、皓子はいわゆる「ドブ板選挙」と呼ばれる従来の泥臭い闘い方も捨てなかった。

「凄いですよ、三崎先生。見てください、これを」

毎朝一番で選挙事務所にやって来る皓子を、道路まで身を乗り出すようにして森村が待ち受けるようになったのは、麻由とシンディが加わった翌々日ぐらいからだった。

「有権者の反響ですね？　悪くないのね？」

「悪くないなんてもんじゃない。びっくりするぐらい伸びているんですよ。しかも、日を追うごとにです。長いあいだ私もいろんな選挙を経験してきたけど、こんな展開は見たことがない。信じられないぐらいです」

「でも、最後まで気を抜かずに頑張ります」

皓子があらためて言うと、森村は緩む頬を無理にも引き締め、こう付け加えた。

「おっしゃるとおりです。なんといっても選挙は水物ですから。決して浮かれてはいかん。気を緩めたら必ずしっぺ返しを食らいますから」

少人数の集会でもいいからできるだけ回数を増やす。選挙カーの上からだけでなく、汗みずくになりながらでも市街地を徒歩で回る。一人でも多くの有権者に語りかけ、握手をするという、皓子なりの地道で愚直なやり方だった。

＊

「おじいちゃまは、ママと同じ政治家だったんだよね」

樋口家の墓石の前で、突然張りあげた慧の言葉に、麻由はこれみよがしに首を振った。

「どっちも微妙に間違いだよ、慧」

「どうして？」

「正確に言うと、おじいちゃまは政治家を目指したけど、政治家になる前に途中で亡くなった未達型。で、ママのほうはこれからみんなの負託を得て、政治家になろうとしている進行型。微妙な違いだけど、どっちも不完全」

「どうして姉貴はいつもそうシニカルなんだ。絶対に当選するよね、ママ。いまごろ投票所でみんながママに一票を入れてくれているのかと思うと、なんだか、ドキドキしてきた」

慧の言葉に、皓子はあらためて現実に引き戻される。思えばあの父は、どんな気持ちで出馬し、投票日を迎えることもなく倒れたのか。かつて母が言ったように、もしもここで転んだら、土の下から父がこの手を引くのだろうか。

知るのがどうにも怖い気がして、ページを開くこともできないまま、東京の家にしまいっぱなしにしていたあの黒いノートが蘇ってくる。あまりに世俗的な内容で失望するのではないかとか、それゆえ読んだら気持ちが萎えて、大臣も選挙運動も続ける気力が失せるのではないかと、封筒にいれて書棚の奥に差し込んである。

いつか自分はあれを読むのだろうか。父がいったいなにをしたいと願って政治家を目指したのか、理解できる日がくるのだろうか。

＊

墓参りを終えてホテルに帰りつくと、すでに伸明が部屋に戻っていた。

「画商と会ってらしたんですって？」

「まあね。私に個展をやらないか、だってさ。なにを考えてんだか」

その声にどこか自嘲的な響きが滲む。

「いいお話じゃないですか、それで？」

「決まってるじゃないか。もちろん断ったよ」

「あら、どうして？」

「やめてくれよ。いまさら個展なんておこがましいし、もしもやるなら、これから必死で作品を描かないといけなくなる。そもそも、私の才能が認められたわけじゃないしね。自分の才能は自分が一番わかっている」

「そんなこと……。私はあなたの絵が好きですよ。雑誌でもあちこちで取り上げられているっていうじゃないですか」

「あのな、向こうも商売だ。私が大臣の亭主だから、話題性もあるし注目されているだけだ」

「そんなことありませんよ。それに、せっかくのお話なんですもの、あんまり一方的に決めつけないで、思い切って飛び込んでみるわけにはいかないんですか。絵のことは私にはよくわからないけど、あなたがそうしたいと思われるのなら、私だってできる限りの協力を……」

慧の言葉が頭の隅を過《よぎ》ったが、それでも少なくともそれが皓子の本心だ。

「やめてくれ。もう断った話なんだから」

いつになく大きな声を出した夫は、自分でもハッとしたように、慌てて言い直した。

「そりゃ、画家でございますって看板出しているんだから、一度ぐらいきちんとしたギャラリーで個展をやってみたいという気持ちもなくはない。だけど、私は臆病な人間でね」

「そんな、あなた……」

「いや、人間、考えているばかりじゃなんにもできないんだ。この歳になってますます腰が引けている。約束しても満足なものが描けなかったらどうしようとか、間に合わないかもしれないとか、そもそも最近は学生に教えてるだけで、真剣に作品と向き合ってもいない。もしも一念発起して描いたとしてもだよ、それで評判が悪かったらもう二度と立ち直れないと思うしね」

夫は無理にもあきらめようとしている。皓子にはそう感じられてならなかった。

「そんなの、やってみないことには……」

だから、さらに言ったのだ。

「そうだよな。君はそう考える人だ。たしかに君は凄いと思うよ。考える前にはもう足が前に出ている。大臣とか、選挙とか、よく怖がらずにやっていると感心するよ」

「物凄く怖いですよ、私だって」

「それでも、君はやる人なんだ。それって、誰にでもできることじゃない。だから、私は決めたんだよ。君のサポーターに徹するとね」

「でも、それではあなたが……」

言い出したとき、ポケットのなかの皓子の携帯電話の着信音がけたたましい音をたてた。

「先生、いまどこですか？　すぐに事務所においでください。まもなく当確が出るそうです」

森村の声だ。慌てた声が裏返っている。

「でも、まだ投票終了時刻の前じゃないの？」

腕時計は午後八時六分前を指している。

「メディア各社の正式な当確予想は八時にならないと出せないのですが、信頼できる筋の情報では、NHKの出口調査で、三崎候補は当選確実だそうです。この分ではトップ当選ですよ」

背後が騒がしく、森村の声が途切れがちだ。

「本当なのね、当選確実なのね？」

片耳に手をあて、皓子は叫ぶように訊いた。

「間違いありません。先生が応援演説をされた候補者も、続々当確になりそうな気配だと」

皓子の膝から、一気に力が抜けていった。

＊

「もう当確が出たのか」

ベッドのそばで、膝から崩れるようにしてしゃがみこんだ皓子に、伸明が言った。

「ええ……」

「そうか、おめでとう、皓子。よかったな。君も、ついに議員バッジをつける身になったか」

しみじみとした言葉は、夫ならではの思いやりからくるものだろう。もちろん心からの祝福であることは疑う余地がない。

皓子も素直にありがとうと言いたかった。だが、実際には声が嗄《か》れて、まるで言葉になっていない。そのかわりに、皓子は何度もうなずいてみせた。たしかに、こんな声になったのは、激しい選挙戦を闘い抜いた証しである。声も力も出し切って、精一杯闘い抜いたからこそ勝ち得た当確なのだ。

いまあるのは限りない安堵。と同時に、あまりに早い当確に、心のどこかで素直になれない自分もいる。夫にとって、これは本当に喜ばしい結果なのだろうかと。

「さあ、急がないといけないんだろう？　きっとみんな事務所で君を待っている」

伸明はどこまでも屈託のない声だ。

「でも……」

いつもこうだ、と皓子は思う。

数分も経たぬ前、夫の仕事のことで話し合っていたのである。もうあと一歩突きつめて、互いの本音をさらけ出し、この先に向けての理解を深めようと思っていたところだった。なのに、こういう場面で決まって皓子の側から邪魔がはいる。思えば麻由とのときもそうだった。姉とのいさかいの時も。肝心のところで、結局は皓子自身が周囲に急かされて会話を中断し、次の仕事の場へと向かわされてきた。

「ねえ、これで良かったのよね？　あなたは、私が当選しても……」

当確が嬉しくないと言えば嘘になる。あれだけ死力を尽くしたのだ、結果は欲しい。だが、手放しで無邪気に喜んでいいのだろうか。夫の仕事のことを聞かされた直後だけに、皓子は口ごもってしまうのである。

「なに言ってるんだよ、当たり前じゃないか」

伸明は底抜けに明るい口調だった。まるで迷いなどない顔に見える。

「本当に？」

「君はあんなに頑張ったんだ。自分の力で正々堂々と闘ったんだし、そんな君に有権者も貴重な一票を投じて支持してくれたんだ。余計なことを考えないで、思い切りみんなと万歳をしたらいい」

ようやく立ち上がってクロゼットを開け、昨日までの深紅のポロシャツではなく、いつものスーツを取り出した。立候補者の顔から、金融大臣の顔に戻らなければならない。手早く身支度を整え、逸る気持ちで口紅も塗り直した。

さあ、気持ちも新たに選挙事務所に向かおうとした皓子に、またも携帯電話に着信があった。画面を見ると、なんと山城からである。

「総理……」

思わず背筋を伸ばした皓子の耳に、山城の野太い声が飛び込んできた。

「聞きましたよ、三崎先生。わが党でも一番乗りの当確です。いや、よかった。おめでとう。あなたは実によく頑張ってくださった」

いつもながら、山城の情報収集の素早さと、こまやかな対応には驚かされる。

「はい。ありがとうございます。わざわざお電話をいただき、恐れ入ります」

皓子はできる限り声を張りあげた。

「すぐにこちらに向かってください」

「は？　東京に、いまからですか」

頓狂な声だと自分でも思う。だが、皓子は聞き返さずにはいられなかった。

「党本部で、みんながあなたを待っています」

「あの、今夜これからですか？」

再度確かめたが、間の抜けた声に聞こえたかもしれない。その前に、地元の選挙事務所に向かいたいのだ。いずれ東京の党本部に駆けつけるにしても、明日からの話でいいではないか。まずは京都の支持者たちと勝利の喜びを分かち合い、心からの感謝も伝えたかった。

「待っていますよ」

だが、山城はそれだけ言うと、皓子の答えを聞くこともなく、そそくさと電話を切った。いつものように多くは語らなかったが、胸の奥になにかを秘めたような口振りである。

「なんだって？　いまの電話、総理からだったんだろう？」

伸明がそばで心配そうに覗き込んできた。

「すぐに東京に戻れ、ですって」

「え、こんな時間からか？」

「そうなの、なんだか大事な話があるみたいで」

「選挙事務所のほうはどうするんだ。こっちだって待ってるぞ。君は行かないのか？」

「もちろん行くわよ。一言だけでも、きちんとみんなにお礼を言わないと。放って東京に帰るなんて、そんな失礼なことはできないもの」

選挙の期間中は相手かまわず必死で頭を下げて回りながら、いざ当選したら、途端に冷たく中央に顔を向けてしまうなど、三崎皓子の気持ちが許さない。自分だけはそんな政治家にはなりたくない。あれほど世話になった地元の支持者たちだ、心をこめて頭を下げ、できることならもう一度全員を訪ねて握手をしたい。

なにより早くみんなに会いたかった。直接に顔を見て、当選の喜びを分かち合うのだ。山城の指示も党の思惑も、今夜は二の次でいい。地元への労いと、謝辞のほうが優先だ。

「一時間、いえ三十分、だめなら十五分でもいいから事務所に寄って」

皓子はホテルの前で迎えの車に乗り込み、運転手に告げた。事情を聞いた子供たちやシンディも、伸明とタクシーであとを追う。

*

京都・四条烏丸の選挙事務所は、選挙運動最終日の昨夜よりも、さらに人が増えていた。いったいどこからこんなに集まってきたのかと思うほどの混雑ぶりだ。当確のニュースが早々と知れわたっているからだろう。誰もが笑顔で握手を交わし、互いに拍手を送り、さらには肩を抱き合いと、わがことのように喜びを全身で表している。

ありがたいことだ。皓子は心底そう思う。こんなにも多くの人たちが、自分の当選を歓迎してくれているのだ。だが、つまりはそれだけ皓子への期待感が高まっているということでもある。そう思うと、目の前のあまりの熱狂ぶりゆえに、かえって足が竦《すく》んでくる。

車から降りた皓子をめがけて、まず記者たちが突進してきた。入り口付近で待っていてくれた参謀の森村が、すぐさま皓子の背中をかばうようにして、事務所の奥まで誘導してくれる。

興奮気味の支持者たちにもみくちゃにされながら、かろうじて正面の壁際までたどり着き、案内されるままに皓子はにわか仕立ての低い段の上に立った。

大勢の報道関係者がメモ帳やリコーダーを手に最前列に陣取っている。数えると四台ものテレビカメラがはいり、皓子の喜びの表情をとらえようと四方から狙っている。事務所内は熱気と興奮とで、エアコンも効かないほどの蒸し風呂状態だ。さらには中継用の強烈なライトを浴びて、皓子の全身から汗が噴き出した。

流れる汗を拭う手立てもないまま、深く頭を下げる皓子に、一段と大きな拍手が湧いた。両側から差し出された一抱えもあるほどの大きな花束を胸に、集まった支持者たちに向き合う皓子の顔を、カメラが執拗に追いかける。

部屋の隅に置かれたテレビの大画面では、各局の選挙速報の特番が始まっていて、早々と皓子の当確が報じられている。いまこの瞬間の自分の生の一挙手一投足が、リアルタイムでテレビの大画面に映し出されており、それをまた自分自身が視線の隅でとらえている。なんとも不思議な感覚だった。見慣れた選挙特番の映像ではあるが、まさかその主人公に自分がなるなどとは、一年前には想像すらしていなかった。

「先生、一言お願いします」

背後から小さな声があがり、皓子はわれに返った。勝利宣言ともいうべき短いスピーチに、眩しいほどのフラッシュがたかれる。ずっと脇で誇らしげに立っていた森村が、作法通りに万歳の発声をした。全員がそれに追随して高らかに両手を挙げる。選挙という得体の知れない一連の興奮状態の、これが歓喜のラストシーンなのだろう。極限の昂揚の渦中に立ち、皓子がひたすら頭を下げ続ける姿を、テレビカメラが舐めるように映し取っていった。

「ごめんなさい。さっき党のほうから電話があって、このあとすぐに東京に向かわないといけないの」

ほどなくして森村に耳打ちすると、森村は訳知り顔で深くうなずいてみせた。

「そうだろうと思っていました。また忙しくなりますね。昨日はたっぷり眠れましたか」

なにもかも心得ていると言わんばかりだ。

「ええ、もうぐっすりと。でも、せめて今夜は、地元の方たちとご一緒にと思っていたんですよ。ごめんなさいね。森村さんには、今回は本当にお世話になりました。みなさんにも一人ずつきちんとお礼が言いたかったんですけど」

駆けずり回ってくれたスタッフにはどれだけ感謝しているか。彼らを心から労いたいという思いだけでも伝わるといいのだが。

「大丈夫です。先生のお気持ちはみんなよくわかっていますから。先生が中央で頑張ってくださることが、ひいては全部われわれ地元の選挙民のためなんですからね」

そう言って、快く送り出してくれる森村たちを残し、伸明や麻由らに後始末を頼んで、皓子は慌ただしく京都駅に向かうことになった。

＊

京都駅発二十一時十六分の新幹線にかろうじて間に合い、東京駅着は二十三時三十二分。皓子はその足で、山城のところに直行した。

永田町にある明正党本部ビルに到着したのは、すでに日付が変わろうという時間帯である。それでも建物の窓という窓からは煌々と明かりが漏れ、昼間のように人の出入りが続いていた。いつもはそっけない灰色のビルなのだが、今夜に限っては、まるで建物自体も夜通し弾んで浮かれているような気がしてくる。

エレベーターに乗り、ビル内に設けられた開票センターの階に着くと、廊下の先から騒がしい人の気配が伝わってきた。ドアを開けると、新幹線のなかで何度も目にした携帯電話のワンセグ画面のままに、テレビの選挙速報の場面が目の前で続行していた。こんな時間でもまだ興奮の余韻が色濃くあたりを支配している。

明正党候補者全員の名前が書かれた正面のホワイトボードには、当選確実を示す赤い薔薇がずらりと並んでいる。皓子は無意識のうちに、薔薇の列のなかに自分の名前を探していた。

「ここですよ。三崎さんの名前は間違いなくここにある。党内でもダントツの得票数ですから、ひとまわり大きな薔薇をつけて差し上げたいぐらいだ」

そんな皓子を見つけ、壇上から最初に声をかけてきたのは、内閣官房長官の田崎敬吾だ。

「わが党からの五十九名の立候補者が、一人残らず当選であります！」

田崎は会場内に向き直り、あらためて声を張りあげた。居残っている報道陣の対応や、ボードの前に並んで写真撮影に応じているのだ。

明正党の圧勝と、野党第一党である進志党の完敗。新幹線で移動中に見たどの局の番組でも、両者の明暗をこれでもかとばかりに強調していた。そして、山城現政権への信頼を揺るぎないものとして再確認させた立役者であり、衆参両院のあいだに存在したねじれ現象を解消した勝利の象徴的存在として、三崎皓子の名前が何度も人々の口にのぼっていた。

「さあ、そんなところにいないで、三崎先生も早くここに上がってきてください」

田崎が手を伸ばし、みずから皓子を壇上に引き上げようとする。

「すみません、官房長官。大急ぎで帰ってきたのですが、すっかり遅くなりまして」

「いやいや、よく戻ってこられた。お疲れでしょう。ご苦労さまです。それにしても、今回の活躍はさすがでした。ささ、こちらに並んで、あなたも写真に加わってください」

いつもは皓子に威圧的で、高飛車な口振りの田崎も、今夜ばかりは態度が違っている。

「ところで、総理はどちらに？　さっそくご挨拶をと思うのですが」

小声で訊きながら、視線をめぐらせて山城の姿を探した。あれほど帰京を急かせておきながら、肝心の当人がどこにも見当たらない。今夜中に会って話があるような口振りだったのは、聞き間違いだったのではないか。それとも、皓子の到着を待ちきれず、自分は帰宅してしまったのだろうか。そのつもりで見まわすと、明正党員の閣僚たちは全員が顔を揃えていた。今回の選挙に立候補した党の中心的な顔ぶれも、ほとんどが地元対応を早々に切り上げ、慌てて戻ってきたようである。

「今回の選挙の圧勝を受けて、総理は内閣改造を断行されるのでしょうか？」

報道陣のなかから、質問の声があがった。

「組閣人事につきましては、総理のほうからあらためて発表があるかと思います」

田崎がそつなく応じている。

「では、現在検討中だということですね？」

「ですから、それも含めて、あらためて発表がありますので」

執拗な記者の問い掛けも、田崎は顔色ひとつ変えずさらりと受け流している。総理がいないだけに、田崎官房長官が記者たちの質問を一手に受けていたのだ。内閣官房のトップであり、政府の報道官《スポークスマン》たる内閣官房長官ならではの仕事ともいえる。

そのとき、経産大臣の天海が囁《ささや》いてきた。

「総理は、ついさっきまでここにおいでだったのですが、ちょっと前から別室で幹事長たちとの会議にはいられた模様です」

かろうじて聞き取れるほどの小声である。

「こんな夜中にですか」

皓子は思わず腕時計を見る。

「今夜は徹夜で組閣ですよ。噂どおり閣僚の一部入れ替えがあるようですな。だから、みんな必死で東京に駆け戻ってきたんです。某記者から漏れ聞いたところでは、どうやらあなたと私には、動きがあるというもっぱらの話です」

天海の薄い眉が、怪しげに動いた。

＊

バッグのなかの携帯電話が、バイブレーションでメール着信を知らせていた。

「すみません、天海大臣。電話みたいなので、ちょっと失礼します」

そう断って、画面を開いてみたら、夫の伸明からだ。「どうだった？」とだけ、伸明らしいいつもの短い文面である。

ちょうどよかった、と皓子は思った。一息吐きたいと思っていたからだ。この着信にかこつけてひとまずはこの部屋を脱け出せる。

携帯電話をあえて目立つように手に持ち、耳にあてる素振りをしながらそっと壇上から降りた。そのまま急ぎ足で廊下に出て、メールの返事を打つかわりに、夫の番号に電話をかけることにした。

京都からの新幹線の移動で、肩にも腰にも疲労感が溜まっている。党本部に着いたら着いたで、いまひとつ状況もつかめず、手持ち無沙汰なまま時間ばかりが無意味に流れている。とはいえ、なんといっても選挙に大勝した夜なのだ。明正党の圧勝を象徴する顔として、祝賀ムードにつきあわされるのは仕方のないことだろう。

ただ、京都の地元選挙事務所にいたときとは違って、居心地の悪さばかりが感じられる。どこにいても自分の居場所がない気がして、落ち着かないのだ。夫の側にしても、山城にどうしてあれほど急いで呼び戻されたのか、その後の様子を知りたがっているはずだ。

「もしもし、私です……」

「ああ、どうだった？」

待ちかまえていたかのように、夫が出た。

「総理とは会ったんだよね。喜んでくださっただろう」

声を聞いただけでも、救われるような気がした。案の定、皓子の満足げな反応を期待していたらしい。皓子は廊下の壁際にもたれて周囲に目をやり、一度あたりを窺ってから、右手で送話口を覆った。

「それが、実はまだ顔も見てないのよ。総理はいま、別のところで党三役と会議中みたいで」

できるだけ声を落として早口に伝える。明正党の重要事項を決定する党三役、つまり幹事長、総務会長、政務調査会長に、さらに山城総理を加えての会議は、どうやらかなり難航しているようだ。

「だけど、もうこんな時間じゃないか。今夜は家に帰れないのか？」

夫は心配でならないのだ。たしかに、じっとしていると眠気に襲われそうでもあった。

「私もどうしていいか、わかんなくてね。まだなんにも聞こえてこないのよ。でも、とくになにもすることがないから、みんなでただぼうっと待っているだけなんだけど」

明正党から出馬し、今回晴れて参議院議員になるわけだ。もっと堂々としていればいいのだろうとは思う。だが、実感が湧くどころかあまりに勝手がわからない。むしろ、ここでは自分だけが異質な存在に思えてならなかった。

「山城さんは内閣改造をやるみたいだね。さっきニュースではそんなこと言ってたよ。君は金融担当の大臣を降りるのかい？」

「そのあたりも、まったくわからないの。私のほうからどうのこうのと言える立場でもないし、噂では、私と天海さんには少なくとも動きがあるらしいっていうんだけど、いつどういう指示があるのかも、まるで見当がつかなくて」

「なんだか、いつも党幹部の言いなりにならないといけないんだね」

たしかに夫の言うとおりだ。選挙運動中にしろなんにしろ、上からの指示に従って、ひたすら動かされている感は否めない。

「だって、いまは閣僚の一員だけど、所詮は一年生議員ですもの」

さきほどからのこの違和感の背景は、結局はそのあたりにあるのだろう。夫に弁解しながらも、一番窮屈に感じているのはこの自分だ。

「いっそ、一度家に帰ったらどうなんだい。そっちへは東京駅から直行したんだろう？　少しでも休まないと、君の身体がもたないぞ」

「そうなのよね。ここにいてもすることないんだもの、私も早く帰ってゆっくり眠りたいわ。だけど、そういうわけにもいかなくて」

やはり、山城と一目だけでも会わずに帰宅するのは憚《はばか》られる気がする。

「気を遣うのもいいけど、これからが長丁場なんだぞ。どうせまた忙しくなるんだから、うまくやり過ごす術も覚えないとな。麻由ちゃんも慧も私と一緒に、明日の朝こっちを出ることにしたから」

そんなやりとりをしていたときだ。不意に背中を叩かれ、皓子はびくりとして振り向いた。

「三崎先生、すぐにおいでいただきたいと、お呼びになっておられます」

いつの間に来ていたのか、ひょろりとした若い男が緊張した面持ちで立っていた。この顔には見覚えがある。たしか、田崎内閣官房長官のそばにいつも控えている秘書官だ。

「お呼びって、官房長官から？」

「いえ。私がご案内するよう言われておりますので、どうぞこちらへ」

慇懃《いんぎん》というのか、みるからに堅物というのか、質問に答えもしなければ、にこりともしない。縁なし眼鏡にそっと手をかけ、周囲に誰もいないのをそれとなく確かめてから、皓子に手招きをし、ついて来るようにと促した。

＊

若い秘書官は、すぐそばのエレベーターは使わず、あえて遠回りをして階段を利用した。しんと静まり返った深夜の階段に、二人の足音だけが不気味に響く。黙ったままでさらに廊下を少し行き、言われるままに奥まった部屋のドアを開けると、二間続きになった部屋の奥に大きな丸テーブルがあり、その正面に山城がゆったりと座っているのが見えた。

「おう、先生。お帰りなさい。お待ちしておりましたよ」

皓子の姿に目を留めると、嬉しそうに顔をほころばせる。皓子は立ち止まって姿勢を正し、部屋の奥に向かって深く一礼した。

「まあまあ、そんなところに立っていないで、こっちにいらっしゃい。いや、このたびはお疲れさまでした。素晴らしいご活躍だ」

「おそれいります、総理。これもすべて、みなさまのお蔭です」

途中苦戦はしたけれど、堂々と闘い抜いたことは誇ってもいいだろう。そうは思うが、皓子はもう一度頭を下げた。

「今夜は、あなたはもっといばっていいですぞ、三崎さん。京都は保守にはなかなか厳しい土地柄だが、あれだけの票を獲得されたのはお見事でした。わが党内でトップだったんですから、いやあ、大したものだ。さすがに総理もお目が高かった。ささ、どうぞここへ」

山城の右隣に控えていた幹事長の小関が、目を細めながら言う。さらには椅子から立ち上がって、皓子に一番手前のひとつだけ空いた席を勧めてきた。その空席を挟むように、円形テーブルの曲線に沿って、ずらりと並んでいる顔がある。明正党の党三役だけでなく、何代か前の総裁や総理大臣経験者が三人。一時はいわゆる派閥の領袖として党内の勢力を分けあい、互いに競いながら明正党を牛耳っていた、前田《まえだ》、曽根崎《そねざき》、藤堂《とうどう》といった長老格だ。どれも見知った顔である。皓子が今回立候補するにあたってひととおりの挨拶状も出してあった。ただし直接に話をする機会はもちろんなく、ここまで近づけるような相手ではなかった。

だが、こんなところでなにも怯《ひる》むことはない。皓子は静かに椅子を引き、腰をおろす。

「三崎皓子人気は、やはり頼り甲斐がありましたな。お蔭で、ほかの候補者もいい思いをさせていただいたようです。うちの地元でも大層喜んでおったですよ」

口火を切ってきたのは、またも小関だった。さすがにこの顔ぶれのなかでは、小関の白髪頭すらも若々しく見えてくる。

「いえ、幹事長。私の力などではありませんが、ひとまず責任を果たせて安堵しております。未熟者ですが、今後ともよろしくお願いします」

皓子のちょっとした仕草のひとつひとつを、試すような視線が追ってくる。意識せずにいようとしても、嫌でも迫ってくる威圧感があった。これではまるで面接か入社試験でも受けている受験生のようだ。

「実は、あなたにおいでいただいたのはほかでもない。今夜は真っ先に、まずは三崎先生にお話をと、そう思いましてな」

小関がまたも声をあげた。本当に機嫌がいいのか、長老たちの前を意識しての演技なのか、語尾が弾んでいる。ただし、彼もやはり徹夜続きなのだろう。濃紺の上着の肩に落ちたフケは、いつも以上に目立っている。

「はい。なんでしょう、幹事長」

来たか、と皓子は身構えた。こうした場面は以前にもあった。まさにデジャヴュだ。周囲をがっちりと固めて逃げる道を塞ぎ、どうにも断れないようにして宣告してくるつもりなのだ。だが、前回と較べると幹事長はあきらかに態度が違う。しかも、今夜は長老の力まで味方につけてのこと。

いったい今度はなんなのだ。どんな仕事をさせようというのだ。皓子は開き直ってみせるつもりで、毅然と頭をあげた。顎を引き、唇をしっかりと結んで、相手の顔を見る。

この期に及んで怖いものはない。矢でも鉄砲でも持ってこい。内心そんな気持ちを込めて、迫ってくる長老たちの視線を頬に浴びながらも、視線はまっすぐ山城の顔に注いだ。

「本日、わが党は選挙に大勝した。国民はわれわれ明正党に政権運営を続けよと、つまりは長期政権を望むと意思表示をしたのです」

「はい、総理」

「われわれはそのことを重く、真摯に受け止めて、ここで兜の緒を締める姿勢が大切になってくる。すなわち山城内閣をさらに強固な体制にすべく、ここにおいでの先輩の先生方にもご賛同をいただきましたので、さらなる補強をしたいと考えるわけです」

山城は一旦言葉を切り、鷹揚な笑みを浮かべて円形テーブルの面々を見まわした。もってまわった言い方だった。それだけもったいつけて言い渡したいほどのことなのであろう。口調は柔らかく、口許には笑みが浮かんでいるのだが、目だけは決して笑っていない。むしろ、長老たちに釘を刺すような鋭さすら感じられる。

以前にも見覚えのある状況ではあるが、これまでとはどこか違う。山城の意気込みの強さが迫ってくる。皓子の心臓が突然大きな音を立てはじめた。平静を保とうとするのだが、意志とは関係なく、頬が自然に引き攣れていく。

「あなたには、内閣官房長官をやってもらう」

山城が言った。

「は？　か、官房長官」

思わず聞き返したが、うわずって声が裏返っていた。つまりは、いまの田崎と交代しろということか。そんな重職をこの私にやれと？

官房長官といえば、内閣で扱う重要事項や行政のほぼすべてを網羅し、各省の調整役として統括していく立場だ。マスコミ対応を一手に担うためにも、政策の全部に精通していなくてはならない。

「これからは文字通り、総理の女房役ですな。頑張ってくださいよ、三崎さん」

幹事長の小関が、意味ありげに覗き込む。皓子は大きく息を吸い、ひとまず呼吸を整えた。なにより頭の整理が必要だった。引き受けたらとんでもないことになる。この席に長老たちまで巻き込んでいるのは、山城にそこまでのなにか思惑があるということだ。

「大変光栄なお話ではありますが……」

皓子はおもむろに口を開いた。

「よろしく頼みましたよ」

「いえ、総理。私にそんな大役が務まりますでしょうか。それに、内閣官房長官には、いまは田崎先生がおいでになりますし……」

「いいですかな、三崎先生。いい機会だから言っておくのですが、世間ではとかく強いリーダーを求める声が強い。ですが私は、首相というのは実はリーダーなんかである必要はないと考えています」

皓子に向けて話しているようだが、本当はテーブルに着いている全員に宣言しているつもりなのではないか。

「リーダーではなく、喩えて言えばオーケストラの指揮者《コンダクター》の役目ですよ。一人一人の閣僚が全力でみずからのパートにおいて最高の演奏をし、それが全員集まって完璧なハーモニーを生み出す。それこそが私の理想の政府です」

「総理……」

「だから、あなたにはコンサートマスター、いや、コンサートミストレスを務めていただく。おわかりですな」

「お言葉ですが、私はまったくの新米バイオリニストです。それは総理が一番ご存じかと」

コンミスなど引き受けて、腕もないのにオーケストラをまとめようとすると、ベテラン演奏者から馬鹿にされるに決まっている。いくら必死に頑張っても、こちらの指示など聞いてはもらえまい。そこまでのリスクを取って、山城はなにがしたいというのか。

「腕をあげることですよ、三崎先生。いくら練習してもだめな人間もいるし、生来の才能を備えた者もいる。人望です、人を引っ張る術を磨くことだ。コンダクターが怪我をしたら、コンミスが代わりに指揮台にあがるのですからな」

山城は冗談のように言い、さも可笑しそうに笑い声をあげた。その作り笑顔の裏で、いったいなにを目論んでいるのだろう。

「いいですかな、三崎先生。何度も言うようだが、わが山城政権にはこの際あらためて補強が必要なんです。今回の選挙結果を受けて、野党は非常に危機感を強めている。実際にわが党に対抗できるまでの勢力になれるかどうかは別として、間違いなく政界再編を目論んでくる。強力な合従連衡《がっしょうれんこう》を仕掛けてくるでしょう」

ふと視線をはずし、はるか遠くを仰ぎ見るようにして、山城は続けた。

「次の国会は間違いなくわれわれの正念場になる。何本も重要法案が控えておるし、今度こそ私は本腰をいれてこの国を立て直す。人口構造の面からも、このままいけばわが国は様変わりする。あなたが言っておられた危機意識というものを、きちんと共有するうえでも、国民との対話がなにより鍵になる」

だったらなおのこと、ベテランの官房長官が必要なのではないか。皓子がそう言いたくて、口を挟もうとすると、いち早くそれを察したのか、小関がすかさず遮ってきた。

「それではみなさん、こうして全員が揃ったことでもありますので、あらためまして、ここからは第二次山城政権の組閣について、最終協議にはいらせていただきます」

平然として、有無を言わせぬ言い方である。

「え、閣僚人事にまで参加を?」

「官房長官ですから、当然でしょう」

山城が皓子を見て、ニヤリとうなずいた。

＊

「すぐに、官邸までおいでください」

翌朝、皓子に与えられた最初の仕事は、それぞれの大臣候補者に片っ端から電話をかけることだった。緊張感を持って全員に連絡を終え、いよいよ最後の電話を経産大臣の天海にかけながら、皓子はいまから四ヵ月ほど前のあの朝のことを思い出さずにはいられなかった。

あれ以来まだいくらも経っていないのに、もうはるか遠い昔のような気がする。あのときは、自分は電話を受ける立場だったのに。

「はあ、総理からのお呼びなのですよね?」

待っていたかのように電話に出た天海は、訝《いぶか》しげな声で、念を押すように訊いた。だが、こちらからの答え方はただひとつだ。

「詳しいことは、まずおいでいただいてから」

いまはなにも言えないが、来ればわかる。そんな横柄とも取れる口振りにならざるをえないことも、いや、そんな立場に就いてしまったこと自体に、誰よりも戸惑っているのはこの自分なのである。皓子は、立場上この場面で許されている限られた受け応えのなかに、ひそかにそんな思いを込めたつもりだった。

「わかりました。急いで向かいますよ。しかし、どうして三崎さんがこの電話を？」

すぐに承諾はしたものの、天海の声には隠しきれない当惑が滲んでいる。無理もなかった。このあと事態を知らされたとき、きっとどんなにか驚き、憤慨するだろう。それでも、いまはなにも教えるわけにはいかない。

「では、またのちほど」

天海の質問を無視してそっけなく言い放ち、皓子はあえて電話を切った。すべては山城が直接伝えることなのだから。それが決まりだ。それが秩序というものだ。

思えばあの日の朝、皓子はいまと同じ含みのある言い方で電話を受けたものだった。それが大臣就任を知らせる電話、いわゆる官邸への「呼び込み」と称されるものらしいと察しはついたものの、詳しい事情などなにもわからぬままに、せわしなく官邸に出向いた。山城の隣には、内閣官房長官の田崎敬吾が訳知り顔で立っていた。

そんな自分が今朝はどうだ。新任の内閣官房長官として、こうして平然と「呼び込み」の電話をかける側になっている。胸のうちには、釈然としない思いがあったとしても、結局は山城の思惑のままに動かされている。

選挙での大勝を経て、昨日の深夜から夜明け前までに及んだ組閣作業は、ほんの数時間前に、ようやくの決着を見た。まさかその場に自分も同席するとは思ってもみなかったが、山城を中心にして、長老たちが繰り広げる閣僚人事をめぐる壮絶な権謀術数を、やむなく目の当たりにすることになった。

もっとも、皓子の存在など端《はな》から目にはいっていないような長老たちだ。まるで皓子などそこにいないかのように、平然と声を荒らげ、頭越しに遠慮のない言葉が行き交った。山城はといえば、一人静かな面持ちで、緑茶など飲みながらさらりとそれを聞き流している。

「いや、前回はうちが折れて二人枠で我慢したのですぞ。次は最低三人以上の枠をもらうという約束だった。よもやお忘れではあるまい」

なかでも最長老の前田が唾を飛ばしながら、なんとしても入閣させたいと候補者の名前を滔々《とうとう》とまくし立てる。いまはもう前田派とは呼ばれなくなったものの、実態は以前と変わらぬ彼の息の掛かった顔ぶればかりだ。

「お言葉ですがな、ほかのはひとまず置いておくとしても、高木君はいかん。あの男はいくらなんでも若すぎる。なにごとも拙速で、功を急ぎよる。深慮というものがない」

「なにをおっしゃる藤堂先生、おたくの野尻《のじり》君こそ、十年早い」

二人の露骨な応酬に、山城がようやく手にしていた湯飲みを置いて言った。

「では、どうですかな。高木君の代わりに、公民党《こうみんとう》から一人出させてやっては。わが党と連立を組んでいるからには適所に押さえが必要です」

それはまるで、古めかしい将棋盤の上で展開される、手持ちの駒の熾烈なやり取りにも似た究極の心理戦だった。傍目《はため》もかまわぬ剝き出しの攻防であり、まさに打算と下心のせめぎ合いの現場である。もっとも、その駒の位置が意味する本当のところを皓子が理解するのは、ずっとあとのことになるのかもしれない。ただ、皓子はその迫力に圧倒されるばかりで、口を挟むだけの気力も、図々しさも、もとよりそんな執着も持ち合わせていなかった。

それでも、山城があえてこの場に皓子を呼び寄せ、内閣改造にいたる経緯に立ち会わせたのは、秘めたる考えがあってのことに違いない。官房長官ともなれば、今後は四六時中そばにいて、彼の代弁者となるのだから。間近にいればこそわかる山城の意図や、長老たちとの駆け引きの手口をも、いまのうちから冷静に観察しておけということではないか。なにもかもが勉強だと。

それにしても、政界人事というのは、かくもあからさまな打算の産物であり、ここまで冷徹なものなのだろうか。皓子は何度も耳を疑った。一見揉みに揉んだといえる人選かもしれないが、信念だの技量だの政策の実行力だのというのは所詮は口先ばかりで、つまるところ己の損得に尽き、計算ずくでしかない。

彼らの持ち駒のひとつとみなされる当事者の運命を思うと、皓子自身がそれぞれの人物を知っているだけに、胸をちくちくと刺される感覚があった。なにより、ここでこうして皓子だけ一人別のところに立たされ、心ならずも高みの見物を強いられていることに、後ろめたさと後味の悪さばかりが感じられる。

山城は、権力の頂点に昇りつめた人間にだけ許された特権を活かして、易々と駒を並べ替えていった。巧妙な話術を駆使し、相手のアキレス腱を攻め、敵の陣地からあえて有力な人材を蹴落としていく。最初のうちは、長老たちがすべてを吐き出し終えるまでじっと待ち、柔和な顔つきと穏やかな口振りで、やおら相手の懐にするりと滑り込んでいくのだ。そうして、相手が気づいたときにはすでに屋台骨を揺さぶられ、礎《いしずえ》にも鋭く切り込まれたあとで、長老たちの牙城は容赦なく骨抜きにされているのである。

皓子は山城の見せるちょっとした駆け引きや、それでいて鋭い指摘、ピンポイントで隙を突くような言葉選びに、そのつど息を呑み、これこそが政治《ポリティックス》なのかとあらためて思う。

そのうち、気圧され気味だった場の雰囲気にも慣れてきた。ただ傍観し圧倒されていただけの自分のなかに、少しずつ変化が生じているのにも気づかされる。駒の配置で少しずつ埋まっていく盤上を見ながら、長老たちの熱気につられてつい声を漏らしそうになり、慌てて唇に手をあてたりもするようになった。そんなとき、山城が声をかけてきたのである。

「ちょっとよろしいかな」

それだけ言うと、なにを思ったのか急に椅子から立ちあがり、さっさと出口のほうに歩いて行く。トイレにでも行くのかと見送っていると、振り返り、こちらに来いとばかりに目で合図を送ってきた。皓子が自分の胸のあたりを指さし、首を傾げてみせると、うなずき返す。

すぐに近づいていくと、山城は小声で訊いてきた。

「ところで、三崎先生の後任なのですが」

皓子が内閣官房長官に就任するとなれば、やり残した仕事を誰かに任せることになる。最適な人材は誰かと山城から相談されているのだ。

「はい、後任は、私としては……」

だが、訊いておきながら、先回りをして皓子の答えを封じるように、山城は続ける。

「金融担当大臣は、順序からすれば天海さんということになるでしょうな」

「いえ、お言葉ですが、天海先生ではちょっと無理かと……」

咄嗟に皓子の口をついて、言葉が飛び出した。とんでもない。あの天海では金融庁の今後が心配だ。そんな素直な反応をした自分に、われながら驚くぐらいだった。勢いというか、無意識というか、それだけ皓子自身が強く懸念を感じている証左なのかもしれない。

「やはり、そう思いますか」

山城の頬のあたりが意味ありげに緩んでいる。皓子の口からそれを言わせたかったのだろう。彼の目がそれを雄弁に告げている。天海は金融市場のメカニズムにも疎く、現状の認識も足りず、実業界に人脈も人望もない男だ。かつてそう語ったのは、この山城自身だった。

皓子も同感だからこそ、そんな天海に、とても自分のあとを任せることなどできるわけがない。

ここへきてようやく落ち着きを見せ始めた地銀の経営基盤の強化策。皓子があちこち奔走してなんとかほころびを繕ってきた金融行政。だが、盤石と呼ぶにはまだあと一歩も二歩も残されている。反社会的勢力とのビジネスや、再編を経て水面下に潜伏しているリスクは執拗で、いつなんどき浮上し、世間を騒がせるとも限らない。そんなタイミングで、なにも知らない彼にここで目茶苦茶にされるのだけはどうしても避けたい。せっかくここまで苦労してやってきたのだ。それは皓子の正直な思いだった。

だいいちこの四ヵ月、まがりなりにもあの男が経産大臣を務めてこられたのは、皓子が陰で必死にサポートしてきたからこそだ。東伏見銀行の一件に代表されるように、表立っては彼の手柄になっているが、皓子の働きなしにはあり得ないことだった。今回の選挙で彼が当選できたのも、もとはといえば皓子が陰で尽力したからだと、誰よりも山城が知っているのに。

「わかりました。あなたの気持ちを確かめておきたかったのです。私はちょっと用を足してから戻りますから、席で待っていてください」

山城はそう言い置いて姿を消し、十分ほどで何事もなかったようにまた部屋に戻ってきた。

「次は、うちの天海君のポジションだが……」

山城が椅子に腰をおろすのを見届けるなり、間髪をいれず口を挟んできたのは曽根崎だった。三人の長老のなかでも、もっとも脂ぎった存在である。もとより眼力鋭い顔つきだが、生来の丸顔は年老いてやや頬がこけ、以前に増して目だけがぎょろりと強調され、迫力を増している。異様なまでに尖った大きな耳や、浮世離れしたその風貌と圧倒的な存在感ゆえに、全盛期には明正党のヨーダと称され、平成の妖怪とも恐れられた人物だ。

「彼は、三崎先生の後任でしょうな」

あろうことか、山城が意外なことを口にし始めた。まったく平然とした言い方で、当然だろうと言いたげに周囲を見回している。

「え、そんな馬鹿な……」

皓子は思わず口走っていた。

「なんですと、ご不満ですかな？　天海君はその器ではないとおっしゃるつもりか」

曽根崎は、大きな目をこれ以上無理というほどに見開いて、皓子を睨みつけてくる。

「いえ、そんなつもりでは。ただ私としましては、先日の東伏見銀行の一件もようやく片づいて、業界が落ち着いてきたばかりですので」

できるものならもうしばらく自分があの立場に居残って、後処理を終えておきたかったぐらいである。皓子はそんな思いを言外に込めたつもりだが、長老たちに伝わるはずがない。

「ふむ。たしかに、彼は金融業界のきの字も知らんからな。だったら、財務大臣がよかろう」

こいつはいい流れになってきた、とでもいう顔つきで曽根崎が矛先を変えてきた。

「まさか、財務大臣ではよけいに荷が重過ぎます……」

だから皓子はまたも言ったのである。天海の技量では、とてもやっていけるはずがない。

「あなたがおっしゃりたいことはわかる。しかしね、三崎先生。財務官僚たちは優秀だ。知識も情報も持っておる。大臣というのは彼らの上に立って、方向だけを決めてやればいいんです。それと、いつの世も、掻き回し役が一人は要るんですな。そうすると組織によい緊張感が生まれるというものです」

互いに競わせてこその山城内閣だ。切磋琢磨《せっさたくま》させ、牽制させてこそ、自分が浮かび上がれるというのである。山城も皓子も同じだぞ。こちらに向けた山城の目が強くそう諭している。

それはそのとおりかもしれないが、財務大臣となれば話は別ではないか。いったい、山城はこのあとなにがしたいのだろう。

「総理、それではあまりに危険では」

山城の持論は持論でかまわない。組織の論理を述べるのも結構だ。だが、話が一国の予算に関わるとなると別ではないか。各省から集まってくる要望をまとめ、金のやりくりを決めるなど、あの天海に任せていいというのか。皓子は黙ってはいられなかった。

「なに、危険だと？　君、そこまで言うのは無礼じゃないか」

曽根崎の怒りは頂点に達していた。だが、皓子もここだけは譲れない。

「いえ、私はわが国のために申し上げているのです。なんといっても財務大臣は内閣の要、予算編成でも、全閣僚をまとめていく重責があります。財政問題は厳しさを増しています。いまは日銀が大量の買いをいれて、腕力で国債市場を安定させていますが、巨額債務という深刻なリスクを抱えてのこと。ひとたびなにかあれば天海さんではとても収拾がつきません」

もう止めることはできなかった。山城にけしかけられ、操られ、反対させられているのは自覚していた。だが、たとえそうであっても、あの天海を財務大臣にするなどという案は、日本のためにも阻止すべきである。

「では、天海さんにはどこの大臣がいいと？」

「それは……、温和な方ですから、たとえば文科省とか消費者庁とか、あるいは法務省とか」

天海の人生を曲げている。彼の上昇志向を知りすぎるほど知っていながら、そのうえで彼の生涯をかけた夢を握り潰そうとしている。自分にそんな権限があるのだろうか。そう思うと、あまりの冷徹さにわが身が怖くもなる。

「三崎君、いったい君はなんという……」

「いや、曽根崎先生。三崎さんのご指摘にも一理ある。うん、決まりですな。それでは天海君には法務省を見てもらいましょう」

天海の残りの人生はその一言で決まった。

＊

内閣官房長官の執務室は、総理大臣官邸の五階にある。西側にある総理公邸から見ると五階なのだが、通常なら正面玄関口からはいって、ホールを突き抜け、階段かエレベーターを使って向かうので、皓子の感覚では三階だ。最上階のこのフロアにはほかに、中央の吹き抜けを囲むようにして総理執務室や総理応接室、総理会議室などがある。

激務に追われるトップたちのせめてもの息抜きのためか、東西両側には空中庭園の趣のある石庭が設えられている。花崗岩や砂利石が敷き詰められたモダンではあるが和のイメージで、世の中の喧騒から隔離されたような静謐さを演出している。そのフロアの住人となるため、皓子は早々と官房長官室にやって来た。本来ならば順序が逆だが、田崎の特別な事情とのことで、一足先に官房長官室に呼ばれたのだ。

案の定、部屋にはいりきらないほどの胡蝶蘭の鉢植えが、廊下まであふれんばかりに並べられていた。皓子の官房長官就任を知った各方面から、われ先にと殺到してきた祝いの花だ。

「すごい花の数ですよ。いや、驚きました。ますますの人気ですな」

その顔を見る限り嫌みではないらしい。迎えいれてくれた田崎のにこやかな様子は、こちらが戸惑いを覚えるほどだった。

「個人的な都合で、認証式の前に早々とおいでいただくことになって、申し訳ない」

「いえ、私はどのみちこちらで待機している組ですから、そんなことは……」

これまでの関係を思うと、皓子もどういう顔をしていいのか内心当惑するばかりだが、少なくとも表向きは穏やかに、決して笑顔を崩すこともなく、業務の申し送りは淡々と進んだ。

といっても、金融大臣に就任したときに経験したのと同じ、型通りの引き継ぎである。特段の指示や注意事項を聞かされるわけでもなく、まずは新旧官房長官の事務引き継ぎを象徴するような分厚いバインダーを渡される。とはいえなかを確かめる暇もないままに、その一ページに署名をするだけのまったくの儀式《セレモニー》に過ぎない。

前任者と印刷された横には、すでに田崎が毛筆で署名を済ませてあった。見慣れた彼の花《か》押《おう》も黒々と記されている。皓子のほうはいささか緊張気味ではあったが、用意されていた筆ペンで署名をしたあと、いつもどおり英文字のイニシャルを書いた。

田崎は、ときおり思いつめたような真顔になり、かと思うと皓子をじっと見つめて、まるで出かかったくしゃみを必死で堪《こら》えているかのように顔を歪め、目を細めた。さりとて、なにか言い出すでもなく、結局は穏やかに握手を交わし、記念写真の撮影を済ませたのである。

やがて部屋をあとにするとき、最後まで名残惜しそうに後ろを振り返っていたので、去り際には、さすがになにか嫌みのひとつぐらいは言われるのだろうと覚悟していたのだが、それもないまま、無言のうちに、拍子抜けするほど静かに官房長官室を出ていった。

今回の内閣改造で、この田崎も閣外に出された一人である。ベテラン政治家の田崎だけに、次のポジションを狙いもし、さらに一段高所への飛躍も期待していたはずだ。それは彼自身だけでなく、地元の支援者や出身母体のメンバーも同じだっただろう。

実際のところ記者たちのみならず、一部の党員のあいだでも、田崎官房長官だけは続投間違いないとのもっぱらの噂だった。万が一にも代わるとすれば、党三役は固い、いやそれより明正党の幹事長を経て、やがてはその先の次期総裁候補だと、まことしやかに囁かれていた。それだけに、そのいずれからもはずされた田崎の無念さは、想像にあまりあるはずだ。

いったい山城はなにを考えているのだろう。半年前、政権交代を目指し、手を携えて、他党と熾烈な闘いを続けた戦友である。だからこそ功労者の一人として、いつも山城のそばに置いてきたのではなかったか。短期間とはいえ苦楽を共にしてきた盟友のはずだったのに。

それをいきなり問答無用と切って捨てられたのだから、彼にすれば山城への不信感、いやそれ以上に煮え滾《たぎ》るほどの恨みを抱かないはずはない。それが高じて形を変え、後任におさまる皓子への妬ましさや疎ましさにまで発展するとしても不思議はなかった。

だが、部屋を明け渡すためにここで皓子を待っていた田崎はあまりに冷静だった。その穏やかな笑みがかえって不気味に思えるほどだ。自分の椅子を奪った者として、皓子に対して恨みごとや苦言のひとつもぶつけてくるだろうと身構えて、そのときはああも言おう、こうも応じようと、肩に力をいれて赴いたのである。

皓子は、これまで見たこともないほど友好的な田崎に、なんだか肩透かしを食らった気分で、わが目を疑うような思いがした。

　そもそも皓子が初めて入閣したとき、この田崎からはなにかにつけ見下すような視線を向けられたものだ。なにをするにも揚げ足を取られ、こっぴどく批判され、ことあるごとに幹事長の小関と二人でこき下ろされた。なにかの用を言いつける際も、顎先でこき使うといった命令口調だった。どこまでも皓子を小娘扱いするような馬鹿にした口振りで、わかりきった事柄でも逐一細々と指示されたものだった。

「彼女のどこがいいんですかね。いわば山城さんに拾われて、閣内に迷い込んできたまったくの素人《アマチュア》でしょうが」

　物陰での内輪話だったとはいえ、聞こえよがしの物言いが、嫌でも耳に届いてきた。聞かなかった振りで通しはしたが、はっきりと記憶には残っている。物の数にもはいらない未熟者。そんな田崎の視線は、いつも冷ややかに皓子の行動に向けられていた。そんな取るに足りない皓子が、目障りな存在になってきたのは、やはり選挙のころからだろうか。しかも今回は田崎の椅子に取って代わり、あろうことか彼自身が場外につまみ出されたのである。

　その心中を慮《おもんぱか》ると、いくら笑顔で勧められても、皓子は田崎の目の前で官房長官の執務席に無邪気に座ることなどできるわけがない。

　田崎が部屋を出ていったのと入れ替わるように、秘書官が部屋に飛び込んできた。内閣府から新しく皓子付きに就任した道田貴晃《みちだたかあき》とは、すでに顔合わせを済ませてあった。

「今回の内閣改造人事で、留任された大臣のみなさんは不要なんですが、新しく着任された方々だけは、このあとご一緒に皇居に向かっていただくことになっております」

金融庁時代の秘書官だった山下にはずいぶん世話になったが、どこか青年っぽさの残る山下に較べると、背も高く落ち着いた雰囲気のこの道田は、感情がまるで表に出てこない。官房長官という要職をサポートするだけに、まさに行政全般に精通しているらしく、いまのところ皓子がなにを訊いてもそれなりの返事が返ってくるのが心強い。身辺警護については、皓子からも希望を出して、気心の知れたSPの菅井が引き続き担当してくれることになった。

「陛下にお目にかかって、認証式があるのね？　なんだか四ヵ月前が懐かしいわ」

同じ国務大臣のなかでの異動については、新たに官記を受けることはしないのだ。

「そのあと、総理と大臣のみなさんがた全員がお揃いになってから、第二次山城内閣としての写真撮影がありますので」

だったら、なにも早々と来ることもなかったのだが、田崎との引き継ぎを妙に急がされたことには、なにか特別な理由があったらしい。それについては、道田にも尋ねたのだが、個人的な事情だとかで「承知しておりません」とのこと。皓子も深く追及するのを遠慮した。

「お召し替えはこちらでなさいますか？　できましたらその前に、少し今後のご説明の時間をと思っておりますが」

「そうね、お願いしようかしら」

いまごろは、官邸前に用意された大臣専用車で、新任大臣が皇居に向かうころだろう。皓子はあのころを思い出しながら、前回とはまた違った緊張感を嚙みしめていた。初めての大臣就任からまだ半年も経っていないが、いまはあきらかに意識が違っている。これこそが、選挙によって選ばれたことの重みとでもいうのだろうか。押しも押されもせぬ政治家としての第一歩という自覚であろう。国民の負託を得たという自覚、投票によって証明されたという揺るぎない自信と同時に、抱えきれないほどの束縛感とでもいうか、窮屈な思いも否めない。官房長官という立場ゆえの、党に対する帰属意識も、これまで以上に不自由さとなって迫ってくる。

＊

やがて皇居での認証式を終えて官邸に戻ってきた新任大臣を交え、閣僚たちによる写真撮影が始まった。自分の立ち位置の指示を待っているあいだ、なにより皓子が気を揉んだのは、皓子のあとをついてくるように、常に隣に天海がいたことだ。あの田崎もそうだったが、それ以上に天海については、面と向かって話をするのがどうしても気詰まりでならない。

「いやあ、こんなことになるとはねえ。あなたもいきなり官房長官では大変だ。でもまた、これからもよろしく頼みますよ」

天海はまるで屈託がない様子で、これまでと変わらぬ態度で声をかけてくる。おそらく組閣での一連の経緯について、なにも知らされていないからだろう。あるいは、田崎にしろ天海にしろ、山城がよほど力をいれて威圧し、説得もし、納得させたということなのだろうか。

「こちらこそ、どうぞよろしくお願いします」

皓子も素直に頭を下げたが、このままで済むとは思えなかった。いつか事情を知って、一波瀾あるに違いない。爆発のマグマは、いまも地下深く着実に堆積し、来るべき瞬間を待っているのかもしれない。それがいつなのか、どういう弾みで噴出するのか、今後についてはまるで見当もつかないが、天海の態度が変わらない限り、こちらがあえて口に出すことはない。

いまは、目の前の職務をまっとうするだけだ。それだけでも精一杯で、自分の許容量を超えているのだから。皓子はそう思い、早く気持ちを切り替えようと決めたのである。

それなりの緊張感はあったが、それ以上にみな和やかな空気のなか、官邸一階の階段に赤絨毯を敷き詰め、恒例の写真撮影を済ませた。

さらには第二次山城内閣としての初閣議を経て、恒例の大臣記者会見と、日程は決められたとおり、分刻みで進む。

前回との大きな違いは、記者会見場でも、皓子は官房長官として全体を取り仕切る立場になったことである。予想どおり記者たちからは、官房長官人事に対する質問が集中した。

「今回の閣僚人事では、田崎前官房長官は事実上の更迭に当たるのではないでしょうか」

どきりとさせられたのはそんな声だ。しかも、各社からこぞって同じ質問があがった。記者たちはそれぞれに切り口を変え、表現も変えて、理由や背景について執拗に迫ってくる。皓子はあえて余裕の笑みを浮かべてみせた。

最初が肝心だ。山城の今後の政権運営の根幹にも関わることであり、なにより新任の官房長官を印象づける場面だけに、対応には慎重のうえにも慎重な受け応えが求められる。最初に当番新聞社から、続いて数社の質問を出させておき、やおら皓子が口を開いた。

「明正党内の人材は豊富です……」

皓子が話し出すと、一斉にカメラのフラッシュがたかれた。その顔に、そして口許に、テレビカメラがズームアップする。

「次の世代も、さらにその次の世代も、政権政党としての責任のもとに優秀な政治家が育っています。もちろん、田崎前官房長官はご経験も豊富で大変有能な方ですし、山城総理の右腕として安心感を持って職務を完璧にこなしてこられました。ただ今回は本人のご希望もあり、このあとしばらくは党内の中核として、政策立案や党の運営に専心されたいということです」

「そうでしょうか？　そのわりには、党三役にも就いておられませんが」

探るような問いかけを、皓子はまたもさらりと笑顔でかわす。記者の疑問に、すべて正直に答える必要はない。適度に無視し、さりげなく話題を変えるのもテクニックなのだ。

「今回の編成につきましては、異動は最小限に留めました。国民の期待を重く受け止め、真摯に応えるべく、第一次内閣の政策方針を踏襲しつつ、さらに強化し、充実させていきます」

「大臣にはあまり手をつけないけれど、そのかわりに、副大臣や政務官はほぼ総取っ替えになる。そういう思惑なんでしょうか？」

「必要となる人事の刷新を図ります」

「つまり、中核はそのままで、政府の若返りを狙ったということでしょうか？」

「そうご理解いただいてもかまわないでしょう」

顔色ひとつ変えることなく、冷静な玉虫発言を続ける。だが、内心では神経が磨り減る思いだ。一言一句、不用意なことは決して口にできない。動揺や不安感も見せてはならず、言葉選びに神経を尖らせ、相手につけいる隙を与えてもいけない。政府のスポークスマンという立場の重みを、皓子はあらためてひしひしと実感していた。

田崎の件を表向きは本人からの希望としたのは、あらかじめ質問が出ることを予想して、山城の指示を仰いでおいたからだ。山城の狙いは若返り人事を強調することと、さらには明正党のイメージ戦略も意図している。党のこと以前に、山城自身の元気さと柔軟性、伝統や前例に囚われない若々しい行動力をアピールしたいのだ。だからこそ、山城の真意を充分に汲み取ったうえでの官房長官としての対応だった。

皓子は終始揺るぎない声で応じた。望まれていることは明らかだ。ならば、その期待に沿うのが自分の役目である。山城政権の顔であり、明正党の看板にもなること。

迷いは微塵も見せてはいけない。

＊

官房長官としての一日は規則正しく始まり、怒濤のうちに過ぎていった。一週間が経ち、一ヵ月もあっという間に過ぎる。酷暑の夏がゆき、秋風が吹き、やがて師走の声を聞き、永田町の銀杏《いちょう》が一斉に色づきはじめる季節がきた。

金融大臣時代と大きく違うのは、毎朝十一時と午後四時の二回、官邸の一階にある記者会見室で、メディアとの定例会見を行なうことである。内閣官房のトップとして、政府報道官《スポークスマン》として、なにより山城総理の代弁者として、メディア各社の記者を通し、国内外に語りかけるのが主な仕事だ。総理自身の会見では、背後のカーテンは濃いブルーかワインレッド、一方皓子の会見では薄いブルーに替えられる。そうした使い分けも官房長官に就任して初めて気がついた。

日本外国特派員協会でスピーチをするよう山城から指示されたのは、そんなころのことだ。まさか、それがあれほどの波紋を呼び、その後のすべての始まりになるとは、このときの皓子にはまだ予想だにできなかったのだが。

第六章　硝子の天井

「これが官房長官にお願いするスピーチです」

秘書官の道田から、そう言って当然のように原稿を手渡されたのは、講演が予定されている前日の朝のことだった。

講演は皓子が英語で行ない、そのあとの質疑応答については専門の通訳がつくという。内閣官房長官の答弁ともなれば、いわば日本政府の見解と同じ。英語表現の微妙なニュアンスの違いがもとで、無用な誤解を招くような事態は避けたいからだろう。

皓子の準備時間などほとんどない。六十分間にわたる講演は、山城が抱えているスピーチ・ライターによって完璧に用意されていたのである。

「ご安心ください。今回は特別にプロンプターを用意してありますので」

道田は心なしか胸を張り、そう付け加えた。全文を暗記する必要はない。プロンプターを見ながらただこの原稿を読めば、それで事足りると言っているのだ。皓子はひとまず礼を言い、原稿を受け取った。

ざっと目を通すだけで、書き手は優秀なスピーチ・ライターだとわかる。言葉選びは生真面目で、いささか古臭い文章表現が目立つ。知的な印象を与えようと、無理をしているところが感じられなくもない。おそらく山城からは相当頼りにされているのだろう。

「でも、全体にちょっと冗長《リダンダント》なのよね。冒頭のつかみも弱いし、論旨がいまひとつ不明瞭だわ」

皓子は思わず言ったのである。大仰な単語の羅列や長すぎる説明が、話の焦点を曖昧にし、伝えるべき内容から上滑りしているのが気になった。外国人を前にした英語でのスピーチにはユーモアのセンスは欠かせない。最初に気の利いたジョークをはさみ、聴衆の心をぐっと惹きつけられるかどうかが、講演の成否を二分する。

皓子はやおら赤ボールペンを取り出し、その場で原稿を大胆にカットしていった。無駄な言い回しをどんどん削り、表現に強弱をつけ、伝えるべきポイントがきっちり伝わるように、印象的なものに変えていく。

「あ、あの官房長官。それはちょっと……」

道田が慌てた様子で制してきた。

「この原稿は、各省の担当者からあがってきた項目をまとめたものなんです」

各省からの要望や言い分を、平等を期して盛り込まなければならず、大変な苦労をして調整したというのだ。

「すでにこの前の閣議でも決定していますので、変更するわけにはいかないもので」

いつもは抑制の利く道田が、これだけはとばかりに語気を強める。

だが、それがなんだと言うのだ。

「きちんと伝わらなければ意味がないでしょう？　総理のお考えが外国人特派員たちにしっかりと理解されることが最優先だわ。彼らが書く記事を通して、わが国の姿勢や見識が国際社会に発信されるのよ」

そもそも表現をより的確に直しただけで、山城内閣の基本路線を変えたわけではない。誤解を招かないように骨子を明確にし、強調しただけだ。山城の政権運営の方針は誰よりも理解しているつもりだった。

「大丈夫よ、心配は要らないわ」

皓子は、渋る道田を押し切ったのである。

＊

翌日、有楽町電気ビルにある日本外国特派員協会内の会場は、いつにない混雑だった。海外メディアから日本に派遣されている特派員や、各分野のジャーナリストたちで運営されている協会だけあって、聴衆の国籍はさまざまだ。財界や政界、スポーツや文化芸術に携わる著名人が演者《スピーカー》として招かれるこうした催しは、定期的に開かれているようだが、今回は新政権の官房長官が演者とあって、参加者が二百人を超える大盛況となったのである。

これまでも記者会見やぶらさがり取材など、数多く経験してきた皓子だ。ただ、そうしたどの会見とも違って、会場内はかなりリラックスした雰囲気だった。

だが、皓子が正面の演台の前に立つと、思い思いの恰好で集まっていた外国人特派員たちはすぐさま姿勢を正し、真剣なまなざしに変わるのが感じられた。皓子の機知に富んだジョークに素直な笑い声をあげ、話に引き込まれ、そのつど賛同するように大きくうなずいてくれる。

講演の概要は、先進各国に共通する問題であり、なかでも日本が先頭を切って進んでいる少子高齢化の実態について。労働人口が激減する一方で、巨額の長期債務を抱えながら、いかにして社会保障制度を維持し、福祉に取り組むか。皓子の言葉に熱がこもる。

国と国民とのあいだに、どうすれば良好な関係を築けるのか、負担と受益のバランスの重要性を理解してもらえるのか。もはや綺麗事では済まされない事態になっているが、山城政権は逃げないで敢然と立ち向かうことを、力強いメッセージとして訴えた。

日本への信用を盤石なものにしなければならない。国外からの安定した長期投資を呼び込めるよう、魅力的な国に変えていくのが政府の使命である。国民にとっても現実感をともなう安心の構築が不可欠。そのために揺るぎない姿勢で政権の舵取りをしていくのだと。

スピーチを締めくくる最後の言葉が終わり、質疑応答に移ると、参加者のなかから盛んに質問の手が挙がった。あらゆる角度から鋭い質問が飛んだ。彼らの予想外の切り口には、そういう価値観もあるのかと、皓子のほうが逆に感心させられる面もあった。

最初は通訳を介し、日本語で答えていたのだが、そのうちもどかしくなってきて、皓子が直接英語で答える場面が増えていく。それがかえって親密さを与え、両者の理解も深まっていった。

どんな質問にも動じず、逃げることもなく、終始落ち着いて正面から真摯に対応した。論点をすり替え、話題を転じてお茶を濁すこともせず、ずばりと明快に答える姿勢に好感を持たれたのだろう。彼らの反応はわかりやすかった。

予定の時間を大幅に超えて誠実に対応し、退場する皓子に、会場からは割れんばかりの拍手が起きた。それだけでなく、椅子から総立ちになって、笑顔と喝采で皓子を見送ってくれたのである。

*

その一部始終が特派員たちを通じて、先を争うように広く海外に伝わったのには、さすがに驚かされた。

「いや、凄いことですよ。どこもほとんど絶賛といった論調です」

主な海外メディアの報道だけでなく、欧米のブログやＳＮＳまでも丹念にチェックしていた道田が、珍しく浮かれた声をあげる。

「それにしてもここまで騒がれるなんてね。なにも特別なことは言ってないのに」

日本のために良かれと信じるからこそ最善を尽くしたのではあったが、ここまでまっすぐに受け止めてもらえるとは期待していなかった。海外で好感を持たれたことは、間違いなく山城政権にとってプラスのはず。皓子は驚きながらもひとまず安堵し、内心喜んでいた。

だが、ことは思っていたほど単純ではなかった。外に向かってプラスの事態が、内に向かってもプラスとは限らないのを、苦い思いで知らされることになる。

海外メディアが伝える記事の好意的な論調は、互いの良好な意思の疎通があったからだが、国内メディアの反応は冷淡だった。というより、辛辣だったと言うべきだろうか。

どこからどんな経路で漏れているのか、誰の発言なのかは明らかにせず、閣内や党内に一連の皓子の行動を「出過ぎた真似」として反発する声があると報じたのだ。国内の論壇誌に並ぶ、「政府内の不協和音」、「閣内の乱れ」などという表現はともかくとして、週刊誌が「計算ずく・でき過ぎたパフォーマンス」とか、「暴走・女官房長官」という大見出しをつけ、あたかも閣内で皓子が孤立しているようにこぞって書き立てたのには呆然とするほかなかった。

「これは間違いなく嫉妬ですよ、三崎先生。先生のスピーチが海外で受けたら受けたで、愉快でない人たちが一杯います。国内の男たちには激しい嫉妬の嵐が起きるんです」

それが政界というものですと、秋本つかさは笑う。

「でも、面と向かって私になにか進言してくる人は誰もいないのよ。なんでも謙虚に受け止めるから、不満があれば正々堂々と直接言ってくれればいいのに」

同じ与党のなかであり、同じ閣内であるのなら、目指すところも同じではないのか。

「要するに、そういうところなんです、永田町というのは」

「でも、内輪で足の引っ張り合いなんて、エネルギーの浪費じゃない？　そんなのあまりに虚しすぎる」

もっとやるべきことがあるはずだ。

「ですから、先生。そういう輩は無視していいってことですよ」

つかさはさらりと言ってのけた。

*

しばらくして年の瀬も押し詰まったころ、明正党本部に呼ばれて立ち寄った皓子は、会議室にはいろうとする廊下で、聞き覚えのある声に足を止めた。

「ずたずたにしてやる！　一生立ち直れないほどにしてやるさ。虫酸が走るよ。可愛くない」

部屋の奥から漏れてくる途切れ途切れの言葉に、最初はなんのことかわからなかった。だが、激しい罵声に、なかにはいるのも躊躇《ためら》われて、入り口で立ち止まっている皓子の耳に、今度ははっきりと聞こえた。

「だいたい図に乗っておる。地を這う虫ケラのくせに、いったい何様のつもりだ」

そばから同調する声もあった。

「ふん、責任をぜんぶ背負わせて、葬ってやることですな」

数人の男たちの声だ。声を潜めるわけでもなく、怒りにまかせた罵りである。

「絶対に息の根を止めてやる。政治生命を絶ってやるさ」

「泣かせてみたいですな。どんな顔をするのか」

誰かが混ぜっ返し、下卑た笑い声もあがった。聞くに堪えないやりとりに、ドアを開けることもできず、かといって立ち去るわけにもいかず、どうしようかと決めかねていた。

そのとき、部屋の奥から笑い声が近づいてきて、勢いよくドアが開いた。

「お、三崎先生……」

互いの顔を見て、仰天したのは、むしろ皓子より相手のほうだったのかもしれない。

「矢木沢さん……」

あなたどうしてここに、そんな次の言葉を、皓子はそのまま呑み込んだ。

激しく目をしばたたかせたが、見間違うわけがない。目の前に立っていたのは、いや、明正党の古老たちと一緒に嘲笑っていたのが、この矢木沢峻だったことを、いったいどう解釈すればいいのだろう。

その肩越しに目をやると、会議室の奥には決まり悪そうに目を逸らしている天海や、不敵な笑みを浮かべる前官房長官田崎の姿も見えた。

*

山城の耳にいれるべきかどうかとずいぶん迷った。だが、多忙な総理を煩わせることも憚《はばか》られ、口にするきっかけがつかめないまま、時間ばかりが過ぎていった。瑣末なことを持ち出し、だから女は駄目だなどとは絶対に言わせない。そんな気負いがあったのかもしれない。

首相と官房長官という立場で、毎日山城と顔をあわせていても、連日びっしりと詰め込まれる分刻みの予定をこなすだけで時間が消えていく。むしろ目の前の責務に全力を傾けていたからこそ、内々の話は後回しになってしまった。

やがて年が明け、山城は早々から積極的に外遊の予定をいれた。外交に強い山城首相のイメージ作りを図ったのである。その分だけ総理の不在中、皓子はまさに代弁者としての対応に追われた。そして、山城の帰国後すぐに通常国会が始まった。

参議院本会議場での天皇臨席による開会式を経て、内閣総理大臣による施政方針演説が行なわれた。新しい年に際して、政府がどの分野に重点を置き山城カラーを出していくのか、年間の目標を打ち立てて、それぞれ衆議院と参議院で述べるのである。

施政方針は多岐にわたった。なかでも山城が強く打ち出したのは「新しい国づくり」というものだった。演説のなかでも、このフレーズは意識的に繰り返された。

「前政権が無策のままに放置したため、わが国は無用な停滞を余儀なくされました。厳しい問題を抱えながら、その間に大きく進んでしまった高齢化社会や人口減少は、わが国に長期にわたる経済沈滞をもたらし、もはや待ったなしの課題であります。われわれはもっと危機感を持って、持続可能な社会の実現にしっかりと取り組んでいかなければなりません」

山城が強く押し出した改革色に、各会派による代表質問が集中した。長年の景気減速は労働人口の減少と高齢化による消費市場の縮小が元凶である。だから人口構成を改善することこそが必須だと山城は力説した。

それでも野党は追及の手を緩めない。口先だけの綺麗事はもう要らない。待ったなしだと言うならば、持続可能にするための具体策を早く示せと迫る。本会議場での代表質問で交わされたこの議論は、そのまま場所を変え、続いて開かれた予算委員会の場に持ち越された。テレビ中継のカメラを意識し、野党が声を荒らげる。

「お言葉ですが、総理。新しい国づくりには、新しい具体策が必要でしょう」

委員長の指名を受け、山城が答弁に立つ。

「もちろんです。同じことを同じように繰り返しながら、違う結果を望むのは愚かな人間のすることです」

「それなら言わせていただきますが、総理が列挙された政策にはまるで新味もなければ、実現に向けたロードマップもない！　違いますか」

そうだそうだ、と野次が飛ぶ。

「総理のおっしゃる新しい国づくりというのが、本当に国民が夢を描けるものかどうか、甚だ疑問です。受益と負担のバランスというが、単に国民に負担を押しつけるだけのものでは？」

野党に執拗に迫られる恰好で、そのつど委員長に指名を受け、山城が何度も答弁に立った。

「改革の具体策も斬新で画期的なものをお示しするつもりです。もちろん実現に向けてのロードマップもあります」

「斬新で画期的なもの？　本当にあるんだったら、早く出しなさいよ」

高圧的な物言いに山城がキッと頬を引き締め、拳を握りしめて椅子から立ち上がった。

＊

政界を二分する議案というものがある。

時代のうねりや渦が生み出す芥《あくた》にも似た社会問題であり、とはいえそれにどのように対処するかで、国の将来を大きく決定づけるような重要な課題でもある。それを最初から意図したものだったかどうかはわからないが、そのときの山城の発言は、政権や政界だけでなく、まさに社会全体を騒然とさせるものであった。

予算委員会での答弁に立った山城は、それでもまだかなり抑制的に振る舞っていた。というより、あとになって考えてみれば、そこに至る過程までもがすべて壮大な計略だったと言うべきかもしれない。いずれにせよ、皓子が予想もしなかった「斬新で画期的な改革案」は、これ以上ないほど巧妙に公表されたのである。

「すでに、ドイツをはじめ欧州の先進国では実現を前提に取り組んでいる施策であり、次世代を見据えた画期的な政策でもあります」

低いが、腹の底に響くような野太い山城の声が続く。

「ドイツだけではありません。続いてスイスでも、議会に上程され正式な議論がすでに始まっています。ですからこれは、決して唐突に出てきたものでもなければ、暴論でもないのです」

要所要所でじれったいほどに言葉を切り、あえて合間を長く取っているのがわかる。

「ずっと秘密裏に、政府内に検証チームを作って内外で作業を進めてきたものであり……」

もったいぶった切り出し方だった。そこまで言うからにはよほどの重要政策なのだろうと、会議の模様を見るため、テレビ中継中のモニター前に集まった番記者たちは、固唾を呑んで次の言葉を待ち受けた。

「われわれは、国民のみなさんのご理解を得やすいよう、またこれを導入するにあたって、なにが必要で、どういう注意が要るか、ベストの環境作りのため周到に時間をかけ、緻密な制度設計に取り組んでまいりました」

　もう前置きは充分だ。いい加減に本題にはいれ、とみなが思い始めた頃合いを見計らって、山城は思い出したように言った。

「それから、今回の政策につきましては、この分野についての専門家でもあり、長年のライフワークとして取り組んでこられた三崎先生のご研究とご尽力の賜物《たまもの》でもあることに、まずはこの時点で敬意を表しておきたいと思います」

　委員会の会場にかすかなざわめきが起きる。総理がこんなことを口にすること自体が異例だからだ。それにもまして慌てたのは皓子のほうだ。山城はいったいなにを言い出す気なのだ。

　ここまで引っ張っておいて、さらにはすべての責任を皓子に押しつける気らしい。そんな逃げ道まで用意しているのも、山城のなかに、特別な考えがあるからに違いない。

「さきほど野党の委員からご指摘がありましたとおり、近年のわが国の人口構成に深刻な問題が生じてきたのは明白です。一九九二年に、わが国の生産年齢人口が総人口に占める割合はピークをつけました。日本の人口全体が減少に転じるなかで、労働の中核をなす人口層、すなわち十五歳以上六十五歳未満の人口、もっと端的に言い換えれば、働いて税金を支払う側の人口が減り始め、社会保障などといった税金を使う側の人口との逆転現象が始まったわけであります。先進国に共通する事象ではありますが、経済の低迷は、もっと大きな視点、人口構造問題として認識することが必要です。しかし、その対処法は限られている。毎年一兆円あまりずつ、着実に増え続ける社会保障費は天井知らずです。このまま高齢化が進んでいけば、とても賄いきれる数字ではありません。しかも……」

山城はさらに続けて、認知症患者の急増についても言及する。いまや六十五歳以上の高齢者のうち推計で一五パーセントが認知症。その数たるや二〇一二年に四百六十二万人に達し、軽度の認知障害となるとさらに約四百万人も存在する。高齢者の四人に一人が認知症かその予備軍だというのである。山城はそこまで一気に告げ、手許の資料から顔をあげた。

「日本が世界に誇れる長寿国であることはまことに結構であります。ただ、このままでは増え続ける高齢者と手を携えて国民全体が沈んでいくことになる。一方で、これまで政治家が危機感を持たず、改革を先送りしてきた結果、わが国は一千兆円を超える長期債務を積み上げてしまいました。『入《い》るを量りて出《い》ずるを為す』。もはやこれしかないのです。はいってくる税収に見合う歳出をする。ですからこの際思い切った歳出の削減策として、私の内閣では本年を人口構造改革元年と位置づけました」

名付けて「第二の故郷プロジェクト」、別名「HRP／ハッピー・リタイアメント・プログラム」を打ち立て、積極的に推進すると高らかに宣言したのである。国家的な大規模移住計画。人口構造を大胆に変えようというものだ。

「受け入れ先の第一候補地としては……」

山城はインドネシアにあるらしい、ある都市の名をあげた。

「気候はいいし住環境も良好。医療水準も驚くほど進んでおり、なにより税率が低い。もちろん強制ではありません。ただ移住希望者には充分な補助金と年金支給額の倍増を保障します。逆にどうしても国内居住に固執する向きには、介護保険も医療費も倍額負担していただく」

国家的な大規模移住推進策ではあるが、内情は老人輸出にほかならない。高齢者を日本から切り離して、近隣の国外に出してしまおうという仰天するような政策である。

「アップフロントではコストが要るが、高齢化による社会保障費は、これで大幅に軽減できる。受け入れ国にとっては新たな消費が増えることにもなり、域内の雇用創出にも繋がる。先の政権では、ひとえに構想力と交渉力が欠如していたから不可能でしたが、わが明正党は政策実現の政党です。二十年後、三十年後の国民から、必ずや感謝されるでありましょう」

胸を張る山城の姿にはあきれるほかなかった。年初に組み込まれた山城の精力的なアジア諸国への歴訪は、このためだったのか。日本からの経済協力や円借款をはじめとする資金援助を匂わせる一方で、そうした日本の高齢者の受け入れ側を説得し、この構想の実現を約束させる旅だったのだろう。

委員会の会場は騒然となった。議論は錯綜し、ほとんど収拾がつかない事態だ。

「馬鹿ばかしい。苦肉の策にもほどがある！」

「いや、ドラスティックで、勇気ある解決策だ」

野党だけでなく、与党内からも野次が飛ぶ。

「気はたしかなのか？　老人を見捨てる気か！」

「なにを言う。斬新で具体性のある案を望んだのは、君らのほうじゃないか」

口々に飛び交うその野次が、そのまま夕方のニュース番組を賑わした。

——山城政権の「姥捨《うばすて》山構想」——

翌朝の朝刊各紙の一面には、皮肉たっぷりにそんな大きな見出しが躍ることだろう。

＊

目の前で繰り広げられる騒ぎを前に、皓子はひとり疎外感のなかにいた。こんなことがあっていいわけがない。そもそも内閣官房長官といえば総理の代弁者。山城の頭のなかは隅々まで把握しているつもりだったのに。行政部門全体を統括し、閣僚たちや各省を束ねる職務を、皓子なりにまっとうしていたはずである。

それなのに、なにもかもが秘密裏に進められていたというのか。皓子ひとりを蚊帳《かや》の外に置いて、山城や他の閣僚たちは、なにを望み、なにを画策しているのだろう。

問題はそれだけではない。構想発表による国民からの反発や攻撃を怖れ、その矢面として、皓子が最前線の盾に仕立て上げられている。

頭のなかに、次々と湧き上がる疑問を御しきれないまま、皓子は呆然として騒ぎの渦中にいた。ただ、納得はいかないものの、だからといって内閣官房長官という立場がある。いやしくも閣僚の一員として、真相がわからないままに無責任な言動をとるわけにもいかなかった。

さらに引っかかるのは、今回山城が持ち出した構想に、どこか聞き覚えがあったことだ。それがどこで、いつのことだったか思い出せないのだが、記憶の隅に間違いなく消え残っている。

正式な論文ではなかった。学会に提出されたものであれば、当然話題になっているはずであり、皓子も覚えているに違いないからだ。

誰かのリポートか、提言メモだったか。受け入れ相手国の必要条件や折衝の方法、税制改正や法整備。受け入れ地域にとってのメリット、日本が負担するコストとその費用対効果など、山城が誇らしげな顔で述べていた詳細は、以前どこかで皓子が読んだものと酷似していた。

曖昧な記憶に苛立ちながら、かといって反論も弁明もできず、皓子はすぐにも山城に説明を求めようとした。だが、総理執務室を訪ねても、いたのは首席秘書官の高木道夫だけだ。

「申し訳ありません。すでに退室されました」

予算委員会の終了後、山城は直接会食の席に向かったのだという。

「え、そんな予定がはいっていましたっけ？」

逃げられた、とすぐにわかった。総理のことなら一日の予定はもちろん、食事のメニューにいたるまで細かく把握している。

「高木さん、いったいどうなっているんです。官房長官がなにも知らされていないなんて、あり得ないことでしょう。前代未聞だわ。これじゃ本当にメディアが言うとおりです。また不協和音だの閣内分裂だのと言われたくないから、これまでは黙っていましたけど」

少しは脅しに聞こえただろうか。

「ご立腹は当然だと思います。総理には私からもよくお伝えしておきます。近いうちに先生との時間を必ず作るようにと申しますので」

「近いうちじゃなく、明日一番にお願いします」

強い口調で伝えて、皓子は仕方なく官邸をあとにした。手足を縛られたまま、戦線の最前列に置き去りにされたような気分だった。味方だと信じていたら、四方はすっかり敵に寝返っていたということか。夜通し眠れないまま、皓子は重苦しい朝を迎えた。

鏡の前で支度をしながらも、出てくるのは大きな溜息ばかりだ。こんなときは、気楽な大学時代がしみじみと懐かしい。なにも考えず、周囲に気兼ねすることもなく、ただ研究に没頭していたころがたまらなく恋しく思える。

そのときだった。不意に思い出したのである。あれは皓子がまだ政界とは無縁な大学教授だったころのこと。東都大学の恩師であり、学部長でもあった篠田啓祐の秘書をしていた高木みどりが提出していたリポートが、皓子に読んでみてほしいと篠田からまわされてきた。

「そうよ、あのときのみどりさんのリポートよ。でも、そんなことがあるわけないか」

鏡のなかの自分に向かって、首を振った。

*

「先生、わかりましたよ！」

その日の昼過ぎ、携帯電話を鳴らしたのは秋本つかさだった。よほど急いでかけてきたのだろう、息を切らしている様子が伝わってくる。

「例の姥捨山構想の……、あ、失礼しました。とにかく、今回のあの構想のネタ元です」

「まさか、東都大じゃないわよね？」

心のどこかで否定してほしいと願っている自分がいる。

「え、先生、ご存じだったんですか」

そこにたどりつくまで、おそらくつかさは半日あちこちを駆けずり回ったのだろう。それを思うと皓子は感謝の気持ちで胸が一杯になる。

たとえ四面楚歌でも、いや、だからこそ信頼できる人間はしっかりと確保しておきたい。誰を信頼し、誰を警戒するか。こうなったら、周囲の人間を見極めることが必要だ。万が一のときはメディアを味方につけることも考えておくべきだろう。少なくとも敵に回さないことが鍵になる。そう思って昨夜、秋本つかさにだけは慎重に実情を漏らしておいた。それを意気に感じ、精力的に嗅ぎ回ってくれたのだ。

「篠田教授の秘書の高木みどりのことは？」

「もちろんよく知っているわ。あの構想はやっぱり彼女のだったのね」

記憶は間違っていなかった。だけど、どうしてそんなものが総理の山城に繋がるのか。

「いえ、実は篠田教授が、あえて自分の着想として総理に持ちかけたようです。苦労しましたよ。灯台下暗しって本当ですね。まさかと思ったんですが、高木みどりの父親の兄というのが、なんと首席秘書官の高木道夫でして」

つまり、みどりは高木秘書官の姪だった。あの野党時代からの政策秘書、なにもかも知っていながら素知らぬ顔を決め込んでいたのか。それにしても、つかさはさすがに敏腕記者。見込んだだけのことはある。昨夜、皓子がことの顚末を漏らしたときの、つかさの反応が思い出される。

「ありがとうございます、先生。私はここ何年も、スクープらしいスクープを取ったことがありません。もうお腹を空かして餓死寸前の野良犬みたいなものです。そんな私の目の前に、最高のご馳走を並べてくださった」

つかさは、冗談めかしてそう言った。だが、口でそう言うほどには、目は決して笑ってはいない。そして確かめるようにまた言うのだ。

「だけど、先生はそんな私におあずけをかけるんですよね」

なにもかも見越したうえでの問いかけだ。

「みんなあなた次第だわ。私はいま政治生命の危機に直面している。というより、人間として答えを突きつけられているのかもしれない。だからこそ、あなたが信頼できない人だったら、こんなこと口が裂けても言わなかった」

大きな賭けだった。皓子はつかさに賭けたのである。でなければ、これは情報の漏洩と取られかねない行為であり、なによりみずから地雷を踏むことに等しい。

つかさはつかさで、そのことは重々理解しているのだ。記者としては大スクープになる政府の内部情報だが、それを記事にしてしまっては皓子の信頼に背くことになる。その判断と峻別ができる相手だと信じるからこそ、皓子は本音を漏らしたのだから。

「ありがとうね、つかささん。おあずけを守ってくれたお礼は、いつか必ずするから」

つかさの誠意が身にしみる。だから、皓子もその気持ちを伝えたかった。信頼できる相手にはその労をねぎらい、報いたいと思う。

「そんなことはいいんですよ、先生。私は、政治記者としてでも、働く女同士としてでもなく、人間として先生に協力したいんです。三崎皓子という政治家が、日本の高齢者を見捨てるような人間ではないと信じていますから」

つかさも賭けに出たのだ。そして、自分に大きなものを託してくれた。皓子はいま、それをはっきりと意識していた。

＊

その日の午後、皓子は総理執務室を訪れた。わざわざ極秘の通路を使ったのは、通常の廊下を行くと、官邸記者クラブ室のモニターに筒抜けになり、記者たちに感づかれるからだ。

ついに山城と対峙するときがきた。握りしめた掌に、じっとりと汗が滲んでくる。

「どうかされましたかな、三崎先生。そんな怖い顔をして」

勇んで総理執務室に踏み込んだ皓子を、山城はいつもと変わらぬ態度で迎え入れた。いや、変わらぬどころか、会心の笑みすら浮かんでいる。さすがに疲労の様子は窺えるものの、周囲を巻き込んで思い通りの手応えを得たという満足感にあふれている。

だが、もう騙されはしない。その手には乗らない。皓子は頰を引き締め、まっすぐにその顔を見据えて切り出した。

「いったいどういうことなのでしょうか。はっきりとご説明をいただきます、総理」

曖昧にはさせないし、これ以上山城のペースで進むことも許さない。そんな気持ちを込めて、皓子はさらに一歩詰め寄った。

「なんのことをおっしゃっているのかな？」

わざとらしく首を傾げ、山城はあくまでしらを切るつもりらしい。

「とぼけないでください。なにが『第二の故郷プロジェクト』ですか。体のいい姥捨山構想をぶちあげておいて、しかも全部私の発案だなんて。はいそうですかと言えるわけないでしょ」

「ああ、あのことか」

山城はやっと気づいたような顔をしてみせる。冗談じゃない、馬鹿にしないで。突き上げてくる怒りのまま、いまにも口から飛び出してきそうな暴言を皓子はかろうじて呑み込んだ。

「総理は本気なんでしょうか？　なにを意図してあんな愚かしい発表をされたのか、私にもわかるように、きちんと説明してください」

感情的にならないようにとは思うのだが、どうしても声が上ずってくる。思えばこんなふうに正面切って山城に迫るのは初めてのことだ。

「愚かしい発表？　ずいぶんな言い方ですな」

「私にはそうとしか思えませんが」

「しかしね、三崎先生。世界に先駆けて少子高齢化が進む国なのに、社会保障のレベルは絶対に下げさせない。それが国民の本音です。一方で、たっぷり貯蓄はあっても負担増は困るという。そんな身勝手な国民の声に応えるには、これしかないではありませんか。三崎先生も常々おっしゃっていたことですよ。社会保障と財政の一体改革なんて、これぐらい思いきった大鉈《おおなた》を振るわなければ、実現するわけがない」

山城はどこまでも自信たっぷりだ。だが皓子とて、退《ひ》き下がるつもりは毛頭ない。

「それこそ欺瞞です。とんでもないギミックであって」

視線を逸らすことなくきっぱりと断言した。

「これはしたり。あなたの口からそんな言葉が出るとはね。今回の構想は、安定志向のわが党とすれば過去になかった英断だ。傑出した名案だと思いますがね。これまでの政治家には、やりたくてもできなかっただけのことで……」

「いえ、総理は間違っています。臭い物に蓋をする。蓋をするだけでなく排除する。高齢者をこれまでの社会への功労者ではなく、用済みになった邪魔な存在だと決めつけています。弱者を切り捨て、他国に押しつけようとなさっている。はっきり言って短絡的で姑息な発想です。そんなやり方は政治家の努力放棄にほかなりません」

言い出したら、止まらなかった。次々と思いがあふれ、口をついて飛び出してくる。

「もしも国民に痛みを受け入れてもらい、本気で財政再建をめざす気なら、正々堂々と正面からそれを告げ、理解を得る努力をすべきです」

皓子はひたすら訴えた。心底そう信じるからである。だが、山城は動じる気配もない。

「青いんだよ、官房長官。机上の理想論はもうたくさんだ。これまでの政権を冷静に振り返ってみたまえ。議論ばかりを繰り返して、結局はなにが残った？　もっと現実を見るんだ。国民と共倒れになるか、国の将来を守るか。現実的な解決策がないと無力なままだ」

山城の言葉遣いがあきらかに変わった。さすがに圧倒的な凄さが増す。だが、だからといってここで怯《ひる》むわけにはいかなかった。

「解決策とおっしゃいますが、誰にとっての、なにを解決するかが肝心です。その点が本質的にずれていては、まさに本末転倒です。総理ご自身の溜飲を下げ、達成感を得るために、高齢者の生活を犠牲にしてもいいのでしょうか？」

京都の母や、その介護を強いられている姉たちのことを思うと、皓子にはどうしてもないがしろにできない思いがある。

「犠牲にはせんよ。むしろ、海外に出ることで、老人の生活は豊かになる」

「私は断じて反対です。だいいち、総理が本気でそう信じておられるなら、どうして官房長官の私を蚊帳の外に置かれたのですか？　それこそ、この構想がどれだけ正当性を欠いているか、総理ご自身がお気づきだからです」

皓子は食い下がり、きっぱりと言い捨てた。

「おお、そうか。君はそれが不満だったのだね。いや、ちょっと手順が逆になって、それについては失礼したかもしれんが、そのことは昨日の発表で埋め合わせはしたはずだ。君の立場もきちんと守ってあげたじゃないか。首尾よく進めば憲政史上に残る快挙だぞ。早急に有識者会議を起《た》ち上げて、実現に向けての制度作りに汗をかいてもらいたい。むろんプロジェクトチームのトップには君が就けばいいのだから」

それで文句はないだろう。手柄はやるよと言わんばかりだ。皓子に対してもいつの間にか〝君〟という呼び方に変わっている。

「わかりました」

皓子は大きく溜息を吐いた。山城には、これ以上はなにを言っても無駄らしい。

「そうですか。それはなによりだ。ではこれまでどおり、よろしく頼みますよ」

山城はすっかり笑顔に戻って言う。

「いいえ、総理がどこまでもこの構想を通そうとされるおつもりでしたら、私はどこまでも阻止するだけです」

それだけ言うと踵《きびす》を返し、カーペットを蹴立てるようにして総理執務室を出たのである。

宣戦布告だった。

皓子にとっては、山城に対する初めての抵抗であり、初めて口にする決別宣言でもあった。

捨て台詞を残し、廊下に出たところで、三人の男たちとすれ違った。秘書官に先導され、頰を紅潮させ、晴れやかな表情で歩いてくる顔ぶれを見て、皓子は唖然として足を止めた。

先頭にいるのは東都大学総合政策学部長の篠田啓祐。続いて菱井商事会長の刀根顕一、I

T業界の雄と誉れ高い竹之内幸治。先日アメリカの大学の教授職に就いたという寺川庄蔵をのぞいて、初めて山城と出会った直後、皓子を座長に集まった「経済活性化実行会議」の顔ぶれだ。山城はそれをそっくり今回の有識者会議に起用する気なのだ。座長にはもちろん篠田が就くことになるのだろう。

山城の周到な手は、すでにここまで伸びていた。いや、最初からなにもかもが計略的だった。皓子を金融特命大臣にと言ってきたあの時点から、策謀は始まっていたということだ。

「やあ三崎先生。お久し振り。あなたとまた一緒に仕事ができるなんて嬉しいですよ。山城総理とは田舎の高校が同じでね。いまだから言うが、あなたをこっそり大臣に推薦したのも実は私だった。またちょくちょくお会いすることになったが、よろしく頼みますよ」

訊いてもいないのに嬉々として語り、握手の手を伸ばしてきた老教授に罪はない。彼とても所詮は山城の駒のひとつ、皓子とまったく同じ立場なのだから。使い勝手の良い持ち駒として、部下の皓子を差し出したことに、自覚も罪の意識もまったくない。むしろ、皓子の出世に手を貸したぐらいに思っているはずだ。

人を動かし、巧妙に利用し、山城はみずからの掲げる目標に着実に近づいていく。内なる〝欲〟があればあるほど、人はその網にいとも易々と捕らえられてしまうのだ。

かくいう皓子自身がそうだった。自分では否定し、拒絶しているつもりでも、山城にはその〝欲〟を見抜かれていた。そうだ。あれを欲と言わずしてなんと呼べばいいのだろう。自分にだけは無縁と思っていたけれど、気づいたらすっかりその存在の虜になっていたことを、皓子はいまさらながらに思い出す。

とてつもなく大きな仕事を目の前に提示され、チャンスをやると言われたら、皓子は背中がぞくぞくするほど手を出してみたくなる。それも、かつて女には難しい仕事といわれ、初の女性への任命だとなれば、なんとしても逃げたくないと思うのは、皓子ならではの見栄であり、欲以外のなにものでもない。

出世欲ではない。名誉欲でもない。もちろん収入や、権力を得たいためでもない。あえて無理に名づけるなら、負けず嫌いゆえの攻略欲や、克服欲とでもいうのだろうか。自分でも気づかなかったそんな心の奥の奥までを、あの山城はすっかり見透かしていた。

そして、皓子の戸惑いと山城への激しい反発は、とりもなおさずそんな自分自身への嫌悪感に根ざしている。

皓子は唇を噛み、また一歩を踏み出した。老教授の屈託のない笑顔に返す言葉もなく、手を握り返すだけの寛容さを示すわけにもいかなくて、皓子はただ目礼をしただけで、彼らの前を通り過ぎたのである。

＊

自席に戻るあいだも、皓子の脳裏に山城の言葉が渦を巻いて、何度も蘇ってきた。

「君は私に盾突く気かね？　私と正面から闘うとでも言うのか」

ぎょろりと威嚇するような大きな目だった。

「やむをえません。大学教授時代ならまだしも、選挙を経て、私にはいま国民の負託に応える義務があります。みすみす間違っているとわかっていながら、国民を裏切る真似はできません」

皓子としては精一杯の抗弁だったが、山城は突然笑い声をあげた。

「なるほど、国民の負託か。こいつは愉快だ。いや、実に愉快だ」

そして、ひとしきり高笑いをしたあと、また真顔になって言ったのである。

「忘れたのかね。君を作ったのは私なんだよ」

「は？」

一瞬、なにを言われたのかわからなかった。

「思い出してみるといい。大臣にしてあげたのも私なら、選挙に出させて、勝たせてやったのもこの私だ。一年生になったばかりの君に組閣の席まで経験させて、政界の裏の裏まで見学させてやった。政治家三崎皓子は私の手による作品なんだよ」

返す言葉に詰まっていると、山城はまたも言う。

「日本は、いま思い切った手術が必要だ。でないと、このまま起きられずに寝ついてしまうことになる。それこそ都市型災害でも起きてみなさい、それで一巻の終わりになるかもしれん。いまのうちに大胆な手術が必要なんだ。治療法のカルテは私が書く。だから手術は君にやってもらう。そのために君を育ててきたのだから」

「で、手術に失敗したら、みんな私のせいにして、クビにするわけですね。所詮は政界に無縁だった新参者なんだから、そのときは世の中から葬ってそれで終わり。女だから使い捨てにしても問題ないとお思いなのでしょう。もちろん、この国に手術が必要だとおっしゃるのには同感です。巨額の長期債務が積み上がっていても、いまは中央銀行による大量の国債買い入れで、市場はひとまず平穏を保っています。だからこそ、異次元の金融緩和という強烈なモルヒネで痛みを先延ばしにしているうちに、思い切った外科療法も試すべきです。ただし、今回の総理の治療法は明らかに間違いです。いずれ手術が必要ならば、この三崎皓子が、自分の意志で、自分の考えに従ってメスを握ります」

皓子は高らかに宣言したのである。

＊

「そうでしたか。ついに挑戦状を叩きつけちゃったんだわ。三崎先生があの総理にね」

一語一語、確かめるように繰り返す秋本つかさの声が、嬉しげに弾んでいる。

「だって、黙っていられないでしょう。あの人たちの好きなようにはさせられないもの。ここで止めないと、この国はいつかとんでもないことになる。与党の議員数を頼みに政策が通って、一旦法律になってしまったら、もう手が出せない。どうしようもないのよ」

「彼らの狙いは明白ですものね。実際に高齢者が海外に移住してどんなに生活に困ろうと、苦労しようと、関係ないですもの」

「もっと言えば、高齢者が移住しようとしまいと、実はそれも関係ないのよね。今回のことを口実に、移住しないという選択をした高齢者からは、介護保険料を倍額取れるし、合法的に年金支給額も減らせることになる。本当はそっちのほうが狙いなの。彼らは数の力で法律を通すことを最優先してくるでしょう。だけど、実際にそれで苦しむのは国民なのだからね」

「そうか。そういうことだったのね。本当は社会保障費のカットか。やっと裏が読めてきた」

　皓子の様子を心配して家に立ち寄ったという娘の麻由が、つかさとのあいだにはいってきて、訳知り顔で小鼻を膨らませる。

「あの総理、最近なんだか顔色悪いものね。姥捨山なんて酷いことを言い出したから、人相まで悪くなってきたのかも」

「たしかにそうよね、麻由ちゃん。もっともあの総理に良心の呵責があるかどうかは疑問だけど。法律の改正というのは、政治家にはただの文章の変更にすぎない感覚だけど、その影響をもろに被ってリアルなダメージを受けるのは国民生活なの。いつの世も、どんな議案でもね」

　つかさは政治記者として、その現場を何年もそばで見てきたのである。

「こうなったら、抵抗勢力を組織することから始めなくちゃね。できるだけ味方を集めることが先決だわ。安心して、ママ。シンディにも、彼女の仲間にも声をかけて協力してもらうから」

　選挙のときの戦力になってくれたボランティアたちも仲間に引き入れようというのだ。

「あのね、ゲームじゃないのよ」

　麻由がおもしろがっているのが気になる。

「わかってるわ。でも、似たようなもんよ」

「そうよね、麻由ちゃん。政治の世界も勝つか負けるか、まさにパワーゲームだから」

　つかさの言うとおりかもしれない。

「任せてよ、ママ。きちんと国民とコミュニケーションをして、本当のことを訴えれば、世論は必ず三崎皓子に味方してくれるわ。そうだ。この前の選挙のときママが応援演説してあげて当選した全国の若い議員たちも、みんな仲間にしちゃいましょうよ」

「私もあちこち声をかけてみます。山城内閣の勝手にはさせないぞって、この際立ち上がってくれるかもしれません」

　つかさも麻由も、目を輝かせている。

「覚悟を決めて、前進あるのみね。だって……」

言いかけて、ふと頭を過《よぎ》る言葉に皓子は小さく息を継いだ。総理執務室をあとにする背中に、山城がかけてきた一言が頭から離れない。

――なあ官房長官。上に立つ者は迷ってはいかんのだ。たとえ内心迷っていても、迷いを見せたら人はついてこないぞ――

あのときは、てっきり山城自身のことを言っているのだとばかり思っていたが、いまになってみると、違ったのではと思えてならない。

「なにが言いたかったのかしら。もしかして私への助言？」

「まさか、あの総理がそんなこといま先生にするわけないでしょう。顔色が悪いのはやっぱり少しは良心が痛むせいじゃないですか？」

皓子の携帯電話が鳴ったのは、つかさがそう言って笑ったときだ。

「官房長官、緊急事態です。申し訳ありませんが、すぐに官邸までおいでください」

高木首席秘書官の逼迫した声がした。

＊

急いで官邸に向かう身支度をしながら、皓子は胸騒ぎに襲われていた。

山城の身になにかがふりかかっているらしい。それも、通常では考えられないほどの事態が。問題なのは、それがどんなことかまるでつかめないことである。

夕方、皓子が再度総理執務室を訪ねたとき、山城はすでに官邸を出ており、不在だった。だから、なにかあったとしたら官邸の外でのことになる。最近は官邸付近で抗議のデモ活動を見かけることがあるが、もしやどこかの集団の騒ぎに巻き込まれたか、あるいは攻撃を受けたとかだろうか。ただ、それならそれで皓子の耳にはいらなかったわけはない。

まさか、テロ事件でないといいのだが。

電話の向こうからの切れぎれの言葉を繋ぎ合わせ、あれこれと想像をめぐらしてみるが、高木の話はまるで要領を得なかった。あんなに取り乱した高木の声を聞くのは初めてのことだ。

「大変なんです、すぐに来てください」

あたりを憚るのか、なにを訊いてもくぐもった声で、そう繰り返すばかりだ。おまけに電波状況が悪いのか、それすらも途切れ途切れで、正常なやりとりすらままならない。極限の混乱状態で、電話口の向こうで右往左往しているらしい高木の姿が目に浮かび、皓子は一層不安や苛立ちを掻き立てられる。

「わかったわ。すぐに行きますから、とにかく落ち着いて」

なだめるようにそう言って、とるものもとりあえず、皓子は公用車に飛び乗ったのである。

もしものことを考えて、そばにいた秋本つかさには、官邸に呼び出されたとだけ伝えておいた。詳細には一切触れず、もちろん高木の狼狽振りも伏せてあった。

「古ダヌキたちが、またなにか画策しているんでしょうか？」

つかさがすかさず訊いてきたが、皓子は曖昧に首を傾げてみせたのだ。

「なんとも言えないけど、とにかく顔だけ出してくるわ。なにかあったら知らせるから」

つかさが信頼できないわけではない。むしろこういう時期だけに、彼女を裏切るような真似はしたくなかった。落胆もさせたくない。だがそうはいっても、いまはあまりに情報不足だ。

それ以上に、高木の狼狽振りが心配だった。万が一にもなにかとんでもないことが起きていて、政府にとって、あるいは国家にとって危機的状況であるとしたら、ましてやそれが、さらには不用意にメディアに漏れてしまったら、かえってかなり面倒なことになる。

それにしても、高木首席秘書官といえば、山城に二十年も付き添ってきた人間だ。野党に下った苦難の時代を経て、ついに総理大臣の地位に昇りつめるまで、彼なりに口には出せない苦労もし、みずから泥もかぶって、山城のさまざまな場面に立ち会ってきたはずである。そんな海千山千の高木が、この世の終わりのように取り乱していた。

＊

道路はかなり混んでいた。皓子の家を出て、なかなか進まない車にやきもきしながら、それでも二十分近くは経っただろうか。携帯電話にまたも高木からの連絡がはいった。

「官房長官、いまどのあたりですか」

事態がいくらか好転したのだろう。かなり落ち着いた声で、通話もクリアになっている。

「申し訳ありませんが、官邸ではなく、築地《つきじ》の聖ペテロ病院に向かっていただけませんか?」

「病院? なんでそんなところに」

と言いかけて、皓子はハッと言葉を切った。

「もしかして……」

「そうなんです。たったいま、こちらに搬送してもらいました。幸い、どこにもまだこのことは漏れていませんので、そのおつもりで」

不自然な物言いだった。搬送したとは言うものの、誰を運んだのか、どういう経緯なのかまでは口にしない。この事態がわずかでも外に漏れたら大変なことになる。そんな彼なりの配慮なのだ。それがわかるだけに、皓子もあえて訊くことはしなかった。たとえ運転手やSPしかいなくとも、しかるべき準備が整うまでは絶対に知られては困る事態というものがある。

「わかりました。とにかく向かいます」

熟練の運転手だ。行き先を変更するように告げると車は巧みに迂回して、築地の聖ペテロ病院へと方向を変えた。高木からの限られた情報を繋ぎ合わせると、山城がなんらかの事情で倒れたのは間違いない。最初の電話のときの高木の狼狽《うろた》え方から判断すると、それも相当深刻な状態なのだろう。搬送できたのだから、ひとまず小康状態のようだが、あらゆる事態を想定しておいたほうがいいのかもしれない。

最悪の場合も含めて……。

と、そう思った途端、皓子の心臓が大きな音を立て始めた。冷静にならなくては。この先には、予想外の展開が待っているだろうから。

ようやく到着した聖ペテロ病院は、隅田川を背にしてひっそりと暗闇のなかに立っていた。あたりはすっかり閑散として、昼間の喧騒を忘れさせる。周辺にはまったく人影がなく、幸い番記者たちはまだ気づいていないらしい。

病院には正門の車寄せからではなく、闇に紛れて裏口からこっそりはいることにした。高木が指示しておいたらしく、懐中電灯を手にした警備員に誘導され、裏玄関には院長の秘書だと名乗る黒いスーツの女性が待ち受けていた。案内に従ってエレベーターに乗り、着いたのは十階の特別病棟。静まり返った長い廊下をさらに行き、突き当たった一番奥の特別室には、皓子のほかにはまだ誰も着いていないようだった。

「ああ、官房長官。総理が、総理が……」

皓子の顔を見るなり、なかから高木が駆け寄ってきた。頬がこけ、目がくぼみ、心なしか白髪も増えたようで、ほんの数時間見ないあいだに、ここまでになるかと思うほど憔悴しきった顔つきである。

「官邸を出られたあたりから、ちょっとしゃべり方が変な気がしたんです。呂律《ろれつ》がまわらないほどではなかったんですが、このところ血圧が高かったので、何度もご注意申し上げていたんですよ。あのとき、なんでもっと強くお止めしなかったのかと、悔やまれて……」

奥のベッドで静かに横たわっている山城を振り返り、高木は声を詰まらせた。

「私は、総理が出ていかれたのすら知らなかったので」

「官房長官にはご連絡もせず、申し訳ありませんでした。なにせ総理は、今夜はずいぶんご機嫌でして、久々に例のところに立ち寄られ、そこで気分が悪くなられたようです。ですが、倒れられたのが某所でまだよかったんですよ。店のほうだったら大騒ぎになるところでした」

高木の言う某所というのが、山城と特別なつきあいのある料亭の女将《おかみ》だというのは以前にそれとなく聞いて、皓子も知ってはいた。どうやらその女将のマンションで倒れ、高木に連絡がはいり、極秘裏に病院まで運び込んだということのようだ。

「そうでしたか。ご苦労さまでした。で、どうなんですか、総理のご容態は」

見たところ山城は眠っているように見える。酸素吸入器や点滴に繋がれている姿は痛々しいが、顔色はむしろ官邸で見かけたときよりいいぐらいだ。だが意識はないようで、ベッドサイドモニターは規則正しい拍動を示しているが、血圧はまだ高いままだ。

「アテローム血栓性脳梗塞という診断でした。搬送されてすぐにCTを撮っていただきまして、担当医は、命だけはなんとしても助けるからと」

「そう、それはよかった」

思わず安堵の声が漏れた。心からの皓子の正直な気持ちだった。

「いま塞栓を溶かす点滴を受けていまして、明朝までには意識も戻るのではと。ただ……」

高木の口振りが急に重くなる。救急車を呼ぶのではなく、秘密裏に搬送しようとしたことがあだになった。時間がかかってしまったことで、脳の壊死《えし》した組織が回復しない可能性があるというのだ。女将から電話を受け、待機していた高木が駆けつけたのが遅れたのもいけなかった。

「ということは、つまり?」

「私の落ち度です。なんといってお詫びすればいいか。おそらくは障害が出るそうで、それも、もしかしたら重篤なものになりそうだと」

肩を落とし、うなだれて、高木は空気の抜けた風船のようにしおれている。

「脳梗塞って、半身に麻痺を生じたりするって聞いたことがあるけど」

「それだけならまだいいのですが、言語障害とか失語症のおそれがあるそうなんです」

しゃべれなくなるのは、政治家としては致命的だと言いたいのだろう。

「ここまできて、こんなことになるなんて、私はなんとお詫びすればいいのか。だからいつも口を酸っぱくして、あんなに言ってたんですよ。それなのに、それなのに……」

職務続行は無理。再起不能という言葉を、嚙みしめるように繰り返し、高木は髪を掻きむしった。

「このことはまだ誰にも知らせていないのね？」

嘆いたり狼狽えたりするばかりではいられない。

「はい。まずは官房長官にご相談をと思いまして。どちらにせよ、総理はしばらく入院が必要だろうと思いましたので」

「ありがとう。よく知らせてくださったわ。高木さんは総理のそばにいてあげて。ご家族への連絡も頼むわ。私はすぐ官邸に戻る。いまから閣僚を全員招集します。その連絡もよろしく」

皓子は毅然と顔をあげ、次々と指示を出していったのである。

＊

――内閣総理大臣に事故のあるとき、又は内閣総理大臣が欠けたときは、その予め指定する国務大臣が、臨時に、内閣総理大臣の職務を行う――

なんらかの事故や死亡などにより、総理が職務を遂行できないときの対処法は〝内閣法第九条〟に規定されている。内閣総理大臣臨時代理は通常五名で、総理大臣による組閣の時点であらかじめ定められる。五名にはそれぞれ順位があり、その第一次の臨時代理を官房長官の三崎皓子としたのは、ほかならぬ山城本人だった。

総理大臣臨時代理としていち早く官邸で待機していた皓子の前に、緊急連絡を受けた閣僚たちが次々とやってきた。なかには酒宴から呼び戻されたのだろう、酒臭い息をふりまいている者もいる。みな一様に驚きを見せてはいるが、口で言うほどには本気で山城の身体を心配している様子はない。

彼らの最大の関心事はすでにこのあとに移っているからだ。つまりは、次期総理大臣のポストと、その組閣人事なのである。

「いやあ、びっくりしましたな。官房長官も大変でしたでしょう。ご苦労さまです」

皓子を労う声があちこちからあがった。閣内の空気はまさに一変した。昨日、山城が画策した一連の姨捨山構想など、誰一人として蒸し返す者はいない。動揺はともかくとして、少しは暗く、神妙になるかと思っていたのだが、これではまるで祭りのような雰囲気ではないか。

「しかし脳梗塞とは怖いですな。山城さんといえばなにせあのガタイでしょ。殺しても死なない人だと思っていたけどなあ」

そんな不謹慎な言葉も聞こえてくる。山城は政治生命は絶たれたが、死んだわけではないのに。皓子は背筋が寒くなる思いだった。

だが、山城内閣は、総理大臣である山城泰三が組閣したものだ。その彼が欠けるのだから山城内閣そのものが立ち行かなくなる。

いまは国会の会期中だが、総理不在の事態となれば国会運営は困難になる。数多ある審議中の議案もここですべて中断だ。新しい総理大臣を決めることが、あらゆる案件に最優先される。そうした政界のルールを知っているからこそ、みなが手のひらを返したようになっているのだ。

わかってはいたのだが、ここまであからさまになれるものかと、あきれるばかりだ。ただ、それも堂々と見せつけられると、逆に闘志が湧いてくるというものだ。油断してはいけない。流れに乗ずる気もないし、なにより大事なものを見失ってもいけない。

皓子は背筋を伸ばし、気を引き締めた。

こういうときだからこそ、自分がなすべきことに徹するのだ。山城が倒れたどさくさに紛れて、間違ってもあの姨捨山構想のように、この国がとんでもない方向に進むことがないよう、いまこそ踏ん張らなければならない。

高い支持率を背景に、明正党に君臨してきた山城の存在は、それはそれで異分子の台頭を抑え、党内に絶妙なバランスを生んでいた。だが、肝心のその山城が、不本意ではあろうがみずから席を明け渡してしまった。

そうなると、途端に次の勝馬に乗ろうとする閣僚たちが、露骨なまでのポスト争奪戦をスタートさせる。その前に、我こそはその勝馬にならんと躍起になる者が、閣外の党員たちからもこのあと続々と出てくるはずだ。

夜を徹して、煌々と明かりのついた官邸の閣議室で、口々に私語を交わしている閣僚たちを睨みつけ、皓子はおもむろに口を開いた。もはや新米官房長官ではない。山城の不在中、新内閣発足までのあいだは、総理大臣臨時代理として政府の運営を一身に背負う立場だ。

「お静かに願います！」

ざわついていた部屋が、一瞬静まり返った。好奇の視線が自分に向けて集中する。皓子はそれらを強く撥ねつけるように見据え、高らかに告げたのである。

「山城内閣は、明日総辞職します」

このうえは、空白期間を最小限に抑えること。ポスト争いに費やす無用なエネルギーを極限まで減らすこと。審議中の国会案件を多く抱えるなか、一刻も早く総理大臣指名選挙に持ち込むことだ。もちろん国民の不審を招かぬよう、透明性を確保した総裁選びが条件である。

＊

翌朝から、メディアの対応に追われる日々が始まった。山城総理の病状説明にはさまざまな憶測が飛び、質問が殺到したが、総理大臣代理として皓子はすべての陣頭指揮を執った。同盟国をはじめ海外の首脳陣への対応にはとくに心を砕いた。山城がいないと、途端に明正党の古参たちが口を挟んでくるのには辟易した。

「評判いいですよ、先生。党の支持率もアップです。今回のことで、三崎総理を望む声があちこちであがっています。手際の良さに抜群の信頼感があるんですって。総裁選挙には当然出馬されますよね。私たち全力で応援しますから」

秋本つかさが声を弾ませながら訪ねてきた。

＊

もはや躊躇している時間などない。党内だけで済む混乱ならまだしも、政府の混乱は国の混乱を意味し、無用な停滞を招く。ましてや国際社会に向けて不用意な誤解を招くことだけは、身体を張ってでも避けなければならなかった。

総理大臣臨時代理として、あるいは政府の現状《いま》を伝える官房長官《スポークスマン》として、抱えきれないほどの職務をなんとかこなして官邸を出ると、皓子は公用車の後部座席にぐったりと身体を預けた。

急に睡魔が襲ってくる。息つく間もない長い一日だった。肩や腰の痛みが酷いのは、ずっと緊張が途切れなかったからだろう。

議員仲間に強く推され、雪崩《なだれ》に巻き込まれるようにして、とうとう明正党の総裁選挙に出馬することになってしまった。ただこれまでとあきらかに違うのは、今回こそは正真正銘、皓子自身の明確な意志による立候補ということだ。

山城が倒れたいま、もはやなにかを強要されることもなく、操ろうとする人もいなくなった。このうえは、引き継ぎさえ済ませれば、こんな世界から解放されることもできる。大学に戻り、穏やかで自由な研究生活を送ることも不可能ではない。それなのにいま、あえてみずから渦中に飛び込んで、総裁を目指そうと心から願う自分自身が、不思議にも思える。

そういえば人生初の選挙のとき、有無を言わさぬ強引さで京都から参議院議員に立候補しろと言い渡されたあのとき、皓子は引き受けるかわりにと不遜にも山城に条件を出したものだった。もしも当選したら、社会保障と財政の一体改革をやらせてほしいと迫ったのを思い出す。

そばで聞いた小関が、厚かましくも厚労大臣か財務大臣になりたいのかと、あきれ果てた顔をしていた。だが、実際には一足飛びに官房長官に指名され、行政の全般を学べる地位に就かされた。

山城がなにを画策していたのかはわからないが、総裁選に名乗りをあげることを決めたいま、自分がいかに最短距離を歩んできたかにあらためて気づかされる。倒れる直前の山城が、政治家三崎皓子を作ったのは自分だと言っていたが、その言葉に激しい嫌悪感を覚えたのは、それが一面の真理であったからかもしれない。

だからといって、山城の手足になるつもりなどなかった。皓子の政治家としてのキャリアは、むしろ当惑と反発の足跡のようなものだ。山城と初めて出会った日から今日に至るまで、彼の意志によって自分の歩む道が決められてしまうことに強い違和感を覚え、抗い続けてきた抵抗の日々と言えるのではないか。

特命大臣、参議院選挙、官房長官、そしていままた総裁選挙と、思いがけなく開いていくいくつもの扉。そのつど足を竦ませながら、迷いそして悩み、それでも歩みを止めずに、乗り越えているうち、自分のなかに少しずつ、だが確実に育ってきたこの国へのピュアな思いがある。自分のなかからほとばしるようなそんな熱いものが、いまは限りなく愛おしい。

＊

山城の後継者として、明正党総裁を選ぶにあたっては、複数の意見が激しく衝突した。

「当の山城総理はどうお考えなのでしょうか？」

「どう考えるもなにも、まともな会話ができる状態ではありません」

言語障害は予想以上に深刻だった。ならばと経費や時間の節約を優先させ、両院議員総会での選挙にすべきという声がまずあがった。

「まさに非常時なんです。時間も選挙費用ももったいない。ましてや、むやみに党を割るような行為も、いまは厳に慎むべきでしょう」

「そうだ。候補者も最小限に絞り、両院議員総会の挙手で決めてもいいのではないですか」

それなりに説得力があり、賛同者も少なくなかったが、大向こうから声があがった。

「いや、そんなことは断じていかん。透明性が担保されない。それでは国民は納得せんぞ。せっかくわが党の支持率があがっとるのに、またも政治への不信感を招いてしまう」

その高い支持率と党への信頼は、いったい誰が頑張っているからだと言いたいところだが、皓子はぐっと堪えて呑み込んだ。

「曽根崎さんの言うとおりだ。節約も結構だが、時間や金を惜しんで大事なものを失ってはなんにもならん。全国の党員の手で、堂々と選挙をやって決めるのがよろしかろう。この際、例の山城構想の信を問う選挙と位置づけよう」

山城がいたときは、互いにいがみあっていたはずの曽根崎、前田、藤堂といった党の古参の三人が、妙に結託して異議を唱え始めたのである。山城の手で骨抜きにされたそれぞれの派閥の復活を賭けて、水面下の駆け引きや候補者を擁立する準備がすでに始まっている。

「しかし、次のサミットまではあと一ヵ月もないのですよ。まさか、日本は総理大臣不在につき欠席、なんていうわけにはいかないでしょう。選挙なんかやっている暇などありません」

互いに一歩も譲らぬ白熱した議論が続いたものの、結局は曽根崎たちの意見が通り、全国の党員も含めた投票を実施するという結論に達した。告示は二日後。全国各地での街頭演説会や、日本外国特派員協会での合同記者会見、さらには公開討論会までも行なうという。そして即刻、熾烈な選挙戦に突入したのである。

＊

「山城さんが元気なときは、いくらでも押さえ込むことができた古ダヌキたちですけど、このところ妙に元気になっちゃいましたよね」

つかさの物言いは、相変わらず手厳しい。

「まずは推薦人を早急に集めないとね。誰につくのが有利か、みんな躍起になっているから、獲得競争は手強いわよ。はたして二日間でそこまで集まるかしら」

二十人の国会議員が推薦人として名を連ねてくれないと、総裁選への立候補はできない。可能性のありそうな顔ぶれをざっと思い浮かべながら、皓子は言った。

「いままでで十二人が手を挙げてくれたけど」

一人ずつ名前をあげていくのを、娘の麻由がリストに書き込んでいく。総理大臣臨時代理として、あるいは官房長官として、どんな難局にも全力で立ち向かい、がむしゃらにぶつかっていく皓子の姿に打たれ、初の女性総理を目指せと、強く出馬を支持してくれた仲間がいた。

衆参両院を含め女性議員が七人、男性議員が五人。彼らの存在がなければ、皓子が出馬の意志を固めることはなかった。皓子が心を決めたとき、快哉《かいさい》を叫んで協力を誓ってくれた十二人である。すぐさま応援に集まってくれた仲間たちの存在は、涙が出るほど嬉しかった。

みな、あの姥捨山構想に異を唱える議員たちだが、はたしてこのあとも態度を変えず、正式に皓子の推薦人として全員が名乗りをあげてくれるだろうか。信じたい気持ちはあるが、彼らにもそれぞれ背負っている地元があり、支持者がいる。このあとどんなしがらみで、不本意ながらも別の候補者に寝返ったりするかもしれず、最後の最後までわからない。

だからといって、総裁になったあかつきには大臣に起用するなどと、見え透いた餌で釣るような真似はできないし、したくもない。それで駄目なら潔く退き下がるだけだ。

「私の理念と熱意に共鳴してくれて、この国のために、私と一緒に信念を貫こうという人にだけ、推薦人になってもらいたいの。青臭いと言われるだろうけど」

自分が信じるようにやる。だから皓子の真の力が試される。そんな自覚は高まるばかりだ。

「そこが三崎先生のいいところですよ。僕らはもうこれまでの政界にうんざりしている。だからこそ、あなたを担ぎあげるんです。あと残り八人。頑張ってこの輪を拡げないとね」

そんな議員仲間の声は心強かった。だが、総理としての皓子の資質を認めてもらい、いかにして票を獲得するか、皓子が乗り越えなければならないハードルは溜息が出るほど高い。

思えば、官房長官に就任した直後から、閣僚たちはもちろんのこと、できるだけ多くの明正党の議員たちと個別の面談を開き、良好な関係を築くことに努めてきた。

それもこれも、ひとえに官房長官の職務をやりやすくするためだと考え、さまざまな場面を利用してコンタクトをしてきたのだ。一見無駄にも思え、徒労に感じられたときももちろんあった。それでも、公私ともにできる限りの行事や会合に顔を出してきたのである。可能な限り相手との時間を共有し、胸襟を開いて意見交換もしてきた。官房長官としての職務を思うがゆえに、各省庁の内部事情にも人一倍関心を寄せた。大臣であれ、それに次ぐ副大臣や大臣政務官であれ、年齢や立場に関係なく、若い声にも真摯に耳を傾けてきた。

そうしたことも、すべては山城からの助言で実行したことだったのが思い出される。

いいかな、三崎先生。あなたには失うものはない。面と向かってそう言われたときはカチンときた。私にだって守るべきものはある。大学教授の職を抛《なげう》って大臣になった。娘には反抗され非難され、認知症の母にも背を向けて、面倒を姉に押しつけてまで、こんな職務に就かされているのは誰のせいだとも言いたかった。

だが、あのとき山城は続けて言った。だから、失敗なんか怖がらなくてもよい。大切にすべきは確たる人脈だ。なにか不測のことがあっても、あなたが声をかけたらすぐに集まってくれる人間を、議員のなかに最低二十人は作っておくことだと。

それがまさかこんなところで生きてくるとは想像もしていなかった。

山城はことあるごとに皓子に諭した。いや、実際には、口に出して教えるわけではなく、むしろ二人はぶつかってばかりいたのかもしれない。だが、その時々の山城の言葉から、あるいはそれに反発して湧きあがってきた皓子自身の思いから、政治家として自分が育てられていたのをいまになって実感する。政治の原点は信義に尽きるのだと。いくら政策が共通していようが、理念や持論が似ていようが、そんなものは二の次だ。政治家に必要なのは純粋な志と信義。それがない者はおのずと消える。山城は口癖のようにそう繰り返していた。

病に倒れ、まともな意思の疎通ができなくなってから、かえって山城とのこれまでのやりとりが鮮明に蘇ってくる。

*

「大丈夫ですよ、先生」

つかさの声で、皓子は現実に引き戻された。

「先生が思っておられるより、ずっと先生の味方は多いんですから」

「ありがとう。そうだといいんだけど」

「本当よ、ママ。前回のネット選挙のあと、シンディの活動のお蔭もあって全国に新しい明正党員がかなり増えているの。若年層にも政治への関心が高まっていることは知っているでしょうけど、それは若い人ほど将来の不安を抱えているからよ。だからこそ、わかりやすい政策を打ち立てて、バリバリ実行する三崎皓子のファンなんだし、それだけ期待もしている。古ダヌキなんか徹底的に無視して、むしろそういう若い力を取り込んだら楽勝だって思うわ」

近頃の麻由は、つかさの助手のように思い込んでいるふしがある。

「それがね、単純にはいかないのよ麻由ちゃん。党内の総裁公選規程というのがあってね。選挙の前年と前々年の党費や会費を二年以上連続して納めていないと、投票する権利がないから」

「え、そうなんですか、秋本さん。だったら、三崎皓子を支持して新しく党員になった人は投票すらできないってこと？　せっかくの若い人の声が政治に反映されなくなっちゃうよ」

麻由は許せないとばかり小鼻を膨らませる。

「めげない、めげない。世の中、打ち砕いていくべき岩盤だらけよ。でもひとつずつこなさないとね。一部の人間だけが既得権にあぐらをかいているこの国の規制についても、訴えていくわ。麻由もそういうの得意だったでしょ？」

「わかったわ、ママ。三崎皓子は前進あるのみね。私たちには失くすものはないんだから」

麻由にまでそう言われると、皓子は苦笑するしかなかった。

「そうね。笑う人には、笑わせておけばいい。そもそも、こんなに浅い経験で、総裁選に臨むことだけでも充分無謀なんですもの」

「それを百も二百も承知で、果敢に出馬するのが、三崎皓子という女性なんですから！」

つかさが拳をあげて、頼もしく言った。

*

その夜遅く、風呂からあがってきた皓子に、麻由が声をかけてきたときは驚いた。

「ねえ、ママ。これ知ってた？　本を借りようと思ってママの書棚を探していて、見つけちゃったんだけど」

見覚えのある父の黒い革表紙のノートを手にしている。

「見直しちゃったわ。おじいちゃまって、あの時代なのになかなかいいこと書いてるのよ」

「よしなさい。人の日記を読むなんて」

京都から持ち帰ったが、存在も忘れていた。

「ママはずっと毛嫌いしてきたのよね。そのくせいまや同じ道を歩いている。どっぷりと政治の世界にはまりこんでいるもんね。私とまったく同じだわ。でね、ここを見てよ、ねえここ」

ページを開いて指さしたところに、褪めた青いインクの懐かしい父の文字があった。

――思索の人として行動し、
行動の人として思索せよ――

「これ、ベルクソンじゃない。若いころから私が大好きだった言葉とまったく同じ……」

皓子自身が大学時代のノートの裏表紙に、好んで書いたのもまさにこの言葉だった。あの父にこんな面があったのか。長年拒み続けた父が、急に身近に感じられてくる。

「へえ、やっぱり父娘なのね。おじいちゃまも腐敗した政治の世界に一石を投じたくて立候補したって書いてある。同じDNAなんだね。それより、見てほしいのはこれなのよ。ここに書いてある山城泰三って、まさか、あの倒れた山城総理のことじゃないわよね。選挙運動中に下劣な怪文書をばらまかれた、許せないって、怒って書きなぐってあるけど。この日付、おじいちゃまが倒れる二日前じゃない？」

＊

山城に確かめる術《すべ》もないまま、全国行脚が始まった。皓子は訴えた。国内経済の確固たる回復に全力を注ぐと。それは外交力強化、国際社会との良好な関係構築と無縁ではないとも。

「政治には両面が必要なのです。ベルリンの壁が崩壊し、米露の冷戦構造が終焉して、軍事的脅威がなくなったからこそ世界経済に繁栄がもたらされた。それまで国防費や軍事的な技術革新に向かっていたヒト・モノ・カネが民間に転用され、経済基盤が活性化されたことを忘れてはいけません。正しいお金の流れを作ることです。高齢化による社会保障費と財政再建も、二面的な対策が必要です。岩盤規制に切り込んで、根本の人口構造の改善に取り組むこと。高齢者と若者の共存と協力。両者の幸せを目指す。これが日本再生の最後のチャンスです！」

手応えはある。どこへ行っても確かな反応が返ってくる。皓子はひしひしと感じていた。

*

立候補者は皓子を入れて五人。合同記者会見を皮切りに、まずは有楽町の街頭で演説会。翌日からは長野、名古屋、神戸、沖縄と駆け足でまわり、岩手に飛んで、宮城、福島、山梨、千葉、北海道を経て、投開票前日の最後の街頭演説会のため新宿へ。まさに高速回転の行程だ。

日を追うごとにさまざまな憶測が飛び交ったが、皓子はそんなものには目もくれず、徹底して高齢者切り捨ての政策に異を唱え続けた。山城が打ち出した「姨捨山構想」はまやかしだ。短絡的な「逃げ」の発想でしかない。自分とは完全に無縁であるし、むしろ真っ向から阻止していくことも毅然と訴えた。

——日本の潜在成長力を現実的に、そして謙虚に認識することが必要です。そしてそれをしっかりと高めることが大切なのです。一九八〇年代、日本の潜在成長率は四パーセントのレベルでした。ところが、いまや〇・七パーセント。日銀の試算だと〇・二パーセントという低さです。先進国の低成長は時代の趨勢だと言い訳して、長期化することに甘んじていてはいけないのです。産業の構造を変え、成長の天井をいかにあげるか。それはいまの私たちの行動にかかっています。たとえ時間がかかっても、逃げずにいま正面から取り組まなければなりません――

皓子は声のトーンをあげていく。夢を捨ててはいけない。歩みを止めてはいけないのだ。意を尽くし、真摯に訴えていくほかなかった。

――生産年齢人口の急激な低下に歯止めをかけること。そのためには、高い技能を備えた外国人労働者の招致も必要です。若者だけでなく、高齢者と女性たちに、もっと社会参加をしてもらう。それに向けて、彼ら、彼女らが社会参加しやすい環境作りを急がなければなりません。詰まっているパイプの大掃除。これが規制緩和です。新しいお金の流れを作る。これが税制改革です――

皓子はわかりやすい言葉や表現を使って述べた。具体的な実現への道筋も、時間軸と達成目標を、数字を掲げて説明した。聴衆がうなずくのが見える。彼らに広く、深く、皓子の言葉が確実に浸透していくのが肌で感じられる。そのあまりの手応えに、身体が震え出してくるぐらいだった。

――高い技術力を誇る日本ですが、その割に海外企業に較べて、日本の製造業の収益効率は残念ながら低いままです。これではいくら金融政策で援護射撃をしても、賃金アップは望めません。むしろ、これ以上小手先の金融緩和に依存していたら、後々とんでもないツケがまわってきます。その副作用が国民生活を直撃します――

大きく息を継ぎ、心を込めてさらに訴える。

――大切なのは、高齢化、少子化を前向きにとらえる経済の確立です。世界に先駆けて進む高齢化なら、そこで獲得し、蓄積したノウハウは、今後高齢化が進む世界の先進国に売っていけるでしょう。少子高齢化をマイナスではなく、プラスにできる政策を――

皓子はますます確信が湧いていた。このすべてを実践する道が、いま自分にははっきりと見えている。

――資本ストックを活用するのです。日本にはまだ資産が眠っています。国有地、政府保有株、世界トップレベルの外貨準備。若者の若者による国づくりもあっていいではありませんか。若者にチャンスを増やす。若者が起業しやすい環境作り。イノヴェイティヴな発想を支援する財界、行政、トップ外交。経済が潤えば、その原資が増えてきます。お金の流れをよくすれば、社会の隅々の日の当たらないところにまでまわせます。その道筋をしっかりとつけるのが、われわれ政治家の使命です――

語りながら、皓子は思った。いつか、この手でそれをやり遂げなければならないと。これは公約なのだ。三崎皓子と国民との固い約束である。もしも、信じて託してくれるなら、絶対に実現してみせる。いつか必ずやってみせる。

生まれて初めて、皓子は、そんな思いに満たされていくのを感じていた。

どの会場でも、皓子が演説を始めると、雑音が消えた。それだけ深く、皓子の言葉に聞き入ってくれているのを肌で感じる。力強くうなずき返してくれる人もいる。

この一体感はどこからくるのだろう。聴衆の様子を見ていると、もはや、選挙の結果など皓子にはどうでもいいとすら思えてきた。それよりも、志を同じくする仲間たちの存在が、はっきりと見えてきた気がしたのである。

それは大きな収穫であった。そんな彼らと、いまは腹を割って本音で語り合いたい。立場を超えて一緒に考え、行動していきたいという衝動が湧いてくる。

＊

メディアの下馬評によると、選挙戦開始直後から頭ひとつ分飛び出し、最有力と目されているのは前幹事長の小関。次は、曽根崎の派閥を背景に天海が追っている。三位争いをしているのが元官房長官の田崎と皓子で、あとは、ゾンビと揶揄される古老の一人、藤堂の後ろ盾で立候補した野尻が場外から後に続く構図だ。

もっとも、次期総裁は小関になると水面下ですでに決まっていて、当然ながら内閣総理大臣もあの白髪頭の小関だというのである。ただし、はいそうですかと単純にはいかないので、そこはそれ、国民に向けて透明感を演出するため、出来レースの総裁選を演じているだけだと、まことしやかに語られている。

とはいえ、地方をまわるのも候補者五人一緒。テレビ討論会でも常に行動をともにするわけで、選挙カーでの街頭演説にいたっては、わざとらしく五人で手をつないでみせたり、笑顔を作ったりする。それればかりが大きく報道されるものの、肝心の候補者同士の理念の違いなどはほとんど注目されることもない。

「こんなことでいいのかしらね」

テレビのニュース番組で流れる五人の作り笑顔を見ながら、麻由は失望しきった声を漏らした。選挙期間中は皓子もほとんど留守がちで、その間の家族の世話も兼ねて、麻由はマンションを引き払い、実家に舞い戻っていた。

「いいわけないでしょ。でもこれが現実なの。だから嫌でも目を逸らさず、しっかり見ておきなさいよ、麻由ちゃん。いい勉強になるから」

つかさは真顔で告げるのだった。

＊

投開票日はあっという間にやってきた。

党本部の大会場に集まった衆参両院の議員たちは、名前の順に席に着き、ゆとりの表情で談笑しながら、選挙の行方を見守っている。

まずはいわゆる地方票。地方の明正党党員による投票の結果が発表されたが、おおかたの予想通り、百四十一票中の九割、百二十七票を獲得して、小関が圧倒的な勝利をものにした。

比例配分によるため皓子は一票も獲得できなかったのだが、四十七都道府県のうち四十五もの地域において堂々の二位。このあたりから会場が揺れ始める。

「しかしな、二番は所詮二番に過ぎんのだよ。一番にならないと意味がない」

どこかから聞こえよがしの声がする。

「いや、案外凄いことかもしれんぞ。恐るべし三崎皓子っていうところかもな」

どんな声にも表情を変えることなく、皓子は平然と座っていた。驚いていたのは、もちろん誰よりも皓子自身である。一歩及ばなかったとはいえ、ほぼ全国で高い支持を得られたということは、皓子にとって間違いなく自信になる。

やがて議員たちによる投票が始まった。一人ずつ壇上に向かい票を投じる姿を見ていると、時計の針が止まってしまったのではないかと思うほど、時間の流れが遅く感じられる。

長い休憩時間を挟んで、厳正な集計作業が終わった。ついに開票の時を迎えたのだ。静まり返った会場が固唾を呑んで見守った議員投票の結果は、発表直前に壇上がざわつき始め、予想外の結果であることが想像された。

「どうした、なにが起きたんだ」

会場のあちこちから、囁く声が漏れる。

「みなさん、ご静粛に願います」

それを制して、発表された数字は、なんと小関と皓子の獲得数が百十八票の同数だったのである。それとわかると、さきほどからの囁きは驚きの声となって拡がり、期せずして拍手と歓声に変わっていったのである。

「ここに地方票が加算されるので、明正党第二十五代総裁は小関嗣朗君に決定いたしました」

白髪の小関がすかさず席から立ち上がり、一礼すると、一瞬不自然な沈黙が広がった。ややあって、思い出したような拍手が湧く。

この総裁選の模様が各局のテレビ・ニュースで大々的に取り上げられたのは言うまでもない。そのつど、晴れて明正党総裁となることが決まった小関の喜ぶ顔よりも、皓子の毅然とした姿のほうが繰り返し大写しになったことも、かつてなかった光景である。新聞各紙も競ってこの結果を取り上げた。ほぼ全国の地方票で、皓子が僅差で二位を独占したこと、議員票では小関と互角だった皓子の手腕に、より大きなページを割いたのである。

＊

総裁選を終え、興奮のうちに帰宅した皓子を、夫の伸明が玄関で待っていてくれた。

「頑張ったな。お疲れさまでした」

「内心ドキッとしたでしょ？　まさか小関さんと同数なんて、誰も予想していなかったもの」

「あと少しだったのに、惜しかったね」

「本当にそう思ってる？　落ちてホッとしたって顔に書いてあるわよ。図星じゃない？」

間違っても総裁になったりしたら、ますます多忙を極め、家族に迷惑をかける。そう思って皓子がいじわるな質問をしたのである。だが伸明は苦笑しながらも、きっぱりと首を振る。

「君ががっかりしているのはよくわかってるよ。それに、なにもここで退き下がることはない。心配するな。この先どんなことになっても、私は君への協力を惜しまないから」

「ありがとう。でもいいの。安心して、これでもう官房長官も終わりだから。それにしても、どうしたのよこの荷物」

玄関先にいくつもの巨大な段ボール箱や紙包みが並んでいて、廊下を塞いでいる。

「ああ、私の留守中に、業者が間違ってこっちに運んだんだよ。あとで慧に手伝わせてアトリエのほうに持っていくから」

中味は大判のキャンバスや画材で、大量に注文したのが届いたらしい。

「また、お弟子さんが増えたのね」

「違うよ。生徒さんがこんな大きなキャンバスは使わないさ」

「ということは、もしかしてあなた……」

「お父さん、ついにやる気になったんだよ。京都の画廊の個展を引き受けたんだ」

息子の慧が顔を出して誇らしげに言う。

「今回の山城さんを見ていて、なんだか焦りを覚えてね。ぐずぐずしているうちに、私もああなったらきっと後悔するだろうと思ってさ。生涯に一作ぐらい満足な作品を残しておきたいしね。また挑戦する気になったんだ」

照れたように伸明が笑う。

「僕だって、今回のママを見ていて決めたよ。姉貴になんて負けてらんないからね」

「麻由に負けないって、どういうこと？」

「こいつ、大学で公共経済学と政策研究の講座を取ることに決めたんだそうだ。麻由ちゃんが、政策秘書を目指して国家試験のための勉強を始めたのに刺激されたらしくてね」

どれも初めて聞くことばかりだ。

「え、麻由が？」

「聞いてないの？　君のためじゃなくて、独立して有能な政治秘書になるんだって。政策立案にも関われるようになりたいって言ってたぞ」

つかさの影響もあるのだろう。職務優先で、留守にせざるをえないことに心を痛め、いつも後ろ髪を引かれるように出かけていたが、みなそれぞれの道を大切にしてくれている。皓子にはそれがなにより救われる思いだった。

「よかったわ。今度こそ、私がみんなを支える番ね。これからは少しは暇になると思うから」

「どうかな、ママが暇な仕事に満足するなんて、絶対に信じらんないよ」

慧がいたずらっぽい目でこちらを睨む。

長い間、家族には不自由な思いをさせてきた。だが、母親として、いや一人の人間として、職務をまっとうする背中を臆せず見せることで、伝えられたものがあったということだろう。近いうちに京都へも顔を出すつもりだ。母のことについては、逃げずに姉ともじっくり相談をしていこう。どれもあきらめたくはないからだ。できる限り欲張って生きていきたい。そんな生き方しかできないのなら、思う存分、精一杯やるだけだ。皓子はそう考えていた。

＊

だが、皓子のそんな予想は、見事にはずれることになる。前代未聞の出来事は、総裁選だけでは終わらなかったのだ。

明正党の新総裁が決まり、小関陣営は祝勝気分に沸いた。党の古参の三人がたびたびメディアに顔を出すようになり、もはや誰一人として、山城前総理のことを口にする者はいない。時代を逆行させるような印象はあったが、その勢いを借りて、一気に総理大臣を決める過程に突入する。いわゆる首班指名選挙、つまりは衆参両院の国会において、総理大臣を決める指名選挙を行なうのである。

議員票の獲得数を皓子と分け合ったことで、小関や彼の支持者たちが受けた衝撃は、想像を超えるものがあったらしい。さっそく水面下での動きが始まったようだが、皓子はすでに今回の戦線からは離脱したつもりでいた。与党である明正党の新総裁が次の内閣総理大臣になるのはごく当然のことだからだ。時期を待って、出直すことを、なにも恥じることはない。

議場に向かう廊下で、政治記者然としたつかさからマイクを向けられ、皓子は答えた。

「私を支持してくださった方が思いのほか多く、正直驚くと同時に、あらためて責任を強く感じております。総理という立場に固執するつもりはまったくありませんが、私自身に託していただいたものをしっかりと受け止め、応えていかなければならないと自戒しております」

「総理は目指さないんですか？」

素知らぬ顔で、つかさはさらに訊いてくる。これだ。これが秋本つかさの真骨頂だ。初めて会ったときはずいぶん反目し合ったものだが、いまは心から信頼できる同志でもある。

「いえ。そうは言いません。ただ、総理になってもならなくても、いまなすべきこと、いましかできないことが間違いなくあります。一議員として、信念を貫いて、私はどんなときも変わらず全力で、ベストを尽くします」

皓子はきっぱりと答えた。晴れやかで清々しい気分だ。すべてをさらけ出して悔いはない。

やがて予定どおり投票が始まった。指名選挙は記名投票だ。明正党の党員はすでに総裁に決まった小関に投票するのだろうし、野党議員はそれぞれの党首を指名するのが通例だ。まずは衆議院で結果が出て、そのあと参議院でも同じ投票が行なわれる。

「参議院で別の結果が出た場合は、両院協議会というのを開くの。そこで出席者の三分の二超の得票者が出なかったら、衆議院の優越となるのよ。衆議院での結果が採用される」

つかさの説明を受けながら、麻由はテレビ中継の画面を食い入るように見つめていた。

次の瞬間だった。

「え、嘘！」

議長の発表につかさが大声で叫び、麻由は慌てて画面の隅に出た数字を見た。

「驚いた、見てよ麻由ちゃん。野党が一斉に三崎先生に投票したんだ。こんなことってあるのね。野党まで三崎皓子の支持にまわったわ」

「どうしよう、ママが総理大臣になった！」

議場のすぐ外で、周囲から握手攻めに遭っている皓子が大写しになる。続いてカメラが議場内に変わり、対照的にぽかんと口を開けている小関の顔が映った。すぐにまたもとに戻り、皓子が深々と頭を下げている姿がアップになる。

議場は騒然となった。だが、もっと騒いでいたのが議場の外の廊下だった。記者たちまでが沸き立ち、飛び上がり、小走りに行き交っている。二人も扉に向かって走り出した。

「やったね、麻由ちゃん。ついにこの日がきたのよ。日本にも女性総理大臣の誕生よ！」

繰り返すつかさの目に光るものがある。麻由も走りながら、何度もうなずいた。

衆議院での結果を受け、参議院の首班指名ではさらに皓子の得票が伸びることになった。

「とうとうパンドラの箱を開けてしまったわ」

　怒濤のような数日を経て、久し振りに二人が顔を合わせたときには、皓子は内閣総理大臣に、そして矢木沢峻はテレビ・ジャパンの新社長という立場になっていた。

「君は、いつもそうしてきたよ。昔からちっとも変わらない」

　矢木沢はこともなげに言うのだ。

「私が無理やりこじ開けたわけじゃないの。いつもそうなってしまうのよ。いくら押してもどうしても開かない扉が、向こうから自然に開いてしまう。だから、私は一歩前に踏み出していくしかないの。今回もまさにそうだった」

　後ろを振り返っている暇はないし、そんな趣味もない。このうえは、ひたすら前だけを見て進むしかないと、皓子はいま心から思う。

「しかし、びっくりだったよな。野党まで味方につけて、まさか君が総理大臣になるとは思っていなかったからさ。あのとき、山城の親父から折り入って頼みがあると言われたときは、彼は次期総理候補の立場だった。もっとも僕にも下心があったからね。もちろん二つ返事で引き受けたさ」

「でも、あなたはやっぱりずるかった。山城さんが昔の父を知っていたなんて、私には一言も言ってくれなかったじゃない」

「男と男の約束だからね。それに、口が固くないと、テレビ局なんて務まらない」

矢木沢は平然と言ってのける。駄目だ、と皓子は思った。なにを言っても、通用する相手ではない。そのせいで皓子がどんな目に遭ったか、どんなに迷い、悩み、苦しんできたかなど、この男は微塵も思いが及ばないのだろう。

いや、それこそが皓子のためになったと、彼特有の思い込みと価値観で、いまも信じ切っているに違いない。

たしかに優しい男ではあった。若い皓子が心底惹かれたのも事実である。なにもかも捨てて、飛び込みたいと思ったこともあった。だが、最後の最後でどうしても託しきれないものがあったのも、また事実なのだ。

ひとたび厄介なことになると、ひょいとばかりに身をかわす。それも、悪びれもせずやってのける。相手から話を引き出すためなら、敵にも味方にも、白にも黒にもたやすく染まることができる。飄々と、他人事《ひとごと》のように距離を置いて、そのくせ、気がつけばちゃっかりおこぼれにあずかっている。

苦労知らずに生きてきて、それが許される人間というのがいるのだとしたら、矢木沢こそがそうだろう。何年経っても本質は変わらず、山城に頼まれて皓子に再会したのも、彼ならではの軽さゆえだった。二十年余の音信不通にも、なぜそうなってしまったかの背景にすら、なんの痛痒も感じていないことぐらい、皓子も知りすぎるほど知っていたはずなのに。

「あなたのせいで、私は人生を二度も変えられたわ」

せめて精一杯の皮肉を込めて、皓子は言った。

「いや、でもな。あれであの親父、案外いいとこあるんだよな。選挙運動の途中で亡くなった君のお父さんの無念さを思って、誰かに後を継がせたかった。そんなとき、テレビに出ていた君を見て、娘がいたことを知り、なんとか力になれないかと考えた。だから、僕にお膳立てを頼んできたなんてね」

どうだい。あのときの大臣話に乗って、結果的にはよかっただろう。むしろ、僕に感謝してもらいたいぐらいだ、とばかりに矢木沢は誇らしげな顔になる。

もっとも、相手は矢木沢峻だ。彼が自分で思っているほどに、隠された真相や、山城の本心までは理解していない。

――そんなに単純な話じゃないのよ、峻。

そこまで言いかけて、皓子は言葉を吞み込んだ。いまさらこの男に明かしても、虚しいだけだから。

――あなたが裏で山城に頼まれ、党の重鎮たちと一緒になって、私をこきおろしていたことも知っているのよ。

彼らの嫉妬心や焦りを搔き立てるだけ搔き立て、それらの全部を皓子への嫌悪感や憎悪の感情として集中させる。それが結果的にどういう意味を持ち、どういう結末を招くための山城の画策だったか、矢木沢にそこまで読めなかったとしても無理はない。

山城自身が見つけ出し、手塩にかけて育てあげ、皓子を一人前の政治家としてそばに置くところまではいい。だが、それはあくまで自分の持ち駒として利用できるからこそであり、党内で実力をつけすぎるまでに成長させてはいけないのだ。

そこそこに勢力を抑え、国民の支持を得るところまでは想定の範囲で悪くはないが、度を超えて支持が高くなると、いつかは自分の席を狙われる。自分と互角になるレベルにまで力をつけそうになったら、今度は徹底的に叩きのめす。それが政治の世界の鉄則だ。

皓子の場合も、いまのうちに適度に芽を摘むことが必要だった。

そんな山城からは肝心のところを知らされず、ただ体よく利用されたことに一番気づいていないのが矢木沢当人だった。とはいえ、そのことをいまさら気づかせてやるつもりも、皓子にはない。

矢木沢という男はこれでいいのだ。これまでも、そしてこれからも。

山城と皓子の父とのあいだの古い傷は、このあともすべて自分の胸に納めて、生涯伏せておこうと決めたのだから。

＊

誰にも知られず、山城の病室をこっそり訪ねたのは、思いがけない総裁選の結果が出た夜遅く、正確には日付が変わって、二時間以上も経ったころだった。怒濤のような騒ぎを経て、来るべき参議院での首班指名を控えた前の夜遅く、ひとまず一息吐こうかというときに、皓子の携帯メールにメッセージが届いた。

山城から頼まれたという看護師からの伝言だった。マスコミはもちろん、秘書官にも家族にも知られずに、二人だけでの対面を希望しているとのこと。望むところだ。いずれはきちんと顔を合わせ、話をしたいと思っていたところだ。皓子はそう返事をし、いつの間に到着していたのか、闇に紛れて勝手口に待っていた迎えの車にひそかに乗り込んだ。

ベッドに横たわっていた山城は、意外なほどに穏やかな表情をしていた。もっとも、脂肪と一緒に以前のようなぎらついたものまでがすっかり削げ落ちたのか、頬は乾いて粉をふいたように白く色が脱け、そのかわり薬のせいか瞼は腫れ上がって、別人のようである。

「総理、お見舞いがすっかり遅くなりまして。お加減はいかがですか?」

問いかけた皓子に、山城は反射的に左手をあげて応じた。これまで選挙運動中に地元民に接してきたときのように、国会で周囲の後輩議員たちの挨拶に応えてきたときのように。

だが、これまでと大きく違っていたのは、その左手が点滴のチューブに繋がれていたことだ。さらに、掛け布団の上に置かれた右手は、手首のところから無惨に内側に折れ曲がり、そのまま固まって自由を失ってしまっていた。

同じ側の足もやはり似たような具合らしく、力をいれることができないから歩行できるようになるまでは、かなりのリハビリが必要だとのこと。事前に医師から聞かされていたことではあるのだが、実際に目のあたりにすると、胸のあたりが締めつけられるようで、皓子は次の言葉を失ってしまう。

「おう、先生か……」

それでも、痛々しいはずの山城の姿が、どこか安らかに見えるのはなぜだろう。

「遅くに、済ま、ない、ね」

唇の片端を不自然に歪《ゆが》め、一音ずつ絞り出すように、途切れ途切れに唇から漏れるその声は、耳をそば立てないと聞き逃しそうなほど擦《かす》れて低く、以前のあの豪快な山城からは想像もできないぐらいに弱々しい。

ただ、倒れた直後の医師の説明では、失語症の懸念があるとされていたが、唇が自由に動かないだけで、記憶も意識もはっきりとしているようだ。

「ニュース、見た。おめで、とう。いよいよ、総理か」

声を出すたびに顎が不自然に揺れ、その口振りは焦れったいまでに鈍《のろ》い。それでも、山城の顔つきは決して悲壮でも、苦しげでもない。むしろ笑っているように楽しげにさえ思えるのはどうしてなのだろう。

「いいえ、まだ参議院のほうでどうなりますか……」

皓子は思わずそんなことを言いかけて、ハッと言葉を呑んで俯いた。表情には出さず、笑顔を作ってみせてはいるが、山城がいまのこの事態をどれほど無念に感じているかを察したからだ。だが、その顔に視線を戻すと、穏やかな笑顔はさきほどと変わらなかった。

「本当に、よく、来て、くれた」

嘘のない嬉しげな顔を、皓子はじっと黙って見つめ、小さく首を振った。

山城の話を聞くことには、正直なところ忍耐が必要だった。最後まで聞かなくても、言いたいことの見当がつく。ただ、途中で言葉を挟むのは気の毒な気がして、皓子は黙ったままで、あえて辛抱強く聞くことに徹した。

「どうしても……」

山城はゆっくりと、だが真剣なまなざしで切り出した。君に伝えておかなければいけないことがある。さっきまでの笑顔が、思いつめたような表情に変わっていた。

父上のことだ。ずっと黙っていたが、いつかきちんと詫びたいと思っていた。だから今夜君を呼んだのだ……。

と、そこまで言い終えるのに、どのぐらい経っただろう。古くて、長い長い話は、静まりかえった深夜の病室で、乾ききった古書のページを一枚ずつ剝がすように、明かされていった。

＊

「父上を、殺したのは、この私だ」

意を決したようにそう言って、山城は突然ベッドの上に起きあがった。いや、不自由な上半身を無理にも曲げ、起きあがろうとしたのである。歪んだ右手首を、点滴チューブの繋がった左手でかばうようにして、掛け布団の上に両手をついた。そして、苦しげに顔を引き攣らせたまま頭をさげる。

「やめてください！」

皓子は思わず駆け寄って、その背中を支えた。

「許して、くれ。私が……」

「父を？　なんのことですか」

皓子は耳を疑った。いまごろ父がどうしたというのだ。だが、もどかしそうに宙をさまよう左手が、小刻みに震えている。山城は驚くべき話を始めたのである。

「君の父上は、清廉な情熱を持った方だった」

しかも、かなり有力視された対立候補であり、政敵でもあった。だから、もう一方の候補者を支える立場として、父を蹴落すことがどうしても必要だった。そのため、ネガティヴ・キャンペーンの首謀者として、山城は裏にまわって、思いつく限りのさまざまな妨害活動を画策したというのである。

不自由な唇で、訥々と語られる古い話である。聞いている皓子の側も、もどかしさに耐えなければならなかった。

だが、父が倒れたころの経緯が、少しずつ明らかになっていく。遊説先で倒れて、そのまま二度と起きることのなかった、父の突然死の真相である。

当時、父が会長をしていた酒造組合と行政との癒着については、ずっと昔、聞くとはなしに噂を耳にしたことがある。それ以上知りたくもないと、皓子があえて耳を塞いできたことでもあり、そのことも、父を遠ざけてきた理由のひとつになっていた。

だが、すべては山城の捏造だったというのである。それだけでなく、金銭の授受から、はては脱税の疑いまで、あのころ山城はあらゆる不正をでっちあげ、もっともらしく噂を流し、怪文書を配ったりもしたという。

しかし父の支持基盤は盤石だった。多少の悪い噂を流しても、効果は薄かった。それほど父への信頼は厚かった。だから余計に山城は妨害の手を緩められず、あの手この手と、ますますエスカレートしていったのだと。

*

「でも、なぜそんなことをする必要が？」

わけがわからず、皓子は訊いた。

同じ選挙戦で、山城は、たまたま父の対立候補の秘書をしていた。そのとき、支えていた候補者を当選させるのが至上命令だった。若かった山城は、未熟さゆえに一途でもあった。善悪を判断する以前に、とにかく突っ走った。いまなら厳しく選挙違反に問われることが、裏では平然とまかり通っていた時代でもあった。

もちろん、されたほうの父はたまったものではない。打ち消しても、釈明しても、次々と捏造される不正の数々。ましてや、人一倍正義感に燃え、負けず嫌いの父である。言われのない誤解にどれほど悔しさを味わったか、想像するだけで胸が痛む。

なんとか誤解を解き、身の潔白を訴えるため、おそらく寝食を忘れて行動したのだろう。無茶な時間割で演説に駆けずりまわったはずである。そのあげく、極度の無理がたたって倒れたのだ。家族の誰一人にも看取られずに、遊説先から運ばれる救急車のなかで独り心を残して逝ってしまった。

「喜んだんだよ。不謹慎、きわまりない、話だがね。父上が、倒れられたときは」

これで勝てると、その場に飛び上がり、ひそかに祝杯まであげたのだという。だが、まさかそのまま父が死に至るとまでは、山城はもちろん思ってはいなかった。

「追いつめ、たのは、私なんだ。恐ろしい、ことを、してしまった。許して、ほしいとは、言えないが。せめて……」

父の死を知った山城は、みずからの行為を激しく悔いた。自分を責めて、責めぬいた。だが、すべては秘密裏にやったことだ。仕える候補者や党の立場を考えると、誰にも真相を明かすわけにはいかなかった。

鬱々とした思いを抱えたまま、山城が仕えた候補者は当選し、忙しさに流されるように長い時間が経った。そのあいだも、ずっと良心の呵責に悩んできた。やがて政治秘書から政治家になったが、選挙のたびにあのころのことが夢に現れ、うなされることもあった。

そんなとき、娘の皓子の存在を知ったのだという。ついに償いのチャンスが巡ってきた。

山城ははっきりとそれを実感した。

だから皓子を大臣職にと言い出したのか。それも、知り合いの矢木沢を使って。

なんという独りよがり。勝手な思い込みも甚だしい。皓子は、こみあげてくる思いをかろうじて抑え、そのまま呑み下した。こちらを見つめる山城の目が、間違いなく潤んでいたからだ。

だが、考えてみたらこの私も同罪ではなかったか。

皓子は心のなかでつぶやくのだ。そんな事情も知らず、自分は父を理解しようともしなかった。

「なあ、三崎先生……」

苦しげに何度も息をつぎ、そのつど肩を上下させながら、山城はゆっくりと首を横に振った。その顔には、まるで皓子の罪を浄化するかのような微笑みが浮かぶ。

「君は、父上の、清廉な血を、立派に受け継いで、いたよ」

皓子に大臣職を用意したら、せめてもの父への罪が少しは晴れると考え、矢木沢に頼んでそう仕向けたのだが、途中から皓子の政治家としての秘めたる資質に気づかされたというのである。嫉妬心すら抱くほど、皓子の打ち出す政策は新鮮だったと。

長いあいだの政治家暮らしで、凝り固まっていた自分の思いを根底から揺るがされた気がした。だから、本気で自分の後継者として育てる気になったとも。

「どっちに、しても、浅はかな、考えだな」

自嘲気味に山城は漏らすのだ。姨捨山構想などという、当て馬のような姑息な手を使う必要など端《はな》からなかった。

「あれは、やっぱりブラフだったんですか」

皓子はやっとそれだけ口にした。暴論ではあったが、それはそれでひとつの考え方でもあると、少なくとも山城には言って欲しかった。だが、山城はあえてそれには触れないつもりらしい。

自分がこの手で見つけ出し、心血を注いで育んだはずなのに、驚くほどに成長していく君が、今度は憎らしく思えてきた。如何せん君は若いし、柔らかな発想ができる。将来私を脅かす人間が出てくるとしたら、それは君だと危機感を覚えもした。矛盾しているうえに、愚かしい話だが、私は根っからの政治屋だった。それ以上になれる玉ではなかったよ……。

長い話を終えて、山城は大きく息を吐いた。なにもかも吐き出してしまったからなのか、憔悴し切った顔のなかに、救われたような表情が浮かぶ。今夜は話せてよかったと、その目が語りかけている。

「君は、なるべくして、総理になった」

時代が君を総理に選んだのだ。

もう一度、まっすぐに皓子の目を見て、山城はそうも言ったのである。

だから、堂々と正面から、この国を芯から建て直してくれ。どうしようもないほど積み上がった国債の残高も、立ち行かなくなった社会保障制度も、一向に入れ替わりが進まない産業構造も、なにより、老朽化が始まった日本の社会システムそのものを、皓子のその手で建て直してほしいと。

*

「でもさ、さすがに山城さんだと思ったよ。あの親父、一目見ただけで、君の政治家としての可能性を見抜いたんだからな。だから、皓ちゃんに賭けたんだ。とはいえ、まさか総理の座を託すことになるとまでは、思っていなかっただろうけどな。いやあ、それにしても君は凄いよ。ついに三崎内閣の誕生だ。なんたって総理大臣だもんな」

矢木沢の感慨深い声で、皓子は現実に引き戻された。こちらを眩しそうに見る目の色が、あきらかに変化しているのも無視できない。

「間違えないでね。私はなにもあの人のために総理になったんじゃないわ。彼は、自分が総理になるために、ただ私をスケープゴートにしたかっただけでしょう」

そして、世論を味方につけ、狙いどおり総理になったあとは、私を当て馬にして党内の不満分子を抑え込んだのよ。皓子は心のなかでそう続けた。

「だけど、親父自身が見出して、育てあげたはずの教え子が、思っていた以上のスピードで成長して、どんどん人心を掌握していく姿を見て、あの親父は急に嫉妬を覚え始めた。いや、いつ自分の椅子を奪われないかと、危機感を持ったんだな」

矢木沢はわかったふうな口振りで言う。

だから、姨捨山構想なんていう愚かしい政策をでっちあげ、踏み絵のように利用して、緩んだ党内をまとめようとした。

「怖いわね、政治の世界は本当に怖い。気がついたら周囲は敵だらけ。信頼できる仲間だと思っていても、いつ寝首をかかれるかわからない世界だわ。でも、だからこそ、そんな椅子取り合戦や、政局ばかりが優先されるなかで、周囲に流されず、本気できちんと政策を実現していける力と視点を持った人間が必要だと思うの」

皓子は自分に言い聞かせているつもりでもあった。だからこそ、自分が選ばれたのだと肝に銘じて進むしかない。

これからが本当の正念場だ。前代未聞の野党の支持で総理になったからには、国会運営はさらに複雑になる。そして史上初の女性総理であるだけに、さまざまな確執や軋轢に苦労することだろう。

それでも、困難をきわめる課題は山積しているのだ。分厚い天井を突き破っても、その先にまださらに見えない天井はある。

「そうだな。だけど、忘れないでくれよ、いつだって僕は皓ちゃんの味方なんだから」

胸を張ってそれだけ言うと、矢木沢は少し声を落としてこうも言った。

「それにさ、良心の呵責はあの親父だけじゃない。僕にだってあるんだよ。なあ、ひとつ訊いていいかな。麻由ちゃんは、このごろやっぱり僕に似てきたよね」

唐突に訊かれ、皓子は思わずかぶりを振った。

「冗談やめてよ。麻由は私の娘です」

告げた途端、不思議なほど清々しい気持ちになってきた。この男の調子の良さを、信じるつもりはもはやない。むしろ、笑い飛ばせるほどの爽快さがあった。

「私が一人で産んで、一人で育てた大事な娘。いいえ、父親は三崎伸明。尊敬できる素晴らしいパートナーよ」

あらためて、皓子は宣言するように言った。

女には、なにがあっても貫きたい女の意地がある。もしも〝硝子の天井〟があるのだとしたら、いつでもいくらでもかかってくるがいい。

皓子はまっすぐに顔をあげ、爽やかに微笑んだ。

解説　『スケープゴート』に見るリーダーの資質

藤沢久美

「男性読者は、一体、この小説の誰に共感し、自分を重ねるのだろうか」

当たり前のように主人公、三崎皓子に自分を重ね、夢中になって本書を一気に読み終えた時、私は、ふと、そのことを思った。

日本は、まだまだ女性が総理になるどころか、企業でリーダーになることも簡単ではない。政府は、二〇二〇年までに女性管理職を三〇%にするという目標を掲げ、企業にその実現を求めているが、政治の世界では、それには遠く及ばない男社会がある。こうした環境下で、三崎皓子という主人公に対し、性別を超えて共感し、自分を重ねることができた男性はどのくらいいるのだろうか。もし、多くの男性が皓子に共感し、本書に没頭できたなら、日本社会が性別を超えてリーダーを生み出す明るい兆しとなるかもしれない。もし、皓子に共感できなくとも、皓子を政治家として育てた山城に共感された男性が多々いらっしゃるなら、それはまた、別の意味で心強い。

本来、リーダーに、性別は関係ない。人物としてそれに値する器と知性を持っているかが問われる。特に、一国の総理ともなれば、それはもはや人智でその地位を得るものではない。

多くの政治家が、総理の座を目指し、その夢を実現せずに政界を後にしている。

　皓子は、政治家を目指してキャリアを歩んできたわけではない。しかし、山城との出会いから、皓子の中に眠っていた国を担うリーダーへの欲望のようなものが目を覚ます。以前より、本人にその自覚がはっきりあったかどうかは不明だが、皓子が、金融業界を経て、研究者になっても机上の空論ではなく、実行可能な課題解決策を研究してきたのは、無意識の欲望によるものかもしれない。もちろん、どの研究者も実行可能な解決策を研究していることには違いないが、それは課題に対する局所的な視野の狭さによって、実現不可能であることがしばしばある。

　私は、二〇〇七年からダボス会議と縁を得て、世界のトップリーダーたちと交流してきた。リーダーたちに共通するのは、三つの目だ。一つは、広い視野だ。一つの現象だけではなく、様々な異分野に興味を持ち、自分の企業や国だけではなく、世界や宇宙にまで視野をもつ。二つめは、長い時間軸を見つめる目だ。宇宙が誕生した一三七億年前から、一〇〇年先の未来までを見つめ、自身の戦略や意思決定の糧にしている。三つめが、垂直に長い視線だ。人間の持つ高邁な精神性を認めつつ、人間の心の深い闇の部分に横たわる妬みや恨みなどからも目を背けず、その存在が自他共にあることを認め、組織をマネジメントする。この三つの目があるからこそ、トップリーダーは、表面的な現象に振り回されず、本質をつかむことができる。

皓子は、国際金融という世界を見つめる広い視野を磨いてきたと同時に、父親の死や未婚での出産など、複雑な人間の心の闇を実体験として持っている。長い時間軸を持っていたかどうかは定かではないが、京都という歴史ある土地に生まれ育ったことから、子供の頃から自然と一〇〇〇年を超える時間軸は持っていたのかもしれない。しかし、これら三つの目を持っていたとしても、誰もがリーダーになれるわけではない。

この三つの目を偶然にも持ち、磨き続けた皓子の前に現れたのが山城である。よほどの自信家でない限り、自分がリーダーになると思っている人はいない。いわんや、国を率いるリーダーになるとは思うわけがない。しかし、人間には才能を開花させる力がある。責任ある機会と場を与えられた時、人は成長する。山城は、皓子に本人の想像力を超える責任ある機会と地位を与えた。

企業経営者を評する際に、「出世魚」という言葉を使うことがあるが、皓子はまさに出世魚である。与えられた機会とそこで直面した危機が、皓子を成長させてくれた。その成長は、その場から逃げずに、自分が与えられた責任を使命として捉え、その危機と正対したからこそ与えられたものである。

幾度となく皓子に訪れる困難の場面には、胸が熱くなった。家庭での役割を果たしきれないことに対する夫や子供への罪悪感と苛立ち、閣僚としての責任の重さを理解せず介護を背負わされているという怒りをぶつける姉や、要介護状態になった母親に対するなんとも言えない失望と無力感、そして、世間だけではなく職場内からも受ける女性に対する蔑み。どれも、女性ならば、職業を持っていようがいまいが、誰もが少なからず経験していることばかりだ。

誰もわかってくれないと弱音を吐きたくなるような困難を乗り越えながら、皓子は強くなっていく。それを支えたのは、皓子の使命感だ。自分に与えられた立場を全うすることは、自分のためではなく、後に続く者たちのためだ。

女性新聞記者、つかさと対峙した時、自分が「スケープゴート」であっても、「それでしか、まだ日本では女性たちに開けない道ならば、私は堂々と胸を張って、その道を歩いていく」と言い切った皓子の言葉は、女性だけではなく、狭き門から新たな道を切り拓こうとする全ての挑戦者たちの胸に突き刺さっただろう。

他人から自分がどう見えるかを気にしているうちは、本当の意味で世の中にインパクトを与えるようなことはできない。たとえ他人から見える自分の姿が情けないものであっても、未来を変える礎《いしずえ》になれるならば、それでいい。それがリーダーとなるべき人間の矜持であるべきだ。

また、たとえそれが予期せぬことであったとしても、リーダーとして責任ある立場が与えられたならば、批判をされようが、軽蔑されようが、現実を一ミリでも良き方向に変えることに徹するべきである。批判する者も軽蔑する者も、その声に耳を傾け、言う通りにしたとしても、結果に対して誰も一緒に責任を取ってくれることはない。繰り返し批判と軽蔑が続くだけだ。最後まで、自分のことを責任感を持って考え、結果に責任を持つことできるのは、自分自身しかいない。もし仮に、自分以外に、共に責任を背負ってくれる者がいるとすれば、それは人生を共にするパートナーかもしれない。皓子にとって伸明は、まさにその人だろう。

皓子の揺るぎない使命感と責任を貫く姿に、伸明も感化され、共に使命を貫くパートナーへと変わっていく。妻が大臣、官房長官として活躍する中で、伸明もまた、やり場のない葛藤や失望を何度となく感じたことだろう。女性を蔑む空気は、社会的地位という評価軸を持って活躍する妻と比べ、夫を蔑むこともある。

しかし、伸明も強かった。共に成長できるパートナーとの出会いもまた、リーダーにとっては大切なことだ。皓子が矢木沢の子供を身ごもったにもかかわらず、一人で子供を産んだのも、未来に対する予感があったのかもしれない。

最後に山城というリーダーについても触れておきたい。山城が皓子を見出し、育てていく姿は、子供を崖から落として育てるライオンのようだ。有無を言わさぬ強引さのなかに、皓子の資質と可能性に対する信念を感じる。皓子にはまだ現れていないリーダーの資質の一つに、「人の可能性を信じる力」がある。皓子の大臣としての日常の中には、官僚を優秀な部下として見ることがあっても、その官僚の可能性を信じ育てようという気概は見えてこない。もちろん、政治家としても大臣としても初めての責任を全うする皓子が、いきなり部下を育てる余裕まで持ち合わせていては出来過ぎた話になってしまうかもしれない。

山城は、総理まで上り詰めた人物である。一国のリーダーならば、誰よりも信念が強くなければ、務まらない。揺るがぬ信念こそが、答えのない決断を可能にする。その強い信念を持つ山城は、皓子の政治家としての可能性を深く信じたに違いない。それが、皓子を総理の器を持つ人物へと育て上げた。結果として、嫉妬を感じるほどに皓子が成長することになったが、山城は命を賭して、次のリーダーを育てた。

リーダーがその場を去った時、そこに自分自身を上回るほどの素養を持った次なるリーダーが育っている。それこそが、リーダーがリーダーであった最大の証ではないだろうか。

本書では、皓子が総理に着任するところで終わっている。果たして、皓子は山城を超えるリーダーへと成長していくことができるのだろうか。続編の『大暴落 ガラ』で、その成長を確認できることを楽しみにしたい。

（ふじさわ くみ／シンクタンク・ソフィアバンク代表）

『スケープゴート』二〇一四年十月　中央公論新社刊

中公文庫

スケープゴート
――金融担当大臣《きんゆうたんとうだいじん》・三崎皓子《みさきこうこ》

2017年10月25日　初版発行

著　者　幸《こう》田《だ》真《ま》音《いん》

発行者　大橋 善光

発行所　中央公論新社
〒100-8152　東京都千代田区大手町1-7-1
電話　販売 03-5299-1730　編集 03-5299-1890
URL http://www.chuko.co.jp/

DTP　平面惑星
印　刷　三晃印刷
製　本　小泉製本

Published by CHUOKORON-SHINSHA, INC.
Printed in Japan　ISBN978-4-12-206471-3 C1193

中公文庫既刊より

あ-59-2
お腹召しませ
浅田次郎
武士の本義が薄れた幕末維新期、変革の波に翻弄される侍たちの悲哀を描いた時代短篇の傑作六篇。中央公論文芸賞・司馬遼太郎賞受賞。〈解説〉竹中平蔵
205045-7

あ-59-3
五郎治殿御始末《ごろうじどのおしまつ》
浅田次郎
武士という職業が消えた明治維新期、最後の御役目を終えた老武士が下した、己の身の始末とは。時代の境目を懸命に生きた人々を描く六篇。〈解説〉磯田道史
205958-0

あ-59-4
一路（上）
浅田次郎
父の死により江戸から国元に帰参した小野寺一路は、参勤道中御供頭のお役目を仰せつかる。家伝の行軍録を唯一の手がかりに、いざ江戸見参の道中へ！
206100-2

あ-59-5
一路（下）
浅田次郎
蒔坂左京大夫一行の前に、中山道の難所、御家乗っ取りの企てなど難題が降りかかる。果たして、行列は期日通りに江戸へ到着できるのか――。〈解説〉檀　ふみ
206101-9

か-61-3
八日目の蟬《せみ》
角田光代
逃げて、逃げて、逃げのびたら、私はあなたの母になれるだろうか……。心ゆさぶるラストまで息もつがせぬ傑作長編。第二回中央公論文芸賞受賞作。〈解説〉池澤夏樹
205425-7

か-61-4
月と雷
角田光代
幼い頃暮らしをともにした見知らぬ女と男の子。再び現れたふたりを前に、泰子の今のしあわせが揺らいで……偶然がもたらす人生の変転を描く長編小説。
206120-0

や-49-1
菜種晴《なたねば》れ
山本一力
五歳にして深川の油問屋へ養女に迎えられた菜種農家の娘。その絶品のてんぷらは江戸の人々をうならせる。いくつもの悲しみを乗り越えた先に、彼女が見たものとは。
205450-9

各書目の下段の数字はISBNコードです。978－4－12が省略してあります。

や-49-2
まねき通り十二景
山本一力
頑固親父にしっかり女房、ガキ大将に祭好き……お江戸深川冬木町、涙と笑いで賑わう毎日。著者自ら「格別に好きな一作」と推す、じんわり人情物語。
205730-2

よ-43-2
怒り（上）
吉田修一
逃亡する殺人犯・山神はどこに？　房総の港町で暮らす愛子、東京で広告の仕事をする優馬、沖縄の離島へ引越した泉の前に、それぞれ前歴不詳の男が現れる。
206213-9

よ-43-3
怒り（下）
吉田修一
田代が偽名を使っていると知った愛子、知らない女とカフェにいる直人を見た優馬、田中が残したものを発見した泉。三つの愛の運命は？　衝撃のラスト。
206214-6

わ-6-19
幻覚（上）
渡辺淳一
36歳の美貌の精神科医・花塚氷見子。彼女に憧れる年下の看護師・北向健吾。二人の恋は徐々に進展をみせるが、氷見子の患者への不可解な治療に北向の困惑は次第に深まっていく。
204921-5

わ-6-20
幻覚（下）
渡辺淳一
美人精神科医・氷見子の患者に対する不可解な治療はますますエスカレートしていき、ついに病院内で不幸な事件が起きてしまう……。
204922-2

わ-6-23
白き手の哀しみ
渡辺淳一メディカル・セレクションⅠ
渡辺淳一
生と死を扱う医学を通して、人間の本質にするどく迫る渡辺文学の初期傑作集。巻末に作家生活について語る、著者特別インタビューを付す。〈解説〉小畑祐三郎
205694-7

わ-6-24
空白の実験室
渡辺淳一メディカル・セレクションⅡ
渡辺淳一
医療に関わる出来事が、男女の愛、そして人間の裏側をあぶり出す。比類のないリアリティと人間観察が鮮やかに生きる傑作短篇五篇。〈解説〉水口義朗
205707-4

わ-6-26
阿寒に果つ
渡辺淳一
阿寒湖を見下す峠で〝天才少女画家〟純子は十八歳の若い命を断った。純子の愛の遍歴と謎の死を追う〈私〉は意外な事実を知る。渡辺文学の原点ともいうべき恋愛長編。
206103-3